A ARTE DA FICÇÃO

Livros do autor publicados pela **L&PM** EDITORES:

A arte da ficção
Surdo mundo
Terapia

DAVID LODGE

A ARTE DA FICÇÃO

Tradução de Guilherme da Silva Braga

www.lpm.com.br

L&PM POCKET

Coleção **L&PM** POCKET, vol. 879

Texto de acordo com a nova ortografia.
Título original: *The Art of Fiction*

Este livro foi publicado pela **L&PM** EDITORES, em formato 14x21, em 2009.
Primeira edição na Coleção **L&PM** POCKET: junho de 2010
Esta reimpressão: outubro de 2024

Tradução: Guilherme da Silva Braga
Capa e ilustração: Ivan Pinheiro Machado
Preparação: Jó Saldanha
Revisão: Patrícia Rocha e Fernanda Lisbôa

CIP-Brasil. Catalogação na fonte
Sindicato Nacional dos Editores de Livros, RJ

L796a

Lodge, David, 1935-
A arte da ficção / David Lodge ; tradução de Guilherme da Silva Braga. – Porto Alegre, RS : L&PM, 2024.
288p. – (Coleção L&PM POCKET, v. 879)

Tradução de: *The Art of Fiction* Inclui índice
"Uma coletânea dos artigos publicados no *Independent on Sunday* e no *Washington Post*"
ISBN 978-85-254-2038-1

1. Ficção inglesa - História e crítica - Teoria. 2. Ficção americana - História e crítica - Teoria. 3. Crítica - Terminologia. 4. Ficção - Técnica. I. Título. II. Série.

10-2277. CDD: 823.009
CDU: 821.111-3(09)

Rua Comendador Coruja, 314, loja 9 – Floresta – 90.220-180
Porto Alegre – RS – Brasil / Fone: 51.3225.5777

Pedidos & Depto. Comercial: vendas@lpm.com.br
Fale conosco: info@lpm.com.br
www.lpm.com.br

Impresso no Brasil
Primavera de 2024

Nota do tradutor

Esta edição brasileira de *A arte da ficção* apresenta ao leitor traduções inéditas para todas as citações retiradas de outras obras.

A utilização de traduções existentes foi uma possibilidade abandonada logo de início. Nem todos os títulos citados estão disponíveis em português, de modo que os trechos de livros ainda inéditos exigiriam traduções igualmente inéditas. Além do mais, certos títulos disponíveis no Brasil (ou mesmo em Portugal) contam apenas com traduções antigas, que soariam datadas ao leitor de hoje.

Mesmo no caso de obras que dispõem de traduções boas e recentes, haveria a dificuldade imposta pelos comentários feitos pelo autor em relação a palavras específicas e aspectos formais do original inglês que nem sempre foram reproduzidos nas traduções existentes – o que mais uma vez as tornaria inadequadas como exemplo.

Assim, optei por traduzir todos os trechos citados tendo em mente os efeitos discutidos pelo autor, consultando, sempre que possível, as traduções existentes para melhor me orientar na tarefa.

Guilherme da Silva Braga

Para John Blackwell
"gênio entre os editores"

(*The Writing Game*, Ato Dois, Cena Dois)

Sumário

Prefácio

Por doze meses, entre 1990 e 1991, o poeta James Fenton escreveu uma coluna semanal para as páginas literárias do *The Independent on Sunday* chamada "*Ars Poetica*", título de um famoso tratado sobre poesia escrito por Horácio, o poeta romano. Toda semana Fenton publicava um breve poema ou um excerto e escrevia um comentário destinado a esclarecer o texto e também algum aspecto geral da arte poética. No início de 1991, o editor literário do jornal, Blake Morrison, me deu um telefonema e perguntou se eu não estaria interessado em escrever algo parecido sobre prosa ficcional quando Fenton terminasse o serviço dele.

Em geral eu demoro para responder propostas de jornais e, na maioria das vezes, acabo recusando; mas dessa vez eu já tinha me decidido a aceitar quase antes de Blake terminar o convite. Por quase trinta anos, entre 1960 e 1987, fui acadêmico e romancista, e dei aulas de literatura inglesa na Universidade de Birmingham. Nesse período, publiquei muitos livros de crítica literária, a maioria sobre romances ou sobre "O Romance", e durante muitos anos ministrei um curso chamado *Form in Fiction.* Depois de me aposentar antes do tempo como professor da universidade, em 1987, descobri que eu tinha pouca vontade e pouca motivação para continuar escrevendo crítica destinada ao público acadêmico; mas eu sentia que ainda tinha coisas a dizer sobre a arte da ficção e a história do romance que podiam interessar a um público mais abrangente de leitores e que uma coluna semanal em um jornal seria o formato perfeito para essa empreitada.

Logo me decidi por um formato centrado em tópicos e não no texto em si, já que um romance, ao contrário do que ocorre com muitos poemas excelentes, não pode ser citado por inteiro em um artigo de jornal. Toda semana eu escolhia uma ou duas passagens breves de romances ou contos, clássicos e modernos, para ilustrar algum aspecto da "Arte da Ficção". (A exemplo da "*Ars Poetica*" de Fenton, esse era um nome mais ou menos inevitável para a série, e decidi mantê-lo também no livro, apesar de um certo desconforto ao repetir o título de um aclamado ensaio de Henry James.) Com algumas poucas exceções – Jane Austen, Henry James, George Eliot –, os ensaios semanais quase sempre traziam exemplos de autores diferentes. Procurei me restringir aos autores ingleses e americanos, pois essa é a "minha área", como se diz na academia, e me sinto menos seguro ao analisar em detalhe romances que fujam a essa especialidade. Eu já havia comentado algumas dessas passagens em outras publicações, mas não exatamente nos mesmos termos.

Comecei com "O começo" e sempre tive a intenção de encerrar com "O fim". Entre um e o outro, às vezes o artigo de uma semana sugeria o tema para a semana seguinte, mas eu não planejei a série como uma introdução sistemática e gradual à teoria do romance. Ao revisar os textos para a publicação em livro, incluí algumas referências cruzadas e elaborei um índice, o que deve organizar um pouco a ordem mais ou menos aleatória dos assuntos. Uma vez professor, sempre professor. Ainda que o livro destine-se ao "leitor comum", usei, com as devidas explicações, alguns termos técnicos que podem ser estranhos a esse leitor, uma vez que não é possível analisar um texto literário sem o vocabulário descritivo apropriado mais do que seria possível desmontar um motor sem o conjunto de ferramentas adequadas. Alguns desses termos são modernos, como "intertextualidade" e "metaficção", enquanto outros são antigos, como os nomes das figuras de linguagem da retórica clássica ("metonímia", "sinédoque" etc.) que a linguística moderna ainda utiliza. Um título alternativo para este livro, se Wayne Booth já não o tivesse usado, seria *A retórica da ficção*. Eu sempre entendi a ficção como uma arte essencialmente retórica – em outras palavras, o romancista ou o contista nos *convence* a partilhar uma determinada visão de mundo pela duração da nossa leitura e assim opera, se tudo der certo, a deliciosa imersão em uma realidade imaginada que Van Gogh retratou com tanta maestria em sua pintura *A leitora de romances*. Mesmo os romancistas que decidem quebrar essa ilusão para atingir seus fins artísticos começam sempre por criá-la.

Os artigos originais tinham uma extensão predeterminada, mas em geral eu enviava cópias um pouco mais longas e deixava a tarefa de editá-las para caber no espaço disponível nas hábeis mãos de Blake Morrison e de seu assistente Jan Dalley. (Gostaria de deixar registrada a minha admiração pela habilidade e pelo bom senso com que os dois desempenharam a tarefa.) Ao revisar os artigos para a publicação em livro, restaurei algumas das passagens que eles foram obrigados a deixar de fora e outras que eu mesmo havia apagado dos meus rascunhos, e acrescentei materiais novos, ilustrativos e argumentativos, a quase todos eles. Um dos itens foi substituído por um novo, sobre "Capítulos". Para desvendar os mecanismos da ficção, vali-me da minha experiência como escritor com uma frequência maior do que seria apropriado e viável nos artigos jornalísticos originais.

Este livro é aproximadamente trinta por cento maior do que a série original. Mas não tentei cobrir nenhum dos tópicos de maneira definitiva. Afinal, todos eles poderiam ser o tema de ensaios inteiros e até mesmo de livros, como aliás já ocorreu muitas vezes. Este é um livro para as pessoas que preferem ter contato com a crítica literária em doses homeopáticas, um livro para folhear e para degustar, um livro que não tem a pretensão de ter a última palavra em nenhum dos tópicos que abrange, mas que vai, espero, aguçar o entendimento e o proveito que os leitores tiram da prosa de ficção e sugerir novas possibilidades de leitura – quem sabe até de escrita – dessa que é a mais variada e a mais proveitosa de todas as formas literárias.

1
O começo

Emma Woodhouse, elegante, esperta e rica, com uma casa agradável e índole alegre, parecia reunir algumas das maiores dádivas da existência; e já vivera quase 21 anos no mundo com muito pouco a lhe causar tristeza ou aborrecimento.

Era a irmã mais nova das duas filhas de uma mãe afetuosíssima e de um pai indulgente e, em virtude do casamento da irmã, tornara-se senhora da casa desde a mais tenra idade. A mãe morrera-lhe havia tanto tempo que tinha apenas lembranças difusas de seus carinhos, e esse lugar fora assumido por uma excelente mulher que, como governanta, deixara pouco a desejar em afeto.

Por dezesseis anos a srta. Taylor havia estado com a família do sr. Woodhouse, menos como governanta do que como amiga, muito próxima das duas filhas, mas em especial de Emma. Entre as duas havia uma intimidade como aquela entre irmãs. Mesmo quando a srta. Taylor ainda ocupava o cargo nominal de governanta, sua brandura de caráter mal deixava que impusesse quaisquer limites; e então, com a sombra da autoridade esquecida no passado, viviam juntas como duas amigas muito apegadas, Emma fazendo apenas o que lhe aprazia; tendo na mais alta conta o juízo da srta. Taylor, mas seguindo acima de tudo o seu próprio.

Os verdadeiros males na situação de Emma eram o poder de conseguir tudo feito a seu modo e uma certa tendência a pensar um pouco bem demais de si; eis as desvantagens que ameaçavam macular seus muitos prazeres. O perigo, no entanto, veio tão despercebido que nada disso pareceu desventuroso.

A tristeza veio – uma tristeza suave – mas não na forma de um pensamento indesejado: a srta. Taylor casou.

Jane Austen *Emma* (1816)

Esta é a história mais triste que já ouvi. Conhecíamos os Ashburnham de nove temporadas passadas em Nauheim com uma grande intimidade – ou melhor, com uma proximidade solta e fácil e ao mesmo tempo estreita como uma boa luva na mão. Eu e minha esposa conhecíamos o Capitão e a sra. Ashburnham tão bem quanto se pode conhecer qualquer pessoa e, por outro lado, não sabíamos absolutamente nada a respeito deles. Creio que uma situação como essa só é possível com ingleses a respeito de quem, ainda hoje, quando sento e tento *decifrar* o quanto sei sobre esse triste assunto, eu não sabia nada. Seis meses atrás eu ainda não conhecia a Inglaterra e, sem dúvida, jamais havia sondado as profundezas de um coração inglês. Eu conhecera apenas a superfície.

FORD MADOX FORD *O bom soldado* (1915)

QUANDO UM ROMANCE COMEÇA? A pergunta é quase tão difícil de responder quanto dizer com precisão em que momento o embrião humano se torna uma pessoa. É raro um novo romance começar com as primeiras palavras escritas ou datilografadas. A maioria dos escritores faz algum trabalho preliminar, ainda que apenas de cabeça. Muitos se preparam com todo o cuidado por semanas ou meses, fazendo esquemas da trama, compilando CVs para os personagens, enchendo cadernos de ideias, cenários, situações e piadas a serem usados durante a composição. Cada autor tem seu jeito próprio de trabalhar. Henry James fez notas para *Os espólios de Poynton* que são quase tão longas e interessantes quanto o próprio romance. Muriel Spark, segundo entendo, elabora mentalmente o conceito de um novo romance e não põe a caneta no papel enquanto não tiver pensado em uma boa frase de abertura.

Para o leitor, no entanto, o romance sempre começa com a frase de abertura (que, é claro, pode muito bem não ser a primeira frase que o romancista escreveu). Depois vem a frase seguinte, logo depois a outra... Quando o começo de um romance acaba é outra pergunta difícil de responder. O começo é o primeiro parágrafo, as primeiras páginas ou o primeiro capítulo? Qualquer que seja a definição, o começo de um romance é a fronteira que separa o mundo real que habitamos do mundo que o romancista imaginou. Assim, ele deve nos "transportar", como se costuma dizer.

Não é uma tarefa simples. Ainda não estamos acostumados com o tom de voz do autor, com o seu vocabulário, com seus hábitos sintáticos. A leitura começa devagar e hesitante. Temos um bocado de novas informações para absorver e guardar, como o nome dos personagens, suas relações de afinidade e consanguinidade e os detalhes relativos a tempo e espaço, sem os quais é impossível acompanhar a história. Será que todo esse esforço vai valer a pena? A maioria dos leitores dá ao autor uma chance de pelo menos algumas páginas antes de decidir voltar atrás. Com os dois exemplos mostrados aqui, no entanto, nossa hesitação tende a ser mínima ou inexistente. Somos cativados desde a primeira frase.

A abertura de Jane Austen é clássica: lúcida, comedida, objetiva, com implicaturas irônicas escondidas por baixo da elegante luva de veludo do estilo. A sutileza com que a frase de abertura prepara a queda da heroína! O romance será o avesso da história de Cinderela, o triunfo da heroína subestimada, que de *Orgulho e preconceito* a *Mansfield Park* já vinha despertando a imaginação de Jane Austen. Emma é uma princesa que precisa ser humilhada para atingir a verdadeira felicidade. "Elegante" (em vez de graciosa ou bela – talvez haja um toque de determinação masculina nesse epíteto andrógino), "esperta" (um termo ambíguo para a inteligência, às vezes usado em conotação ofensiva, como em "esperta até demais") e "rica", com todas as associações bíblicas e proverbiais sobre os perigos morais da riqueza: esses três adjetivos, combinados com grande apuro (uma questão de ritmo e de fonologia – tente reordená-los), encerram toda a especiosidade da alegria "aparente" de Emma. Depois de "quase 21 anos no mundo com muito pouco a lhe causar tristeza ou aborrecimento", ela está prestes a enfrentar uma situação difícil. Com quase 21 anos completos, à beira da maioridade, Emma deve tomar as rédeas de sua vida, e para uma mulher da sociedade burguesa no início do século XIX isso significa decidir se ela deseja casar e, em caso afirmativo, com quem. Emma tem uma liberdade bastante incomum para tomar essa decisão, uma vez que já é "senhora" da casa, circunstância bastante propícia para o surgimento de uma certa arrogância, especialmente por ter sido criada por uma governanta que lhe deu todo o afeto de uma mãe mas não (por implicatura) toda a disciplina.

A insinuação adquire maior força no terceiro parágrafo; mas, ao mesmo tempo, é interessante notar que começamos a escutar a voz da própria Emma no discurso, ao lado da voz criteriosa e objetiva do narrador. "Entre as duas havia uma intimidade como aquela entre irmãs." "Viviam juntas como duas amigas [...]" Nas duas frases, podemos como que ouvir a descrição um tanto autoindulgente que a própria Emma faz do relacionamento com a governanta, que a permitia fazer "apenas o que lhe aprazia". A estrutura irônica do fim do parágrafo – "tendo na mais alta conta o juízo da srta. Taylor, mas seguindo acima de tudo o seu próprio" – equilibra, por meio da simetria, duas afirmações que são incompatíveis em termos lógicos, e assim indicam a falha no caráter de Emma que o narrador menciona explicitamente no quarto parágrafo. É o casamento da srta. Taylor que dá início à história: com a ausência da amiga e na falta de bons conselhos, Emma toma sob seus cuidados uma protegida – Harriet –, que incentiva sua vaidade e por quem ela se envolve em uma intriga amorosa de consequências desastrosas.

A famosa frase inicial de Ford Madox Ford é um estratagema descarado para prender a atenção do leitor, que praticamente nos arrasta à força para o outro lado da fronteira. Ao mesmo tempo, no entanto, o sentimento tipicamente moderno de incerteza e desconcerto, de inquietação relativa à possibilidade de se descobrir a verdade, contamina a narrativa. Quem é essa pessoa que nos dirige a palavra? Ele fala inglês, mas não é inglês. Conhece o casal de ingleses que parecem ser os protagonistas dessa "história mais triste" há pelo menos nove anos, e mesmo assim afirma não saber "nada" a respeito dos ingleses até o exato momento em que a narrativa se dá. "Ouvi", na primeira frase, sugere que ele vai narrar a história de um terceiro, mas ao mesmo tempo fica quase implícito que o narrador, e talvez a esposa dele, sejam eles próprios parte da história. O narrador conhece os Ashburnham na intimidade – mas não sabe nada a seu respeito. Essas contradições são racionalizadas como um efeito da anglicidade, da disparidade entre as aparências e a realidade no comportamento da classe média inglesa; esse início faz soar uma nota temática que nos lembra de *Emma*, ainda que suas vibrações premonitórias sejam trágicas em vez de cômicas. A palavra "triste" é repetida no fim do parágrafo, e uma outra palavra-chave, "coração" (dois personagens têm supostos problemas cardíacos, e todos eles têm vidas emocionais conturbadas), aparece na penúltima frase.

Usei a metáfora da luva para descrever o estilo de Jane Austen, um estilo que afirma seu caráter autoral em parte ao abrir mão da metáfora (sendo esta uma figura de linguagem poética em sua essência, no polo oposto à razão e ao senso comum). A mesma metáfora aparece no parágrafo inicial de *O bom soldado*, ainda que com outro significado. Aqui ela simboliza a polidez no trato social, os modos fáceis mas contidos que acompanham a riqueza e os gostos sofisticados (faz-se menção a uma "boa" luva), porém com uma nota de dissimulação ou de "acobertamento". Alguns dos enigmas suscitados no primeiro parágrafo são logo esclarecidos – graças, por exemplo, à informação de que o narrador é um americano morando na Europa. Mas a veracidade do relato, ao lado da dissimulação dos outros personagens, torna-se um ponto crucial nessa mais triste das histórias.

Existem, é claro, inúmeras outras formas de se começar um romance, e os leitores que folhearem este livro terão oportunidade de conhecer algumas delas, pois muitas vezes escolhi o parágrafo inicial de um romance ou de um conto para ilustrar outros aspectos da arte da ficção (assim não preciso resumir o enredo). Mas talvez valha a pena indicar aqui o leque de possibilidades. Um romance pode começar com a descrição estática do cenário ou da cidade que servirá de pano de fundo para a história – o *mise-en-scène*, como se diz no jargão de cinema: como exemplos, temos a descrição sombria de Egdon Heath no início de *O regresso*, de Thomas Hardy, ou o retrato de Chandrapore, em prosa elegante e urbana, com jeito de guia de viagem, na abertura de *Passagem para a Índia*, de E. M. Forster. Um romance pode muito bem começar no meio de uma conversa, como *Um punhado de pó*, de Evelyn Waugh, ou as obras idiossincráticas de Ivy Compton-Burnett. Pode começar com uma apresentação cativante do narrador, "Me chame de Ishmael" (*Moby Dick* de Herman Melville), ou com um gesto rebelde contra a tradição literária da autobiografia: "...a primeira coisa que você deve querer saber é onde eu nasci, e como foi a droga da minha infância, e o que meus pais faziam e tudo mais antes de eu nascer, essas merdas estilo David Copperfield, mas eu não estou a fim de falar a respeito" (*O apanhador no campo de centeio*, J. D. Salinger). O romancista pode começar com uma reflexão filosófica – "O passado é uma terra estrangeira: lá as coisas são de outro jeito" (L. P. Hartley, *O mensageiro*) –, ou precipitar um personagem ao perigo extremo já na primeira frase: "Hale estava em Brighton havia menos de três horas quando soube que pretendiam matá-lo" (Graham

Greene, *O condenado*). Muitos romances começam com uma "história dentro da história", que explica como a história principal foi descoberta ou descreve-a enquanto é contada a uma plateia ficcional. Em *O coração das trevas*, o narrador anônimo de Conrad descreve Marlow contando suas experiências no Congo para um círculo de amigos sentados no convés de um iole no estuário do Tâmisa ("E esse também é um dos lugares escuros da terra", começa Marlow). *A volta do parafuso*, de Henry James, é o diário de uma mulher já falecida, lido em voz alta para os convidados de uma festa na casa de campo onde se divertem com histórias de fantasmas e acabam se surpreendendo talvez um pouco mais do que esperavam. Kingsley Amis começa sua história de fantasmas, *The Green Man*, com um pastiche espirituoso do *The Good Food Guide*: "Você mal tem tempo para se recobrar da surpresa de encontrar uma estalagem legítima a menos de sessenta quilômetros de Londres – e a menos de dez da M1 – antes de começar a admirar a qualidade da comida igualmente inglesa..." *Se um viajante numa noite de inverno*, de Italo Calvino, começa assim: "Você está prestes a começar o novo romance de Italo Calvino, *Se um viajante numa noite de inverno*". O *Finnegans Wake* de James Joyce começa no meio de uma frase: "corridorrio, passando Eva e Adão, da costa curva à beira da baía, nos leva graças a um commodius vicus recirculador de volta a Howth Castle e Arredores". O trecho faltante conclui o livro: "Ao longe ao largo ao léu amor ao longo do" – e assim de volta ao início, como a água que volta a circular no ambiente, do rio ao mar ao céu à chuva e ao rio, como a incansável produção de sentido na leitura da ficção.

2
O AUTOR INTROMETIDO

Com um único pingo de tinta por espelho, o feiticeiro egípcio era capaz de revelar aos forasteiros que o procuravam visões de um passado longínquo. É o que me proponho a fazer por você, leitor. Com um pingo de tinta na ponta da pena, vou mostrar-lhe a ampla oficina de Jonathan Burge, carpinteiro e construtor do vilarejo de Hayslope, tal como era no dia 18 de junho do ano do Nosso Senhor de 1799.

GEORGE ELIOT *O triste noivado de Adam Bede* (1859)

Para Margaret – espero que o leitor não a reprove por isso –, a estação de King's Cross sempre sugerira a Infinitude. A própria situação do lugar – um pouco atrás do esplendor superficial de St. Pancras – insinuava comentários sobre o materialismo da vida. Aqueles dois enormes arcos, sem cor, sem vida, ombreando entre si um relógio sem graça, eram portais convenientes a uma aventura eterna, que poderia até ser próspera, mas com certeza não havia de expressar-se na linguagem comum da prosperidade. Se você achar tudo isso ridículo, lembre-se de que não é Margaret quem o conta; e permita-me acrescentar o mais depressa possível que elas chegaram com tempo de sobra na estação; e que a sra. Munt ficara com um assento confortável, de frente para a locomotiva, mas não muito perto desta; e que Margaret, ao retornar para Wickham Place, deparou-se com o seguinte telegrama:

Tudo acabado. Queria não ter escrito. Não conte nada a ninguém. – Helen.

Mas Tia Juley já havia partido – partido definitivamente, e nada no mundo seria capaz de detê-la.

E. M. Forster *Howards End* (1910)

A maneira mais simples de contar uma história é através da voz de um narrador, que pode ser a voz anônima do conto popular ("Era uma vez uma linda princesa"), a voz do bardo épico (como as "Armas e o varão" de Virgílio) ou a voz cúmplice, companheira e sentenciosa do autor, encontrada na ficção clássica de Henry Fielding a George Eliot.

No começo de *O triste noivado de Adam Bede*, graças a um truque retórico muito sagaz com o pingo de tinta, que é ao mesmo tempo espelho e meio, George Eliot transforma o ato de escrever em uma espécie de fala, uma interpelação direta mas confessional ao leitor, e nos convida a "cruzar a fronteira" do romance e, literalmente, cruzar a porta da oficina de Jonathan Burge. Por meio de uma implicatura, ela compara seu modo de narrar objetivo ao extremo e fiel à história com as revelações suspeitas da mágica e da superstição. O trecho sobre as técnicas do feiticeiro egípcio não tem nenhuma outra função narrativa, mas nem por isso é desprovido de interesse. Afinal de contas, lemos ficção não só pela história, mas também para ampliar o nosso conhecimento e a nossa compreensão do mundo; e a voz autoral é um dos recursos narrativos mais aptos a incorporar o conhecimento enciclopédico e a sabedoria proverbial ao texto.

Contudo, na virada do século, a voz intrusiva do autor saiu de moda, em parte porque prejudica a ilusão de realidade e reduz o impacto emocional da experiência representada ao chamar a atenção para o ato de narrar. A voz autoral também reclama para si uma autoridade e uma onisciência divina que a sociedade cética e relativista em que vivemos nega a quem quer que seja. A ficção moderna tende a suprimir ou a eliminar a voz do autor, apresentando a ação por meio da consciência dos personagens ou delegando a eles a tarefa de narrar. Nas vezes em que a voz intrusiva do autor é empregada na ficção moderna, em geral se faz acompanhar de uma consciência irônica de si própria, como na passagem de *Howards End*. O trecho encerra o segundo capítulo, em que Margaret Schlegel, de Bloomsbury, após receber notícias de que sua irmã Helen apaixonou-se pelo filho mais jovem de Henry Wilcox, capitão da indústria e novo-rico, manda sua tia (a sra. Munt) averiguar a situação.

Howards End é um romance sobre a situação da Inglaterra, e é a representação do campo como um todo orgânico, com um passado agrário e inspirador e um futuro problemático à sombra do comércio e da indústria, o que confere uma importância simbólica aos personagens e às relações entre eles. O tema alcança um ápice visionário no capítulo 19, quando, em um local de vista privilegiada, no alto das montanhas Purbeck, o autor pergunta se a Inglaterra pertence aos que forjaram sua fortuna e seu poder ou a "aqueles que [...] de alguma forma viram-na, viram toda a ilha em um só olhar, como uma pedra preciosa em mar de prata, navegando qual um navio de almas, com toda a esquadra do bravo mundo a acompanhá-la rumo à eternidade".

Tanto o autor quanto Margaret pertencem, sem dúvida, ao rol dos visionários. A infinitude que Margaret associa à estação King's Cross equivale à eternidade para onde o navio da Inglaterra singra, enquanto o materialismo e a prosperidade de King's Cross fazem um comentário crítico sobre o mundo dos Wilcox. O estilo evidencia os sentimentos compartilhados pelo autor e pela heroína: no plano da gramática, apenas o uso de um tempo passado ("*insinuava* comentários"; "*eram* portais convenientes") distingue os pensamentos de Margaret da voz do autor. Forster tem uma atitude protetora – talvez até demais – em relação à heroína.

"Para Margaret – espero que o leitor não a reprove por isso [...]" "Se você achar tudo isso ridículo, lembre-se de que não é Margaret quem o conta" – essas são manobras arriscadas, que por pouco não criam o efeito que Erving Goffman chama de *breaking frame* – o momento em que a regra ou convenção que rege um determinado tipo de experiência é transgredida. Frases assim escancaram algo que a ilusão de realidade, em condições normais, exige que o leitor suprima ou ponha de lado: a consciência de que estamos lendo um romance sobre pessoas e acontecimentos inventados.

Esse artifício é muito valorizado por escritores pós-modernos, que renegam a fé no realismo tradicional ao expor o mecanismo de seus construtos ficcionais. Veja, por exemplo, a surpreendente intromissão do autor no meio de *Gold vale ouro*, de Joseph Heller (1980):

> Gold se preparava para mais um almoço – dessa vez com Spotty Weinrock – quando notou que estava passando tempo demais comendo e conversando neste livro. Não havia muito mais o que fazer com ele. Volta e meia eu o colocava na cama com Andrea e deixava a mulher e os filhos no segundo plano... Sem dúvida Gold conheceria uma professora mãe de quatro filhos e se apaixonaria loucamente por ela, e por um breve período eu acenaria com a promessa tentadora de transformá-lo no primeiro secretário de Estado judeu no país, mas no fim não cumpriria a minha promessa.

Forster não arrisca de modo tão radical a ilusão de vida que sua história cria e, assim, desperta em nós um interesse solidário pelos personagens e pela sorte deles ao tratá-los como se fossem pessoas de verdade. Então, o que o autor pretende ao chamar nossa atenção para a lacuna entre a experiência de Margaret e a narração que faz dessa experiência? Creio que, ao apontar com graça e um pouco de desprezo a sua própria função retórica, de certo modo ele obtém licença para fazer as elucubrações históricas e metafísicas (como a visão da Inglaterra do alto das montanhas Purbeck) que se encontram espalhadas ao longo do romance e que lhe pareceram essenciais ao propósito temático da obra. O humor refinado é uma forma eficaz de evitar que o leitor reaja com um "*Corta essa!*" às generalizações feitas pelo autor. Forster também transforma em piada a interrupção do movimento narrativo que essas passagens exigem quando, em tom apologético, leva-nos "o mais depressa possível" de volta à história e, então, encerra o capítulo com um suspense todo especial.

Mas o suspense é um assunto à parte.

3
Suspense

No início, quando a morte parecia improvável por nunca lhe ter feito uma visita antes, Knight não conseguia pensar no futuro nem em nada referente ao passado. Só era capaz de lançar um olhar duro à Natureza pérfida que tentara dar-lhe um fim e de lutar contra ela.

Como o penhasco formasse a face interna do segmento de um cilindro oco, com o céu no alto e o mar embaixo, rodeando a baía quase pela extensão de um semicírculo, ele enxergava a face vertical curvando-se à direita e à esquerda. Olhou para baixo do paredão e percebeu com mais clareza o quanto estava ameaçado. O horror aparecia em cada detalhe e, até as entranhas, aquela forma hostil era pura desolação.

Graças a uma dessas coincidências familiares com que o mundo inanimado instiga a fantasia do homem que para em momentos de suspense, diante do olhar de Knight havia um fóssil incrustado, surgindo em baixo-relevo na rocha. Era uma criatura com olhos. Os olhos, mortos e petrificados, ainda assim o encaravam. Era um dos antigos crustáceos chamados *trilobitas*. Separados por milhões de anos em vida, Knight e a criatura pareciam ter se encontrado na hora da morte. Até onde a vista alcançava, essa era a única ocorrência de algo que um dia houvesse estado vivo e tido um corpo a salvar, como ele tinha agora de salvar o seu.

Thomas Hardy *Um par de olhos azuis* (1873)

Romances são narrativas, e narrativas de todos os formatos – livro, filme ou tira – prendem a atenção do público fazendo perguntas e tardando a respondê-las. As perguntas pertencem, grosso modo, a duas categorias: a da causalidade ("quem foi?") e a da temporalidade ("o que vai acontecer agora?"). As duas aparecem em sua forma mais pura na história clássica de detetive e na história de aventura, respectivamente. O suspense é um efeito associado particularmente à história de aventura e ao misto de história de detetive e história de aventura conhecido como *thriller*. Essas narrativas são concebidas de modo a pôr o herói ou a heroína em diversas situações de perigo extremo, uma atrás da outra, o que leva o leitor a compartilhar os medos do herói e a ficar ansioso em relação ao desfecho.

O suspense tem uma relação bastante estreita com a ficção popular, e por esse motivo foi muitas vezes desprezado, ou ao menos rebaixado, por romancistas do período moderno. Em *Ulisses*, por exemplo, James Joyce sobrepôs os acontecimentos banais e inconclusivos de um dia comum em Dublin à história heroica e devidamente fechada do retorno de Odisseu da Guerra de Troia, insinuando que a realidade é menos emocionante e menos determinada do que a ficção tradicional nos leva a crer. Mas já houve escritores importantes, em especial no século XIX, que se apropriaram dos artifícios geradores de suspense encontrados na ficção popular e usaram-nos à sua própria maneira.

Um desses escritores foi Thomas Hardy, cujo romance de estreia, *Desperate Remedies* (1871), foi um "romance de sensação" à moda de Wilkie Collins. O terceiro, *Um par de olhos azuis* (1873), era mais lírico e mais psicológico, tendo por inspiração o cortejo de Hardy à sua primeira esposa no cenário romântico do norte da Cornualha, e era o romance favorito do mestre da ficção autobiográfica moderna, Marcel Proust. Mesmo assim, o livro tem uma cena clássica de suspense que, até onde sei, foi completamente inventada.

A origem da palavra remonta a uma forma latina do verbo "suspender" e, de fato, poucas situações seriam capazes de produzir tanto suspense quanto a de um homem que se vê agarrado pela ponta dos dedos à beira de um penhasco que não consegue escalar.

Lá pela metade de *Um par de olhos azuis*, a jovem Elfriede, filha de um vigário da Cornualha e heroína algo volúvel do romance, leva um telescópio até o alto de um penhasco que sobranceia o Canal de Bristol para observar o navio que traz da Índia o jovem arquiteto com quem noivou em segredo. Ela está acompanhada por Henry Knight, amigo de sua madrasta, um intelectual de mais idade que faz alguns avanços e por quem Elfriede começa a sentir uma atração cheia de culpa. Enquanto os dois estão sentados no alto do penhasco, o vento sopra o chapéu de Knight para perto da beirada; ao tentar recuperá-lo, Knight descobre-se incapaz de escalar a rocha íngreme e escorregadia que termina em uma queda livre de centenas de metros. A precipitação de Elfriede ao ajudá-lo só piora as coisas e, quando se arrasta de volta a um lugar seguro, a jovem faz com que Knight escorregue ainda mais em direção à catástrofe. "Enquanto escorregava centímetro por centímetro [...] Knight deu um último impulso desesperado em direção ao tufo mais baixo da vegetação – um emaranhado de ervas secas onde a rocha aparecia em toda a sua desolação. Assim ele pôde deter a queda. Mas nesse instante Knight estava literalmente *suspenso* pelos braços [...]" (*itálico meu*). Elfriede some do campo de visão de Knight, provavelmente em busca de ajuda, mas Knight sabe que estão a quilômetros de qualquer outra pessoa.

O que acontece a seguir? Será que Knight sobrevive? Como? O suspense só é mantido se a resposta a essas perguntas tardar a vir. Uma das maneiras de atrasá-la, muito querida do cinema (cujos efeitos Hardy muitas vezes antecipou com o forte apelo visual de sua ficção), seria alternar cenas da angústia de Knight com cenas do esforço frenético que a heroína faz para salvá-lo. Mas Hardy deseja surpreender Knight (e também o leitor) com a reação de Elfriede a essa emergência, e assim restringe a narração de toda a cena ao ponto de vista de Knight. O suspense prolonga-se com uma descrição minuciosa de seus pensamentos enquanto agarra-se ao penhasco; são os pensamentos de um intelectual vitoriano, em quem as descobertas da geologia e da história natural da época, e em especial o trabalho de Darwin, causaram uma impressão profunda. Talvez nenhum outro escritor além de Hardy pudesse ter escrito a passagem em que Knight percebe estar olhando nos olhos "mortos e petrificados" de um artrópode fossilizado milhões e milhões de anos atrás. Essas mudanças vertiginosas de perspectiva, que mostram uma humanidade ínfima diante do vastíssimo Universo do espaço-tempo, que na época recém começava a ser apreendido, são típicas da sua obra. Seus personagens invariavelmente percebem na disparidade dessa escala uma certa maldade cósmica, o que é um equívoco bastante compreensível. Ao defrontar-se com o olhar morto do fóssil, que em seu campo de visão substitui o vivo olhar azul e sedutor de Elfriede, Knight percebe a condição severa e dolorosa de sua própria mortalidade.

A cena estende-se por algumas páginas com o mesmo artifício: reflexões filosóficas sobre geologia, sobre a pré-história e o aparente desdém da natureza (o vento açoita as roupas de Knight, a chuva castiga seu rosto, o sol rubro observa-o "ébrio de escárnio"), sempre marcadas por perguntas que mantêm teso o fio da narrativa: "Será que a hora havia chegado? Ele acreditara na salvação, mas o que uma garota poderia fazer? Knight não arriscava o menor movimento. Será que a morte de fato estendia-lhe a mão?"

Elfriede, é claro, consegue salvá-lo. Como? Não vou dizer; mas, como incentivo a todos que não leram esse livro delicioso, adianto que ela tira toda a roupa.

4
Skaz adolescente

A velha Sally não falou muito, só para rasgar a seda dos Lunt, porque ela estava ocupada bisbilhotando tudo e sendo bacana. Aí, de repente, ela viu um otário conhecido dela no outro lado do saguão. O cara estava com um desses ternos de flanela bem escuros e um colete xadrez. Coisa de almofadinha da Ivy League. Grande coisa. Ele estava escorado na parede, fumando desesperado e aborrecido nas últimas. A velha Sally ficou dizendo "Eu conheço aquele cara de *algum lugar*". Ela *sempre* conhecia alguém, em tudo que era lugar, ou pelo menos achava que conhecia. E ficou repetindo esse papo até eu encher o saco nas últimas, e aí eu perguntei "Então por que você não vai até lá e beija ele na boca, se vocês se conhecem? Ele vai curtir." Ela ficou de cara. Aí no fim o otário viu ela e veio dar um oi. Eu queria que você visse o jeito que eles se deram oi. Parecia que os dois não se viam há vinte anos. Parecia que eles tinham tomado banho juntos na mesma banheira ou algo do tipo quando eram pequenos. Velhos conhecidos. Era nojento. O mais engraçado é que provavelmente eles só tinham se visto uma vez numa festa babaca qualquer. Depois de um tempo, quando eles pararam de se babar, a velha Sally nos apresentou. O nome dele era George não sei das quantas – eu nem lembro – e ele estudava em Andover. Ah, grande coisa. Você tinha que ter visto a cara dele quando a velha Sally perguntou se ele tinha gostado da peça. O cara era tipo de um babaca que precisa de *espaço* para responder uma pergunta. Ele deu um passo para trás e pisou em cheio no pé da mulher que estava lá. Acho que ela quebrou todos os dedos do corpo. Aí ele disse que a peça não era nenhuma obra-prima, mas que os Lunt, claro, eram mesmo uns anjos. Anjos. Pelamor. *Anjos.* Foi o fim da picada. Daí ele e a velha

Sally começaram a falar sobre um monte de gente que eles conheciam. Foi a conversa mais babaca que você já ouviu em toda a sua vida.

J. D. Salinger *O apanhador no campo de centeio* (1951)

Skaz é uma palavrinha russa muito interessante que designa uma narrativa em primeira pessoa escrita numa linguagem que mais lembra a fala do que o texto escrito. Nesse tipo de história, o narrador é um personagem que se refere a si mesmo como "eu" e trata o leitor por "você". Ele (ou ela) usa o vocabulário e a sintaxe típicos da língua falada e dá a impressão de estar fazendo um relato espontâneo da história em vez de nos apresentar um registro escrito, elaborado com toda atenção e cuidado. Somos mais ouvintes do que leitores – é como se escutássemos alguém bom de papo que acabamos de encontrar num pub ou num vagão de trem. Desnecessário dizer, isso é apenas ilusão, o resultado de um esforço calculado e de reescrita minuciosa por parte do autor "real". Um estilo narrativo que imitasse conversas reais com toda a perfeição seria quase impossível de entender, como acontece às transcrições de conversas gravadas. Mas essa ilusão tem o efeito poderoso de parecer autêntica e sincera, de parecer verdade.

Para os romancistas americanos o *skaz* era uma forma óbvia de se livrar das tradições literárias herdadas da Inglaterra e da Europa. O impulso decisivo foi dado por Mark Twain. "Toda a literatura americana moderna saiu de um livro de Mark Twain chamado *Huckleberry Finn*", disse Ernest Hemingway – sem dúvida um exagero, mas um exagero esclarecedor. O golpe de mestre de Twain foi juntar um estilo vernacular e coloquial a um narrador ingênuo e imaturo, um garoto mais sábio do que se imagina, cuja visão do mundo adulto é marcada pela novidade e pela honestidade impressionantes. Como exemplo, eis aqui a reação de Huck a dois tipos de fé cristã:

> Às vezes a viúva me puxava para um canto e falava sobre a Providência de um jeito que deixaria qualquer corpo com água na boca; mas podia ser que no dia seguinte a sra. Watson viesse e começasse tudo de novo outra vez. Eu achei que existiam duas Providências e um coitado qualquer ficaria um tanto bem com a Providência da viúva, mas, se acabasse com a da sra. Watson, seria o fim.

O Holden Caulfield de J. D. Salinger é cria de Huck Finn: mais culto e mais refinado, filho de nova-iorquinos bem de vida, mas, tal como Huck, um jovem que foge do mundo adulto de hipocrisia, corrupção e, para usar uma de suas palavras favoritas, babaquice. O que mais choca Holden é a prontidão com que seus amigos adotam o comportamento corrupto dos adultos. Num certo ponto da história, Holden leva uma amiga para assistir à matinê de um espetáculo da Broadway que tem um casal famoso no elenco: Alfred e Lynn Lunt. Sally e os outros conhecidos que se encontram no saguão durante o intervalo adotam, no trecho acima, o comportamento social totalmente cínico típico dos adultos.

É fácil identificar as características da narrativa de Holden que a fazem soar mais como fala do que como um texto escrito, em especial como a fala de um adolescente. Encontramos muitas repetições (porque um vocabulário variado e elegante exige escolhas cuidadosas), em especial de gírias como "otário", "nas últimas", "babaca", "grande coisa", "fim da picada" e "velho" (um epíteto aplicado a qualquer coisa familiar, independente da idade). Como muitos outros jovens, Holden expressa a força de seus sentimentos por meio do exagero – a figura de linguagem que os retóricos chamam de hipérbole: "fumando desesperado", "Parecia que os dois não se viam há vinte anos", "quando eles pararam de se babar". A sintaxe é simples. Os períodos são curtos e descomplicados. Muitos sequer são períodos, pois não trazem um verbo conjugado ("Coisa de almofadinha da Ivy League"). Também vemos erros gramaticais que as pessoas fazem com frequência ("O cara era tipo de um babaca que precisa de espaço [...]"). Nos períodos mais longos, as orações ligam-se de acordo com o que o narrador está pensando em vez de aparecerem subordinadas umas às outras em estruturas mais complexas.

O tom informal do discurso de Holden é a garantia de sua espontaneidade e autenticidade. Esse tom é realçado pelo blá-blá-blá bem-formado mas pretensioso de George: "Aí ele disse que a peça não era nenhuma obra-prima, mas que os Lunt, claro, eram mesmo uns anjos". Essa declaração parece ainda mais ridícula e pomposa por aparecer no discurso indireto, em contraste marcante com a exclamação indignada que Holden faz a Sally, esta uma citação direta: "Então por que você não vai até lá e beija ele na boca [...]".

Como eu disse, é bastante fácil descrever o estilo narrativo de Holden; mais difícil de explicar é como ele consegue prender nossa atenção e nos manter entretidos durante o romance inteiro. Não se deixe enganar: o que torna o livro interessante é o estilo. A história é fragmentária, inconclusiva e consiste, em boa parte, de acontecimentos banais. Além disso, a linguagem, para os padrões literários normais, é muito pobre. Salinger, o ventríloquo invisível que fala conosco através de Holden, precisa dizer tudo o que pensa a respeito da vida e da morte e dos valores mais elevados com a linguagem de um nova-iorquino de dezessete anos, abrindo mão das metáforas poéticas, do ritmo, enfim, de toda a sofisticação da escrita.

Parte da resposta é, sem dúvida, o humor cáustico que surge com o uso da linguagem "baixa" de Holden em relação ao jogo de aparências na vida social e cultural protagonizado por Sally e George. A incorreção formal da linguagem também é motivo de graça – a parte mais divertida do trecho é "Acho que ela quebrou todos os dedos do corpo", uma distorção de "todos os ossos do corpo" e mais uma expressão hiperbólica. Outro motivo é que a linguagem de Holden insinua mais do que diz. Nesse trecho, ainda que não reconheça, fica óbvio que Holden está com ciúmes de seu rival George, por mais que ele afirme desprezar suas roupas de almofadinha e seus modos elegantes. O *páthos* da situação de Holden Caulfield, aqui e no restante do livro, ganha em intensidade justamente por não ser explícito.

Em última análise, no entanto, essa prosa surpreende-nos com uma poesia inesperada, uma sutil manipulação dos ritmos da fala convencional que a torna um prazer de ler e de reler. Como dizem os jazzistas, ela tem suingue.

5
O romance epistolar

O que eu não consigo aceitar é que por um instante ela tenha me dado razão, reconhecido meus direitos. Tenho vontade de dar um murro na mesa...

Telefone. Tocando. Espere.

Não. Só um aluno surtado. Bem, o que me dá vontade de uivar para a lua é saber que ela está lá em Londres rabiscando como se nada tivesse acontecido. Eu só queria que ela levantasse a cabeça daquele mundinho de faz de conta, por um instante que fosse, e dissesse...

Mas, não, tive uma outra ideia. Pode ser que ela não esteja rabiscando como se nada tivesse acontecido. Ela pode estar fazendo um relato dos acontecimentos no quarto de hóspedes. Uma de suas heroínas incrivelmente perspicazes, excêntricas e ardilosas pode estar saindo de lado com um jeito bizarro ao flagrar a cueca roxa de um jovem acadêmico pretensioso. Por favor não me olhe com essa cara – consigo perceber a ironia sem nenhuma ajuda, obrigado. Mas é diferente – o que ela está escrevendo não é uma carta para algum amigo num país distante. É para os meus amigos. Para os meus inimigos. Para os meus colegas. Para os meus alunos...

Como? A minha cueca é *roxa*? Claro que não! Será que você não sabe nada sobre o meu gosto? Mas ela pode estar dizendo por aí que a minha cueca é roxa! É isso o que essa gente faz. Enfeitam, melhoram a verdade – enfim, mentem.

MICHAEL FRAYN *The Trick of It* (1989)

Romances escritos na forma de cartas foram muito populares no século XVIII. Os longos romances epistolares moralistas e profundamente psicológicos de Samuel Richardson sobre a sedução, *Pamela* (1741) e *Clarissa* (1747), foram marcos na história da ficção europeia e inspiraram muitos imitadores como Rousseau (*A nova Heloísa*) e Laclos (*As ligações perigosas*). O primeiro rascunho que Jane Austen fez de *Razão e sentimento* era na forma de cartas, mas logo a autora previu a derrocada do romance epistolar no século XIX. Na era do telefone, o romance epistolar tornou-se uma espécie rara, embora, como Michael Frayn demonstrou há pouco com *The Trick of It*, não esteja extinta e valha a pena preservá-la.

A invenção do fax pode dar vida nova à forma (a história-título do livro de Andrew Davies, *Dirty Faxes*, publicado em 1990, talvez seja apenas uma indicação do que está por vir), mas, em geral, o romancista epistolar moderno se vê na obrigação de manter seus correspondentes a uma distância razoável para tornar a narrativa convincente. O herói (ou anti-herói) de Frayn é um acadêmico inglês sem nome, de trinta e poucos anos, especialista na obra de uma autora contemporânea um pouco mais madura, identificada no texto pelas iniciais JL. O personagem a convida para dar uma palestra na universidade e, para sua grande surpresa, em seguida é convidado a acompanhá-la até uma cama no quarto de hóspedes. Todo o ocorrido e seus desdobramentos são descritos numa série de cartas enviadas a um amigo e colega que mora na Austrália.

O protagonista fica dividido entre a paixão e a suspeita. Por um lado, delicia-se por ter tido um relacionamento íntimo com a mulher a quem dedicou toda a sua carreira profissional; por outro, teme que ela possa explorar esse relacionamento e, a partir dele, escrever novas ficções, o que resultaria em exposição e distorção dos fatos. Ele reverencia o talento literário da autora, mas ao mesmo tempo o inveja e, paradoxalmente, ressente-o. O herói irrita-se porque, mesmo possuindo o corpo da escritora (e mais tarde casando com ela), não tem controle sobre a sua imaginação ficcional. No fim ele acaba tentando descobrir qual é "*the trick of it*" (isto é, o segredo da escrita ficcional) por conta própria, sem sucesso. O tema satírico – o contraste entre atividade crítica e atividade criativa – é bastante familiar, mas ganha originalidade e graça ao ser narrado com tanta desenvoltura.

O romance epistolar é um tipo de narrativa em primeira pessoa, mas tem algumas características próprias que não se encontram na autobiografia tradicional. Ao passo que uma história autobiográfica é conhecida pelo narrador antes mesmo que ele comece a contá-la, essas crônicas epistolares são um processo em andamento; segundo Richardson, "*Muito* mais vivo e comovente [...] deve ser o estilo dos que escrevem do alto de uma tristeza *presente*, com a razão torturada pelos aguilhões da incerteza [...] do que o estilo seco e sem vida de uma pessoa narrando dificuldades e perigos passados pode ser [...]".

Claro que o mesmo efeito pode ser obtido na forma de diário, mas o romance epistolar tem outras duas vantagens: primeiro, você pode ter mais de um correspondente e, assim, apresentar o mesmo acontecimento sob pontos de vista diferentes, com interpretações bastante diferentes, como Richardson demonstrou com maestria em *Clarissa*. (Clarissa, por exemplo, escreve à sua amiga, a sra. Howe, sobre um encontro com Lovelace em que ele demonstra uma disposição legítima a deixar para trás seu passado de libertinagens; Lovelace relata a mesma conversa ao amigo Belford como uma encenação, parte de um plano engenhoso para seduzir a heroína.) Segundo, mesmo que você se limite, como Frayn, a um único escritor, uma carta, ao contrário de um diário, é sempre escrita para um leitor específico; assim, a antecipação de uma resposta condiciona o discurso e torna-o mais complexo, mais interessante e mais revelador em termos retóricos.

Frayn explora essa última possibilidade com muita competência. O acadêmico é um personagem com falhas cômicas, vaidoso, ansioso e paranoico, que volta e meia imagina a reação do amigo ("Por favor não me olhe com essa cara [...]"). Às vezes as cartas lembram um monólogo dramático, em que ouvimos apenas um lado do diálogo e imaginamos o resto: "Como? A minha cueca é *roxa*? Claro que não! Será que você não sabe nada sobre o meu gosto?" Aqui, o estilo se aproxima do *skaz*, a imitação da narrativa oral discutida no capítulo anterior; mas também há espaço para a escrita propositalmente literária, como no seguinte trecho: "Uma de suas heroínas incrivelmente perspicazes, excêntricas e ardilosas pode estar saindo de lado com um jeito bizarro ao flagrar a cueca roxa de um jovem acadêmico pretensioso". Mesmo que o trecho pareça rebuscado, muito pesado por conta dos adjetivos em excesso, tudo está a serviço de Frayn. O narrador precisa expressar de forma vívida toda a comédia de seu dilema, mas não pode ser eloquente de verdade, pois assim sua falta de habilidade com o "*trick of it*" seria desmentida.

A escrita, a rigor, só consegue imitar com perfeição a própria escrita. A representação escrita da fala, e em especial dos acontecimentos não verbais, é totalmente artificial. No entanto, uma carta fictícia é idêntica a uma carta real. Em condições normais, qualquer referência às circunstâncias em que um romance é escrito, no texto do próprio romance, chamaria a nossa atenção para a existência do autor "real" por trás da obra, e assim quebraria a ilusão de realidade; mas no romance epistolar essas referências contribuem para a ilusão. Eu não poderia, por exemplo, incluir conversas telefônicas com meu agente no texto do romance em que estou trabalhando, mas a ligação do aluno que interrompe o acadêmico de Frayn no meio de uma frase é ao mesmo tempo convincente e reveladora de seu caráter (o protagonista é tão obcecado consigo mesmo que esquece de suas responsabilidades docentes).

O realismo pseudodocumental do romance epistolar conferiu aos primeiros romancistas um poder até então sem precedentes sobre o público, comparável ao encanto que algumas novelas da televisão atual exercem sobre os espectadores. Enquanto os volumes do gigantesco romance *Clarissa* eram publicados um a um, os leitores com frequência pediam a Richardson que não matasse a heroína, e muitos dos primeiros leitores de *Pamela* acreditaram que o livro era uma série de correspondências reais, e Richardson, um simples editor. Leitores modernos de ficção literária não se deixam enganar tão fácil, é claro; mas as reclamações do acadêmico de Frayn sobre o modo como os romancistas transformam a verdade em ficção ("É isso o que essa gente faz. Enfeitam, melhoram a verdade – enfim, mentem") é um artifício interessante num romance concebido, em sua origem, para fazer a ficção passar por fato.

6
Ponto de vista

Não se deve supor que as intermissões de sua senhoria não fossem caracterizadas por demonstrações de outra ordem – exclamações triunfais e pausas dramáticas, quando então parecia fazer, de tudo no recinto, desde a condição do teto até o bico das botas da filha, uma análise repleta de intentos. Ora sentava, ora se via aos sobressaltos, mas sua atitude ostentava, em ambos os casos, a aura grandiosa dos pragmáticos. Tinha tanto a deplorar que deixava um bocado a esperar, e agitava-se com tanta premeditação que parecia espalhar reparações e promessas ao redor. Suas visitas eram boas como uma roupa; seus modos, como a sra. Wix disse em certa ocasião, bons como um par de cortinas; mas ela era uma pessoa viciada em extremos – algumas vezes mal falava com a filha e, em outras, expunha esse broto a um decote cortado, como a sra. Wix também havia observado, um tanto fundo. Andava sempre com uma pressa terrível e, o quanto mais fundo fosse o decote, com maior certeza poder-se-ia supor que era esperada em outro lugar. Em geral, aparecia sozinha, mas às vezes *Sir* Claude a acompanhava, e, durante todo o período inicial, não havia nada em que essas aparições houvessem tido um efeito tão encantador como no modo em que a senhora estava, nas palavras da sra. Wix, enfeitiçada. "Ah, e como está!", Maisie costumava, em tom pensativo, mas íntimo, exclamar depois que *Sir* Claude houvesse levado mamãe embora em meio a acessos de riso espontâneo. Nem mesmo nos velhos tempos das senhoras risonhas ela vira mamãe rir com tanto desprendimento como nesses instantes de entrega conjugal, uma alegria à qual até uma garotinha era capaz de ver que tinha algum direito – uma garotinha cujos pensamentos eram pura meditação egoísta sobre bons augúrios e felicidade futura.

Henry James *Pelos olhos de Maisie* (1897)

Um acontecimento real pode ser – e em geral é – vivido por mais de uma pessoa ao mesmo tempo. Um romance pode apresentar o mesmo acontecimento sob diferentes perspectivas – mas apenas uma de cada vez. Em geral, mesmo um romance de narrativa onisciente, que descreve a ação a partir de uma altura divina, privilegia apenas um ou dois pontos de vista a partir dos quais a história pode ser contada e concentra-se no modo como os acontecimentos afetam *esses* pontos de vista. Uma narração totalmente objetiva e imparcial pode ser desejável no jornalismo ou na historiografia, mas uma história ficcional tem pouca chance de despertar nosso interesse se não soubermos *de quem* é a história que estamos lendo.

A escolha do ponto de vista a partir do qual se conta a história pode ser considerada a decisão mais importante que o romancista precisa tomar, pois tem um impacto profundo no modo como os leitores vão reagir, na esfera emotiva e moral, aos personagens e às suas ações. A história de um adultério, por exemplo – de qualquer adultério – causa-nos impressões diferentes se for contada pela pessoa infiel, pelo cônjuge traído ou pela terceira pessoa – ou ainda por um observador externo. *Madame Bovary*, se narrado a partir do ponto de vista de Charles Bovary, seria um livro muito diferente daquele que conhecemos.

Henry James era como que um virtuose na manipulação do ponto de vista. Em *Pelos olhos de Maisie*, James apresenta uma história de adultérios múltiplos – ou de adultérios maldisfarçados pelo divórcio e por uma segunda união – narrada através do olhar de uma garotinha que sofre todas as consequências dos acontecimentos, ainda que mal os compreenda. Os pais de Maisie divorciam-se quando o pai tem um caso com a governanta, que a seguir desposa. Ida, a mãe, casa-se com *Sir* Claude, um admirador mais jovem, e deixa a filha sob a guarda de uma outra governanta, a sra. Wix. Não demora muito até que o padrasto e a madrasta tornem-se amantes. Maisie é usada como moeda de troca e mensageira desses adultos egoístas e sem escrúpulos em suas intrigas amorosas. Enquanto buscam satisfazer seus prazeres egoístas a todo custo, Maisie fica confinada em uma sala de estudo inóspita com a antiquada sra. Wix, que, madura só na aparência, por sua vez apaixona-se por *Sir* Charles.

O trecho citado aparece no início do livro e trata das promessas vazias feitas por Ida, durante a lua de mel de seu segundo casamento, de que daria a Maisie uma vida melhor. Tudo é narrado sob o ponto de vista de Maisie – mas não na voz da garotinha nem em um estilo que pretenda imitar o discurso de uma criança. James explicou seus motivos no prefácio que escreveu para a *New York Edition*: "As crianças pequenas têm muito mais percepções do que termos para traduzi-las: sua visão é, a qualquer instante, mais rica, e sua apreensão, constantemente mais aguda, do que sua capacidade imediata, e até absoluta, de produzir vocabulário". Assim, em termos estilísticos, *Pelos olhos de Maisie* é a antítese de *O apanhador no campo de centeio*. Um ponto de vista ingênuo é articulado em um estilo maduro: elegante, complexo, sutil.

Nada é descrito que Maisie não pudesse perceber de modo convincente e, a seu modo infantil, compreender. Sua mamãe faz sugestões empolgantes para redecorar a sala de estudos e renovar o guarda-roupa de Maisie. As visitas de Ida são repentinas e breves; seu comportamento é volátil e imprevisível. Na maioria das vezes, está vestida com *glamour* e a caminho de algum evento social. Ida parece estar bastante apaixonada pelo novo marido e de bom humor. Maisie percebe tudo, mas com inocência. Ela ainda acredita em sua mamãe, e espera ansiosamente a "felicidade futura". O leitor, no entanto, não se deixa iludir da mesma forma, pois a linguagem altamente sofisticada em que essas observações são feitas tem um efeito irônico devastador sobre a personagem de Ida.

A primeira frase do primeiro parágrafo tem muitas características que localizam o estilo no polo oposto ao da linguagem infantil. Ela começa com uma construção na voz passiva ("Não se deve supor"), apresenta-nos uma dupla negativa ("não fossem caracterizadas"), prefere substantivos polissilábicos abstratos ("intermissões", "demonstrações", "intentos") a palavras concretas ou mais corriqueiras e favorece pares elegantemente simétricos ("exclamações triunfais e pausas dramáticas", "desde [...] o teto até o bico das botas"). A estrutura de todo o período é do tipo que os gramáticos chamam de "periódico" – em outras palavras, até o último instante você precisa esperar, enquanto acumula toda a informação em sua cabeça, pela oração decisiva que traz a informação crucial (no caso, que a preocupação de Ida é pura encenação). Essa característica faz da leitura de James uma experiência recompensadora, mas árdua: basta a menor distração no meio da frase e você está perdido.

A preferência do autor pelo paralelismo e pela antítese fica evidente, e tem um efeito poderoso, no seguinte trecho: "Ora sentava, ora se via aos sobressaltos". "Tinha tanto a deplorar que deixava um bocado a esperar." "Suas visitas eram boas como uma roupa; seus modos, como a sra. Wix disse em certa ocasião, bons como um par de cortinas." O equilíbrio sutil dessas estruturas realça as contradições entre as promessas de Ida e seu modo de agir, entre sua pretensão à generosidade e seu egoísmo patente.

Uma das marcas mais comuns de um ficcionista inexperiente ou desleixado é o tratamento inconsistente dispensado ao ponto de vista. Uma história – digamos, a história de John, que está saindo de casa para ir morar na universidade, contada sob a perspectiva de John: John faz as malas, dá uma última olhada no quarto, despede-se dos pais – e, de repente, por duas ou três frases, podemos ler o que sua mãe estava achando daquilo tudo, só porque o autor julgou que seria interessante acrescentar a informação naquele ponto da história; e a partir daí a narrativa retoma o ponto de vista de John. Claro, não há regras nem leis determinando que um romance não possa mudar de ponto de vista quando o autor bem entender; mas se essa decisão não for tomada de acordo com algum plano ou princípio estético, o envolvimento do leitor, o processo em que o sentido do texto se produz, será perturbado. Podemos nos perguntar, de modo consciente ou inconsciente, por quê, se soubemos o que a mãe de John estava pensando num certo ponto da cena, não tivemos o mesmo acesso à sua mente em outros momentos. A mãe, que até aquele instante era um dos objetos da percepção de John, de repente passa à condição de sujeito, mas não de sujeito completo. Além disso, se temos acesso ao ponto de vista da mãe, por que não também ao do pai?

A narrativa torna-se de fato mais intensa e imediata quando restrita a um ponto de vista único – ao menos essa era a inabalável crença de James. Com que destreza ele usa a sra. Wix para proferir julgamentos adultos a respeito de Ida – julgamentos de que a garota não seria capaz – sem desviar da perspectiva de Maisie! A garotinha assimila o comentário sobre os modos de Ida serem tão bons quanto um par de cortinas como um elogio, enquanto o leitor interpreta-o como uma crítica acerba. Da mesma forma, a observação da sra. Wix em relação aos decotes de Ida é motivada pelo ciúmes e pelo moralismo, enquanto Maisie, incapaz de ver qualquer significado erótico na exposição do busto feminino, surpreende-se apenas com a relação entre a profundidade dos decotes da mãe e a duração de suas visitas.

Mais tarde na história, quando Maisie passa da infância à adolescência, esse olhar inocente dá lugar a um conhecimento gradual sobre o que os adultos estão aprontando, mas a lacuna entre a linguagem e o ponto de vista nunca é preenchida, e a questão de o que Maisie afinal sabia nunca se resolve por completo. "A beleza é a verdade", disse Keats; "A beleza é a informação", disse Yuri Lotman, o grande semiólogo russo – uma fórmula mais de acordo com a concepção moderna. Henry James, o primeiro romancista efetivamente moderno da língua inglesa, não acreditava que a verdade última da experiência humana pudesse jamais ser estabelecida, mas desenvolveu uma técnica ficcional que preenchia cada fissura com o minério da informação.

7
Mistério

"O sr. Vickery avançaria por terra naquela mesma noite para recolher munições navais que haviam ficado no Bloemfontein Fort depois da guerra. Nenhum contingente foi designado para acompanhar o sr. Vickery. Ele recebeu as ordens na primeira pessoa do singular – como unidade – sozinho."

O marujo deu um assobio penetrante. "Bem que eu achava", disse Pyecroft. "Desembarquei com ele e ele pediu pra mim atravessá a estação. Tava fazeno os estalo dele, mas fora isso me pareceu contente.

"'Tenho uma coisa pra lhe dizê', ele disse, 'vai tê uma apresentação do Phyllis's Circus em Worcester amanhã de noite. Aí eu vô vê ela de novo. Você teve um bocado de paciência comigo', ele disse.

"'Escute, Vickery,' eu disse, 'eu já tô que não me aguento mais com esse assunto. Dê um jeito de consumi com a sua própria fumaça. Eu não quero mais sabê.

"'Você', ele disse. 'O que que você tem a reclamá? – você só teve que assisti. Eu sô *aquilo*', ele disse, 'mas não é lá nem cá', ele disse. 'Só tenho uma coisa a lhe dizê antes de apertá sua mão. Não se esqueça', ele disse – nós tava perto do portão da casa do almirante a essas altura – 'não se esqueça que eu não sô nenhum assassino, porque a minha esposa legítima morreu durante o parto mês e meio depois de eu saí. Pelo menos disso ninguém pode me acusá', ele disse.

"'Mas então o que foi que você fez que importa?', eu perguntei. 'O que aconteceu depois?'

"'O resto', ele disse, 'é silêncio', e aí apertô a minha mão e foi dando aqueles estalo para a Simonstown Station."

"E ele foi mesmo ver a sra. Bathurst em Worcester?", perguntei.

"Ninguém sabe. Ele apareceu em Bloemfontein, acompanhô o carregamento das munição e aí se sumiu. Foi-se embora – desertô, como se diz por aí – a um ano e meio de se aposentá, e se o que ele disse sobre a esposa era verdade, ele era um homem livre na época. O que o senhor acha disso tudo?"

RUDYARD KIPLING "Mrs. Bathurst" (1904)

ALGUMAS PÁGINAS ATRÁS, ao discutir um episódio de suspense em *Um par de olhos azuis*, de Thomas Hardy, revelei que a heroína acabava salvando o herói, mas dei apenas uma pista sobre como ela realizava o feito. Assim, para os leitores que não leram o livro, converti um efeito de suspense ("o que vai acontecer?") em um de enigma ou mistério ("como foi que ela fez?"). Essas duas perguntas são as principais forças motrizes do interesse narrativo – e tão antigas quanto o próprio hábito de contar histórias.

Um dos ingredientes essenciais do romance tradicional, por exemplo, era o mistério relativo à origem e à paternidade dos personagens, resolvido sempre de modo vantajoso para o herói ou a para heroína – um motivo que manteve raízes profundas na ficção do século XIX e ainda aparece com frequência na ficção contemporânea (na ficção literária, o recurso tende a ser usado em tom paródico, como em *M/F*, de Anthony Burgess, ou em meu próprio *O mundo é pequeno*). Romancistas vitorianos como Dickens e Wilkie Collins exploravam o mistério em conexão com crimes e contravenções, o que mais tarde motivou a evolução de um subgênero à parte: a história clássica de detetive de Conan Doyle e de seus sucessores.

Um mistério que se resolve é, em última análise, um acontecimento que conforta o leitor, que assegura o triunfo da razão sobre o instinto, da ordem sobre o caos – seja nos contos de Sherlock Holmes ou nos casos relatados por Sigmund Freud, que aliás têm uma semelhança notável e um tanto suspeita com os contos. Por esse motivo, o mistério é um ingrediente insubstituível da narrativa popular, em qualquer formato – prosa ficcional, filmes e novelas. Os romancistas literários modernos, ressabiados com as soluções engenhosas e os finais felizes, tendem, pelo contrário, a imbuir seus mistérios com uma aura de ambiguidade e a deixá-los irresolvidos. Nunca descobrimos ao certo o que Maisie sabia sobre o comportamento sexual dos adultos a seu redor, se o Kurtz de Conrad em *O coração das trevas* era um herói trágico ou um demônio em forma humana, ou qual dentre os finais alternativos de *A mulher do tenente francês*, de John Fowles, é o "verdadeiro".

A história "Mrs. Bathurst", de Kipling, é um exemplo famoso desse tipo de texto, particularmente interessante por ter saído da pena de um escritor com forte apelo junto ao grande público – que deve ter ficado estupefato e exaltado com as elaboradas e inextrincáveis confusões dessa obra. Ao mesmo tempo, isso demonstra que Kipling era um autor muito mais consciente, talentoso e experimental do que em geral se pensa.

A história se passa na África do Sul logo após o término da guerra dos Bôeres e trata da desaparição misteriosa de um marinheiro britânico chamado Vickery, conhecido como "Estalo" por causa de uma dentadura mal-ajustada. O pouco que se sabe sobre o desaparecimento vai surgindo gradualmente durante uma conversa entre quatro homens que por acaso se encontram em um desvio ferroviário ao lado de uma praia na Cidade do Cabo. São eles: Pyecroft, colega de profissão de Vickery; um sargento da Marinha chamado Pritchard; Hooper, o inspetor ferroviário; e um narrador anônimo em primeira pessoa (por implicatura, o próprio Kipling) que situa a história ao descrever as circunstâncias desse encontro e ao relatar a conversa entre os quatro homens. Pyecroft detalha como, nos dias que antecederam o desaparecimento, Vickery insistia em levá-lo com uma frequência obsessiva para assistir a uma película cinematográfica, parte de um espetáculo itinerante que entretinha as tropas chamado Phyllis's Circus, porque continha uma cena brevíssima de uma mulher descendo de um trem na estação de Paddington. Era uma viúva chamada sra. Bathurst, também conhecida de Pyecroft e Pritchard como sendo a amistosa proprietária de um pub na Nova Zelândia, com quem Vickery evidentemente teve um relacionamento cheio de culpa (o caráter da viúva, segundo o testemunho de Pritchard, continuou imaculado). O notável relato que Pyecroft (isto é, Kipling) faz da cena do filme – o primeiro filme de sua vida – é também uma das mais antigas descrições literárias do cinema e concentra toda a fugacidade no coração da história:

> "Aí as porta se abriram e os passageiro saíram e os carregador pegaram as mala – que nem aqui na nossa vida. Só que – só que quando alguém vinha demais na direção da gente que tava assistino, eles saíam do quadro, por assim dizer... Bem devagar, lá atrás dos carregador – com uma bolsinha, olhando de um lado para o outro – aparece a nossa sra. Bathurst. Eu não ia confundi aquele jeito de andá nem numa multidão de cem mil. Ela veio para frente – sempre em frente – e olhô pra nós com esse olhar cegueta que o Pritch falô. E aí foi caminhano e caminhano até desaparecê do quadro – que nem – que nem uma sombra pulano por cima de uma vela..."

Vickery, convencido de que a sra. Bathurst está à sua procura, fica tão perturbado com o espetáculo sempre repetido que seu superior se preocupa e resolve mandá-lo em uma missão solitária por terra, da qual ele nunca mais retorna. Na passagem citada, Pyecroft descreve seu último encontro com Vickery, enquanto o acompanhava até o atracadouro, e formula o enigma do desaparecimento.

O efeito de mistério não pode ser ilustrado em uma única citação breve, pois mantém-se graças a um fluxo constante de pistas, indícios e outros dados confusos. No caso específico de "Mrs. Bathurst", resta ainda uma outra questão: afinal, *qual é* o mistério central da história? A história do encontro dos quatro homens, com as conversas, discussões e longas memórias anedotais, parece ocupar mais espaço textual do que a própria história de Vickery. A passagem citada, onde o enigma de seu desaparecimento é formulado em termos explícitos e que teria se aproximado do início de uma história de Sherlock Holmes, aparece, na verdade, quase no fim da narrativa.

Assim como Vickery menciona um assassinato apenas para declarar sua inocência, Kipling também invoca a história de detetive apenas para se distanciar dela. O "inspetor" Hooper (o título poderia ser confundido com o de um policial) traz no bolso de seu colete uma dentadura, encontrada junto a um dos dois corpos carbonizados descobertos após um incêndio numa floresta. O objeto parece ser evidência forense de como Vickery encontrou seu fim. "Dentaduras são coisas duráveis. Sempre aparecem nos julgamentos de assassinos", declara Hooper; mas no fim da história o narrador afirma que "ele tirou a mão do bolso do colete – vazia". Ainda que o decoro de Hooper possa explicá-la, a mão vazia também simboliza, para o leitor, a frustração de seu desejo de ver o mistério esclarecido. Mesmo que aceitemos a identificação de Vickery e a versão de sua morte, continuamos sem saber o que o levou a esse extremo nem qual é a identidade do segundo corpo encontrado a seu lado (essas questões foram debatidas por inúmeros críticos, que ofereceram respostas engenhosas, às vezes bizarras e sempre inconclusivas). Vickery, como a sra. Bathurst na película, desapareceu do quadro, pulou para fora dos limites da história – e a verdade última a seu respeito é irrecuperável.

Por que Kipling provoca o leitor dessa forma? Para mim, a explicação é que "Mrs. Bathurst" na verdade não é uma história de mistério no sentido corriqueiro do termo, mas uma tragédia. A citação de *Hamlet* que aparece no discurso indireto de Vickery ("O resto é silêncio") e o eco do Fausto de Marlowe ("Isto é o inferno, onde agora estou") na frase anterior, "Você só teve que assisti. Eu sô *aquilo*", são algumas dentre várias alusões à grande tragédia na história. Aqui, como em outros lugares, Kipling mostra-nos que pessoas humildes e comuns, que falam de maneira simples e usam dentaduras mal-ajustadas, também são capazes de sentir emoções intensas, paixões arrebatadoras e culpa fulminante; e que o maior de todos os mistérios é o coração humano.

8
Nomes

[...] e uma garota a quem você ainda não foi apresentado, que agora surge em meio às sombras do corredor lateral, onde estava à espreita, para juntar-se aos outros na balaustrada do altar. Vamos chamá-la de Violet, não, Veronica, não, Violet, por mais inusitado que esse nome seja para uma garota católica de sangue irlandês, em geral batizadas com nomes de santas e figuras da mitologia celta, porque eu gosto das conotações de Violet – fragilidade, penitência, melancolia –, uma garota diminuta, de cabelo escuro, um rosto pálido, arrasado pelo eczema, as unhas roídas até a raiz e manchadas de nicotina, um triste casaquinho elegante de veludo amarrotado e com manchas; uma garota – você deve ter percebido – cheia de problemas, culpas e outras neuras.

David Lodge *Até onde se pode ir?* (1980)

Por ora, é lá que vamos deixar Vic Wilcox, enquanto voltamos uma ou duas horas no tempo e alguns quilômetros no espaço para encontrar uma personagem diferente. Uma personagem que – o fato é um tanto desconcertante para mim – não acredita no conceito de personagem. Em outras palavras (uma das frases favoritas dela), Robyn Penrose, professora substituta de literatura inglesa na Universidade de Rummidge, afirma que "personagem" é um mito burguês, uma ilusão criada para reforçar a ideologia capitalista.

David Lodge *Um almoço nunca é de graça* (1988)

"Nesse caso, prazer em conhecê-lo", disse ele. "Meu nome é Quinn."

"Ah", exclamou Stillman, pensativo, enquanto acenava com a cabeça. "Quinn."

"É, Quinn, "Q-U-I-N-N."

"Entendo. Sim, sim, entendo. Quinn. Hmmm. Sim. Muito interessante. Quinn. Uma palavra muito ressonante. Rima com rim, não é?"

"Isso mesmo. Rim."

"E também com fim, se não estou enganado."

"Não está."

"E também com gim – escrito com m – ou gin – com n. Correto?"

"Corretíssimo."

"Hmmm. Muito interessante. Vejo muitas possibilidades interessantes para essa palavra, esse Quinn, essa... quintessência... de quididade. *Quid*, por exemplo. E *quiz*. E quidam. E quinquênio. Hmmm. Rima com brim. Para não falar de atchim. Hmmm. Muito interessante. E patim. E cetim. E marfim. E nanquim. E capim. E cupim. E pudim. Rima até com quindim. Hmmm. Se o senhor falar do jeito certo, rima com ruim. Hmmm. Muito, muito interessante. Gosto demais do seu nome, sr. Quinn. Ele aponta em várias direções ao mesmo tempo."

"É, eu mesmo já tinha notado outras vezes."

PAUL AUSTER *Cidade de vidro* (1985)

UM DOS PRINCÍPIOS FUNDAMENTAIS do estruturalismo é a "arbitrariedade do signo" – a ideia de que não existe nenhuma ligação necessária e intrínseca entre uma palavra e a coisa a que se refere. Nada de "a eles chamam com razão de porcos", como já disseram: é mero acaso linguístico. Outras palavras servem ao mesmo propósito em outras línguas. Como Shakespeare observou, antecipando Ferdinand de Saussurre em três séculos, a rosa teria o mesmo perfume ainda que a chamássemos por outro nome. Nesse contexto, os nomes próprios ocupam uma posição curiosa e muito interessante. Em geral, recebemos nomes com alguma intenção semântica que, para nossos pais, tem alguma associação agradável ou esperançosa à qual podemos ou não corresponder. Os sobrenomes, no entanto, em geral são percebidos como arbitrários, a despeito de qualquer força descritiva existente em outras épocas. Não esperamos que um vizinho chamado Shepherd cuide de ovelhas, como o sobrenome indica, nem associamos o nome à ocupação. Mas se esse mesmo sr. Shepherd for personagem de um romance, no entanto, associações pastorais e bíblicas serão inevitáveis. Um dos grandes mistérios da história literária diz respeito às intenções precisas do respeitabilíssimo Henry James ao batizar uma de suas personagens com o nome Fanny Assingham.

Em um romance, os nomes nunca são por acaso. Sempre significam, ainda que algo corriqueiro. Escritores cômicos, satíricos e didáticos podem se dar ao luxo da invenção exuberante e da alegoria óbvia ao nomear seus personagens (Thwackum, Pumblechook, Pilgrim). Autores mais realistas preferem nomes comuns que tenham a conotação adequada (Emma Woodhouse, Adam Bede). O batismo dos personagens é sempre uma parte importante de sua criação, que envolve muitas considerações e dúvidas que posso ilustrar, de modo mais conveniente, a partir da minha própria experiência como romancista.

A pergunta no título de *Até onde se pode ir?* diz respeito tanto ao solapamento das crenças religiosas tradicionais pela teologia radical quanto ao da convenção literária por meio do artifício conhecido por *breaking frame*, já discutido em relação à voz intrusa do autor (seção 2). A decisão do autor de mudar o nome de um personagem no meio da história é um modo radical de admitir que toda a narrativa é "inventada" – algo que os leitores sabem, mas em geral ignoram durante a leitura, assim como as pessoas religiosas ignoram suas dúvidas. Tampouco é comum que os romancistas expliquem as conotações dos nomes que dão a seus personagens: em tese, essas sugestões devem mandar mensagens subliminares para o leitor.

Graças aos processadores de texto, é fácil mudar o nome de um personagem já em um estágio avançado da composição com apenas alguns comandos, mas eu relutaria em fazer qualquer coisa parecida com os meus personagens, salvo talvez com os de menor importância. A escolha de um nome pode ser causa de hesitação e angústia, mas, uma vez escolhido, o nome passa a ser parte inseparável do personagem, e questioná-lo parece lançar o projeto inteiro *en abîme*, como os desconstrucionistas dizem. Senti isso na pele enquanto eu escrevia *Um almoço nunca é de graça*.

Esse romance trata do relacionamento entre o diretor-geral de uma empresa de engenharia e uma jovem acadêmica que se vê obrigada a ser sua "sombra". Ainda que contenha alguns apartes ao leitor, conforme ilustrado pelo trecho acima, em linhas gerais o romance é mais direto e mais realista do que *Até onde se pode ir?* e, ao nomear os personagens, eu estava em busca de nomes que parecessem "normais" o bastante para esconder seu significado simbólico. Chamei o homem de Vic Wilcox para sugerir, por trás de um nome um tanto comum e um tanto inglês, uma virilidade agressiva e até mesmo rude (por associação com *victor*, *will* e *cock*), e logo decidi que o sobrenome da minha heroína seria Penrose, por conta das associações à literatura e à beleza (*pen* e *rose*). Por algum tempo, no entanto, fiquei indeciso em relação ao primeiro nome, hesitando entre Rachel, Rebecca e Roberta; lembro-me de que a indecisão prejudicou um bocado o andamento do segundo capítulo, porque eu não conseguia "habitar" essa personagem enquanto ela não tinha um nome. No fim descobri, em um dicionário especializado, que os nomes Robin ou Robyn às vezes são usados como formas familiares de Roberta. Um nome andrógino pareceu muito adequado à minha heroína decidida e feminista e, na mesma hora, sugeriu uma nova reviravolta na trama: Wilcox estaria à espera de um sujeito chamado Robin na fábrica.

Quando já havia escrito mais ou menos a metade do romance eu percebi que havia dado a Vic – talvez pelo mesmo caminho meândrico seguido por E. M. Forster – o sobrenome do principal personagem masculino em *Howards End*, Henry Wilcox – também ele um homem de negócios que se apaixona por uma intelectual. Em vez de mudar o nome do meu herói, incorporei *Howards End* em um nível intertextual do romance, enfatizando os paralelos entre os dois livros – por exemplo, com o *slogan* "only connect" (a epígrafe do romance de Forster) na camiseta de Marion, aluna de Robyn. E por que Marion? Talvez porque ela seja uma donzela cuja inocência e virtude Robyn (cf. Robin Hood) vê-se na obrigação de proteger, talvez porque a jovem George Eliot (que aparece em destaque nas aulas de Robyn) na verdade se chamasse Marian Evans. Digo "talvez" porque nem sempre os autores têm consciência do que os motiva nesses assuntos.

A citação de *Cidade de vidro*, de Paul Auster, uma das três incríveis novelas que constituem *A trilogia de Nova York*, leva a conotação dos nomes em textos literários a um extremo absurdo. As três histórias sujeitam todos os clichês e estereótipos das histórias de detetive ao ceticismo pós-moderno em relação à identidade, à causalidade e ao significado. O próprio Quinn escreve histórias de detetive sob o pseudônimo de William Wilson, que por sua vez é como se chama o herói que empresta seu nome ao famoso conto de Poe sobre um homem em busca de seu *Doppelgänger* (v. capítulo 47). Identificado por engano como sendo "Paul Auster da Agência de Detetives Auster", Quinn é levado a interpretar esse papel e começa a seguir um professor universitário chamado Stillman, que acaba de sair da prisão e é temido pelo cliente de Quinn, também conhecido como Wilson, por sua vez também conhecido como Auster. Stillman escreve um livro onde conclui que a arbitrariedade do signo é consequência do Pecado Original.

> A única tarefa de Adão no Éden fora inventar a linguagem, nomear a todas as criaturas e coisas. Nesse estado de inocência, sua língua alcançara o âmago do mundo. Suas palavras não foram meramente anexadas às coisas que via: revelavam sua essência, davam-lhes vida. Uma coisa e o seu nome eram intercambiáveis. Depois da queda, a situação mudou. Os nomes se desprenderam das coisas; as palavras regrediram ao estado de signos arbitrários; a linguagem afastou-se de Deus. A história do Éden, portanto, não apenas narra a queda do homem, mas também a queda da linguagem.

Como que para demonstrar sua tese, Stillman desconstrói o nome de Quinn, quando os dois se encontram, por meio da livre associação. As conotações de Quinn não param em lugar algum e, assim, tornam-se inúteis ao leitor como chave interpretativa.

Na segunda história, *Espectros*, todos os personagens têm o nome de uma cor.

> Primeiro havia Blue. Mais tarde apareceu White, e depois Black, e antes do começo havia Brown. Brown foi seu tutor, Brown foi quem lhe ensinou todas as manhas, e, quando Brown ficou velho, Blue assumiu seu lugar. É assim que começa... O caso parece bastante simples. White quer que Blue siga um homem chamado Black e fique de olho nele pelo maior tempo possível.

Com esse método manifestamente artificial de nomear seus personagens, Auster reafirma a arbitrariedade da linguagem quando a aplica (a arbitrariedade) onde não vigora (os nomes ficcionais). Na terceira história, *A sala trancada*, o narrador explica como falsificou dados do censo, em uma paródia aos romancistas:

> Acima de tudo havia o prazer de inventar nomes. Por vezes eu tinha de conter meus impulsos mais absurdos – o cômico, o trocadilho, a palavra obscena –, mas na maioria das vezes eu me contentava em ficar dentro dos limites do realismo.

Em todas as três histórias a impossibilidade de afixar o significado ao significante, de recuperar o estado pré-lapsariano de inocência em que uma coisa e seu nome são intercambiáveis, é reproduzida no plano da trama através da futilidade das rotinas investigativas. Todas as histórias acabam com a morte ou o desespero do personagem-detetive, que se vê diante de um mistério insolúvel, perdido em um labirinto de nomes.

9
Fluxo de consciência

Mrs. Dalloway disse que ela mesma compraria as flores. Pois Lucy estava atarefada até demais. As portas seriam desmontadas; os homens de Rumpelmayer estavam a caminho. Então, Clarissa Dalloway pensou, que manhã – fresca como se feita para as crianças na praia.

Que delícia! Que mergulho! Pois sempre tinha essa impressão quando, com um leve ranger das dobradiças, como agora se ouvia, escancarava as janelas francesas e mergulhava no ar fresco de Bourton. Tão fresco, tão tranquilo e ainda mais calmo, claro, era o ar no amanhecer; como o quebrar das ondas; o beijo das ondas; gélido e brusco e no entanto (para uma garota de dezoito anos como ela então era) solene, sentindo como sentia, junto à janela aberta, que algo horrível estava prestes a acontecer; olhando para as flores, para as árvores que desprendiam névoa e as gralhas subindo, descendo; junto à janela, olhando até que Peter Walsh perguntasse "Pensando com os legumes?" – foi isso mesmo? – "Prefiro os homens à couve-flor" – foi isso mesmo? Ele deve ter dito isso um dia no café da manhã enquanto ela estava no terraço – Peter Walsh. Um dia desses ele voltaria da Índia, junho ou julho, ela já esquecera qual, pois suas cartas eram enfadonhas ao extremo; o memorável eram suas tiradas; o olhar, o canivete, o sorriso, a rabugice e, quando milhões de coisas haviam sumido por completo – que estranho! – uns comentários como esse, sobre couves.

Virginia Woolf *Mrs. Dalloway* (1925)

"Fluxo de consciência" foi um termo cunhado por William James, o psicólogo irmão de Henry, o romancista, para definir o fluxo contínuo de pensamentos e sensações na mente humana. Mais tarde os críticos literários tomaram-no emprestado para descrever um tipo específico de ficção moderna que tentava reproduzir esse processo, representado por James Joyce, Dorothy Richardson e Virginia Woolf, entre outros.

O romance, é claro, sempre teve como característica o tratamento íntimo da experiência. *Cogito, ergo sum* ("penso, logo existo") poderia ser o mote romanesco, ainda que o *cogito* do romancista inclua não somente a razão, mas também emoções, sensações, memórias e fantasias. Os autobiógrafos de Defoe e os missivistas de Richardson, no estágio evolutivo inicial do romance, eram dotados de uma introspecção obsessiva. O romance clássico do século XIX, de Jane Austen a George Eliot, combinava a apresentação dos personagens na vida social com uma análise sutil e perspicaz de suas vivências íntimas na esfera moral e afetiva. Próximo à virada do século, no entanto (como podemos ver em Henry James), a realidade instalou-se na consciência íntima e subjetiva dos indivíduos, incapazes de comunicar a totalidade de sua experiência aos outros. Já disseram que o romance de fluxo de consciência é a expressão literária do solipsismo, a doutrina filosófica segundo a qual nada é necessariamente real além das fronteiras da nossa mente; mas também podemos argumentar que ele suaviza essa hipótese assustadora ao nos dar acesso à vida íntima de outros seres humanos, ainda que ficcionais.

Sem dúvida esse tipo de romance tende a gerar certa simpatia para com os personagens cujas vidas íntimas nos são reveladas, por mais vaidosos, egoístas ou ignóbeis que seus pensamentos às vezes possam ser; dito de outra forma, a imersão contínua na mente de um personagem totalmente desprovido de simpatia seria intolerável tanto para o autor como para o leitor. *Mrs. Dalloway* é um exemplo particularmente interessante, porque sua heroína já havia aparecido como personagem secundária no primeiro romance de Virginia Woolf, *A viagem* (1915). Nesta obra, uma técnica narrativa mais convencional é usada para fazer um retrato satírico e mordaz de Clarissa Dalloway e seu marido, que aparecem como integrantes esnobes e reacionários da classe alta inglesa. Eis aqui Mrs. Dalloway em sua primeira encarnação, enquanto se apronta para conhecer um acadêmico chamado Ambrose e sua esposa:

> Mrs. Dalloway, com a cabeça um pouco para o lado, fez o quanto podia para lembrar-se de Ambrose – será que era um sobrenome? –, mas sem sucesso. O que ouvira a seu respeito a havia deixado algo inquieta. Sabia que os acadêmicos desposavam qualquer uma – garotas que conheciam em festas literárias; ou mulherzinhas do subúrbio que diziam, desgostosas, "Claro que é o meu marido que a senhora deseja, não a *mim*". Mas nesse instante Helen chegou, e Mrs. Dalloway percebeu aliviada que, mesmo com uma aparência levemente excêntrica, não era descuidada, tinha boa postura e uma voz contida, o que julgava ser a verdadeira marca de uma dama.

Podemos ver o que Mrs. Dalloway está pensando, mas o estilo em que seus pensamentos são comunicados apresenta-os a uma certa distância irônica e, em silêncio, critica-os. Existem evidências de que quando Virginia Woolf voltou a escrever sobre a personagem sua intenção era retomar essa postura quase satírica; mas na época a autora já se dedicava ao romance de fluxo de consciência, e o método levou-a a pintar um retrato muito mais agradável de Clarissa Dalloway.

Há duas técnicas principais usadas para representar a consciência na prosa ficcional. Uma é o monólogo interior, em que o sujeito gramatical do discurso é um "eu" e o leitor "escuta" o personagem verbalizar seus pensamentos à medida que lhe ocorrem. Esse método será discutido na próxima seção. O outro método, chamado discurso indireto livre, remonta no mínimo a Jane Austen, mas foi utilizado com escopo e virtuosismo cada vez maiores por novelistas modernos como Woolf. A técnica nos apresenta os pensamentos como discurso indireto (na terceira pessoa), mas atém-se a um vocabulário típico do personagem e dispensa algumas convenções escritas necessárias numa narrativa mais formal, como "ela pensou", "ela imaginou", "ela se perguntou" etc. Assim cria-se a ilusão de acesso íntimo à mente do personagem, sem que se abdique da participação autoral no discurso.

"Mrs. Dalloway disse que ela mesma compraria as flores" é a primeira frase do romance: a declaração de um narrador autoral, mas impessoal e inescrutável, que não explica quem é Mrs. Dalloway nem por que ela precisava comprar flores. Essa imersão do leitor no meio de uma vida em andamento (aos poucos vamos montando a biografia da heroína graças a um processo inferencial) tipifica a apresentação da consciência como um "fluxo". A frase seguinte, "Pois Lucy estava atarefada até demais", adota o estilo indireto e nos leva até a mente da personagem ao omitir a marcação autoral do tipo "refletiu Mrs. Dalloway"; ao chamar a criada pelo primeiro nome, como a própria Mrs. Dalloway faria, e não pela função; e ao usar uma expressão vernacular e coloquial, "atarefada até demais", que pertence à maneira como Mrs. Dalloway fala. A terceira frase assume a mesma forma. A quarta tende um pouco mais ao estilo autoral para nos informar o nome completo da protagonista, assim como a alegria que sentia na bela manhã de verão: "Então, *Clarissa Dalloway pensou*, que manhã – fresca como se feita para as crianças na praia." (*Itálicos meus.*)

A seguir, as exclamações "Que delícia! Que mergulho!" parecem à primeira vista um monólogo interior, mas não descrevem a reação da heroína madura ao amanhecer em Westminster enquanto sai para comprar flores. Ela está se lembrando de quando, aos dezoito anos, se lembrava da infância. Dito de outra forma, a imagem "fresca como se feita para as crianças na praia", evocada pelo amanhecer em Westminster, faz com que ela lembre de como metáforas análogas, de crianças brincando no mar, ocorriam-lhe quando ela "mergulhava" no ar fresco e calmo das manhãs de verão "como o quebrar das ondas; como o beijo das ondas" em Bourton (que imaginamos ser uma casa de campo), onde encontraria um homem chamado Peter Walsh. O real e o metafórico, o presente e o passado entremesclam-se e interagem nas frases longas e meândricas, em que cada pensamento ou lembrança motiva o próximo. A verdade é que Clarissa Dalloway não pode confiar em sua memória: "'Pensando com os legumes?' – foi isso mesmo? – 'Prefiro os homens à couve-flor' – foi isso mesmo?"

As frases podem ser meândricas, mas, apesar das licenças concedidas pelo discurso indireto livre, são bem-formadas e têm um ritmo elegante. Virginia Woolf misturou um pouco de sua própria eloquência lírica no fluxo de consciência de Mrs. Dalloway, mas com bastante discrição. Se você passar as frases para a primeira pessoa, vai ver que soam literárias demais para ser a transcrição dos pensamentos aleatórios de uma pessoa. Soariam como um *texto*, escrito num precioso estilo autobiográfico:

> Que delícia! Que mergulho! Pois eu sempre tivera essa impressão quando, com um leve ranger das dobradiças, como eu agora ouvia, escancarava as janelas francesas e mergulhava no ar fresco de Bourton. Tão fresco, tão tranquilo e ainda mais calmo, claro, era o ar no amanhecer; como o quebrar das ondas; o beijo das ondas; gélido e brusco e no entanto (para uma garota de dezoito anos como eu então era) solene, sentindo

> como eu sentia, junto à janela aberta, que algo horrível estava prestes a acontecer [...]

Os monólogos interiores de um romance mais tardio de Virginia Woolf, *As ondas*, sofrem dessa artificialidade, na minha opinião. James Joyce foi um expoente mais hábil dessa forma de tratar o fluxo de consciência.

10
Monólogo interior

Nos degraus tateou para conferir a chave no bolso da calça. Não. Nas calças que eu troquei. Preciso buscar. Batata eu tenho. Guarda-roupas rangedor. Para que incomodar ela. Da outra vez ela se virou no sono. Puxou a porta do corredor atrás de si em silêncio, mais, até o rodapé da porta cobrir de leve a soleira, uma tampa mole. Parecia fechada. Tudo bem até eu voltar.

Atravessou para o lado claro, evitando a calha solta no número 75. O sol chegava perto do coruchéu na George's Church. Dia quente eu acho. Mais ainda com essas roupas pretas. O preto conduz, reflete (ou refrata?) o calor. Mas não dava para usar o terno claro. Fazer um piquenique. Suas pálpebras baixavam quietas amiúde enquanto andava no calor alegre.

*

Desceram a escada do terraço de Leahy com cuidado, *Frauenzimmer*, e pela inclinação da orla os pés achatados afundando na areia pedregosa. Que nem eu, que nem Algy, descendo à nossa poderosa mãe. A número um baixou a bolsa de parteira com lourdez, o guarda-sol da outra espetado na areia. Do Liberties, um dia de folga. A sra. Florence MacCabe, relicta do finado Patk MacCabe, que deixou muita saudade, da Bride Street. Uma outra da irmandade pôs-me no mundo aos guinchos. Criação a partir do nada. O que ela tem na bolsa? Um feto com cordão umbilical de arrasto, quieto envolto em lã vermelha. Os cordões de todos ligam-nos para trás, o cabo filentrelaçante de toda a carne. Então por isso os monges místicos. Você vai ser como os deuses? Contemple o seu ônfalo. Alô. Aqui é o Kinch. Passe-me para Edenville. Alef, alfa: zero, zero, um.

*

Sim porque ele nunca fez uma coisa dessas antes como pedir café na cama com ovos desde o hotel City Arms quando fingia estar de cama com aquela voz doente fazendo sua alteza para parecer interessante àquela velha cretina da sra. Riordan que ele achou que tinha um bom filé mas ela não deixou nem um centavo tudo as missas para ela e a alma dela maior unha de fome já existida até com medo de gastar 4d para o álcool metilado falando das moléstias tinha um papo batido de política e terremotos e o fim do mundo vamos nos divertir um pouco antes Deus ajudai o mundo se todas as mulheres fossem que nem ela contra maiôs e decotes claro ninguém queria que ela vestisse eu acho que ela era carola porque nunca um homem olhava para ela duas vezes

JAMES JOYCE *Ulisses* (1922)

O TÍTULO do *Ulisses* de James Joyce é uma pista – a única inconfundível em todo o livro – de que esse relato de um dia bastante comum em Dublin, 16 de junho de 1904, é uma reconstrução, imitação ou paródia da história contada na *Odisseia* de Homero (cujo herói, Odisseu, chamava-se Ulisses em latim). Leopold Bloom, um corretor de anúncios judeu de meia-idade, é o trivial herói do romance, cuja esposa, Molly, deixa muito a desejar a seu arquétipo (Penélope) em termos de fidelidade ao esposo. Depois de atravessar Dublin para cima e para baixo por conta de vários assuntos inconclusivos, tal como Odisseu foi soprado por ventos desfavoráveis de um lado para o outro no Mediterrâneo ao voltar da Guerra de Troia, Bloom trava uma amizade paternal com Stephen Daedalus, o Telêmaco da história e um retrato do próprio Joyce em sua juventude – um jovem escritor orgulhoso, sem dinheiro e afastado do pai.

Ulisses é um épico psicológico, não heroico. Vamos conhecendo os personagens não porque lemos a respeito deles, mas porque compartilhamos seus pensamentos mais íntimos, apresentados como um fluxo de consciência silencioso, espontâneo e constante. Para o leitor, é como usar fones de ouvido plugados diretamente ao cérebro de outra pessoa e monitorar essa gravação interminável de impressões, reflexões, questionamentos, memórias e fantasias do sujeito à medida que sensações físicas ou associações de ideias os motivam. Joyce não foi o primeiro nem o último praticante do monólogo interior (ele mesmo creditava a invenção a um romancista obscuro do fim do século XIX chamado Édouard Dujardin), mas levou a técnica a um nível de perfeição tão elevado que, à exceção de Faulkner e Beckett, não há outros expoentes à sua altura.

O monólogo interior é, de fato, uma técnica dificílima de se usar com bons resultados, pois tende a imprimir um ritmo demasiado lento à narrativa e a aborrecer o leitor com uma pletora de detalhes banais. Joyce evita essas armadilhas em parte graças à sua incrível habilidade com as palavras, que torna acontecimentos e objetos do dia a dia tão encantadores como se nunca os tivéssemos visto antes, mas também por meio de uma estrutura gramatical variada no discurso, que combina o monólogo interior com o discurso indireto livre e a descrição narrativa ortodoxa.

O primeiro trecho mostra-nos Leopold Bloom ao sair de casa cedo a fim de comprar um rim de porco para o café da manhã. "Nos degraus tateou para conferir a chave no bolso da calça" descreve a ação de Bloom a partir de seu próprio ponto de vista, mas, no nível narrativo, pressupõe a existência de um narrador, por mais impessoal que seja. "Não" é monólogo interior, uma contração do pensamento não verbalizado de Bloom, "Não estava lá". A omissão do verbo traduz o imediatismo da descoberta e o leve sentimento de pânico que traz consigo. Bloom lembra que a chave está na outra calça que ele "trocou" porque está de terno preto para comparecer a um funeral no fim do dia. "Batata eu tenho" é um verdadeiro enigma para o leitor de primeira viagem: mais tarde descobrimos que Bloom tem o hábito de levar consigo uma batata, que funciona como um talismã. Esses quebra-cabeças conferem autenticidade ao método, pois não esperaríamos que o fluxo de consciência de uma outra pessoa fosse parecer-nos transparente. Bloom descarta a ideia de voltar para casa e buscar a chave porque a porta do roupeiro range e poderia incomodar sua esposa, que ainda dorme na cama – uma indicação de seu temperamento calmo e atencioso. Ele se refere a Molly simplesmente como "ela" porque a esposa é uma figura tão importante em sua consciência que não é necessário identificá-la por nenhum outro nome – ao contrário do que um narrador, levando em conta o interesse do leitor, haveria de fazer.

A frase seguinte, de um mimetismo brilhante, descreve como Bloom puxou a porta da casa até quase fechá-la e retoma o modo narrativo, mas mantém o ponto de vista de Bloom e restringe-se a usar seu vocabulário, de modo que um fragmento de monólogo interior, "mais", pode ser incorporado sem nenhum problema. O verbo da frase seguinte, conjugado no passado ("parecia fechada"), sinaliza o discurso indireto livre e proporciona um retorno suave ao monólogo interior: "Tudo bem até eu voltar", onde "tudo bem" é uma contração de "Tudo vai ficar bem". Com exceção dos trechos narrativos, nenhuma das frases nessa passagem é correta ou completa em termos gramaticais, uma vez que não usamos frases bem-estruturadas para pensar ou mesmo falar.

A segunda citação, que descreve Stephen Daedalus observando duas mulheres enquanto caminha pela praia, apresenta a mesma variedade discursiva. Mas, enquanto o fluxo do pensamento de Bloom é prático, sentimental e, de modo leigo, científico (ele tenta lembrar do termo técnico correto para descrever a reação das roupas pretas ao calor), o de Stephen é especulativo, espirituoso, literário – e muito mais difícil de seguir. "Algy" é uma referência ao poeta Algernon Swinburne, que chamou o mar de "grã-mãe doce", e "com lourdez" é ou um arcaísmo literário ou um neologismo influenciado pelo domicílio boêmio de Stephen em Paris (*lourd* é a palavra francesa para "pesado"). O chamado da sra. MacCabe leva a imaginação literária de Stephen a evocar seu próprio nascimento com uma concretude pungente: "Uma outra da irmandade pôs-me no mundo aos guinchos", outra frase de um mimetismo mágico que nos faz sentir o corpo escorregadio do recém-nascido nas mãos da parteira. O pensamento mórbido de que a sra. MacCabe possa carregar um feto abortado na bolsa conduz o fluxo de consciência de Stephen a um devaneio complexo e fantástico, em que o cordão umbilical é comparado a um cabo que liga toda a humanidade à mãe primordial, Eva, o que parece explicar por que os monges orientais contemplam seus próprios umbigos (em grego, *omphalós*) mesmo que Stephen não complete o pensamento, com a mente então passando a um outro conceito metafórico, o do cordão umbilical como um fio telefônico, que Stephen (apelidado de Kinch por seu sócio, Buck Mulligan) imagina usar para telefonar ao Jardim do Éden.

Joyce não escreveu todo o *Ulisses* como um fluxo de consciência. Após levar o realismo psicológico ao limite, passou a adotar, nos capítulos mais avançados do romance, vários tipos de estilização, pastiche e paródia: *Ulisses* é um épico psicológico, mas também linguístico. O livro acaba, no entanto, com o mais famoso de todos os monólogos interiores – o de Molly Bloom.

No último "episódio" (assim se chamam os capítulos de *Ulisses*), Molly, a esposa de Leopold Bloom, que até então aparece apenas como objeto dos pensamentos do marido e de outros personagens, torna-se enfim um sujeito, um centro de consciência. Durante a tarde ela trai Leopold com um empresário chamado Blazes Boylan (Molly é uma cantora semiprofissional). A noite cai. Bloom deita-se na cama e Molly e fica a seu lado, meio dormindo, meio acordada, lembrando-se dos acontecimentos do dia e de sua vida passada –

em especial das experiências com o marido e com vários outros amantes. Na verdade o relacionamento sexual do casal Bloom deixou de existir há muitos anos, quando perderam um filho ainda na infância; mas os dois permanecem unidos por laços de familiaridade, de afeição exagerada e até de ciúme. O dia de Bloom é marcado pela consciência do *affair*, e o monólogo longo e quase sem nenhuma pontuação de Molly começa com a hipótese de que Bloom deve ter se envolvido em alguma aventura erótica, uma vez que, na manhã seguinte, faz questão de exigir que ela lhe traga o café na cama, o que não pedia há muito tempo, desde a época em que se passava por inválido a fim de impressionar uma viúva chamada sra. Riordan (tia de Stephen Daedalus e, de fato, uma das muitas pequenas coincidências que costuram os acontecimentos aparentemente aleatórios em *Ulisses*), de quem esperava receber uma herança, só que na verdade a viúva não deixou nada, todo o dinheiro destinado a pagar missas para a alma dela ficar em paz... (Ao parafrasear o solilóquio de Molly Bloom é fácil cair no estilo livre.)

Ao passo que o fluxo de consciência de Stephen e o de Bloom recebem estímulos e mudam de sentido ao sabor das impressões que recebem, Molly, deitada no escuro e tendo apenas o barulho da rua para distraí-la, vê-se transportada pelas memórias, cada lembrança despertando outra por meio de alguma associação. Porém, enquanto as associações de Stephen tendem a ser metafóricas (uma coisa sugere a outra por semelhança – muitas vezes por uma semelhança esotérica ou fantasiosa) e as de Bloom, metonímicas (uma coisa sugere a outra porque as duas mantêm uma relação de causa e efeito, ou de contiguidade no espaço-tempo), as de Molly são apenas literais: um café na cama a faz lembrar de outro, do mesmo modo como um homem em sua vida a faz lembrar de outro. Uma vez que ao pensar em Bloom Molly lembra-se de outros amantes, nem sempre é fácil determinar a quem o pronome “ele” se refere.

11
Estranhamento

Essa pintura parecia achar-se a rainha da coleção.

Retratava uma mulher, um tanto maior, pensei, do que na realidade. Imaginei que essa senhora, se colocada em uma balança de magnitude adequada a receber produtos em grande quantidade, sem dúvida haveria de pesar de noventa a cem quilos. Era, de fato, muitíssimo bem alimentada; muita carne do açougue – sem falar dos pães, legumes e líquidos – ela deve ter consumido para obter aquela massa e altura, aqueles músculos, aquela afluência de carne. Estava meio reclinada em um sofá – seria difícil explicar por quê; a luz do sol resplandecia-lhe ao redor. Era de uma constituição robusta, forte o bastante para fazer o trabalho de dois cozinheiros; não poderia alegar fraqueza da coluna; deveria estar de pé, ou ao menos sentar-se bem empertigada. Não tinha nada que passar a tarde em um sofá. Ademais, deveria usar roupas decentes – algum vestido para cobrir-se com decência, o que não era o caso. Mesmo com toda aquela abundância de material – uns 25 metros de fazenda, eu diria –, não foi capaz de fazer trajes eficientes. E não poderia haver desculpa para a desorganização à sua volta. Potes e panelas – talvez eu devesse dizer vasos e cálices – espalhavam-se aqui e acolá no primeiro plano; um amontoado de flores misturava-se a estes, e uma massa confusa de cortinas e tecidos asfixiava o sofá e recobria o chão. Ao consultar o catálogo, descobri que essa obra notável chamava-se "Cleópatra".

Charlotte Brontë *Villette* (1853)

Estranhamento é a tradução consagrada de *ostranenie* (literalmente, "tornar estranho"), mais um daqueles termos críticos imprescindíveis cunhados pelos formalistas russos. Em um famoso ensaio publicado pela primeira vez em 1917, Victor Chklóvski afirmou que o objetivo primordial da arte é superar os efeitos embotantes do hábito ao representar objetos familiares de um modo estranho:

> O hábito devora trabalhos, roupas, móveis, esposas e o medo da guerra [...] A arte existe para que possamos recuperar a sensação de estarmos vivos; existe para fazer-nos sentir coisas, para tornar a pedra *dura*. O objetivo da arte é nos proporcionar a experiência das coisas tal como as percebemos, não como as conhecemos.

Essa teoria justifica as distorções e os deslocamentos da escrita modernista, mas também se aplica muito bem aos grandes expoentes do romance realista. Um dos exemplos de Chklóvski era uma passagem em que Tolstói ridiculariza a ópera ao descrever uma apresentação pelos olhos de alguém que nunca viu nem ouviu uma ópera antes (um exemplo: "Então mais pessoas vieram correndo e começaram a arrastar a moça que antes estava com um vestido branco mas nesse instante trajava um outro, azul-claro. Não a levaram de imediato, mas passaram um bom tempo cantando em sua companhia antes de carregá-la."). Charlotte Brontë faz algo parecido com a arte dos salões nessa passagem retirada de *Villette*.

Villette é o nome fictício de Bruxelas, onde a heroína e narradora, Lucy Snowe, vê-se obrigada a ganhar a vida como professora num internato para garotas. Lucy tem uma profunda paixão secreta por um médico inglês, John Bretton, que a acompanha até as galerias de arte, mas a deixa explorá-las por conta própria – um arranjo muito ao gosto de seu espírito independente.

A pintura analisada no trecho pertence a um gênero muito reconhecível, em que a representação exuberante do nu feminino reveste-se de uma aura respeitável graças à temática mítica ou histórica, às grandes proporções e a várias outras evidências de que pertence à alta cultura. As contradições num espetáculo desses eram muito mais profundas na época de Charlotte Brontë, quando as mulheres eram obrigadas a cobrir cada centímetro do corpo, do que na época atual. Por meio de sua heroína, Charlotte Brontë revela as contradições e a falsidade na essência desse gênero artístico (tal como ela o entendia) ao descrever a pintura em termos literais e fiéis, pô-la no contexto da vida real das mulheres e ignorar o discurso artístico e cultural dentro do qual é habitualmente percebido.

Assim, as proporções monumentais da figura feminina e o exagero dos drapeados a seu redor, fatos ignorados ou suprimidos na fruição tradicional da arte, são trazidos à superfície por força de um cálculo empírico, quase científico, de peso e de extensão: "de noventa a cem quilos [...] uns vinte e cinco metros de fazenda, eu diria". Estamos tão acostumados a ver tecidos em pinturas clássicas de nu, esvoaçando em volta da figura em drapeados convolutos, sem cobrir nada, exceto talvez alguns centímetros do púbis, que não percebemos a artificialidade dessa representação. O mesmo se pode dizer da disposição inusitada de vários objetos e instrumentos no primeiro plano dessas pinturas – *por que* vemos cálices sempre caídos pelo chão, quando os personagens retratados teriam tido tempo e criados de sobra para juntá-los? O escrutínio implacável de Lucy levanta questões que em geral são ignoradas durante o ritual de visita a uma galeria de arte. A pose langorosa da mulher reclinada e o convite erótico silencioso são ridicularizados através de comentários sobre a incongruência da cena com a hora do dia e a absoluta falta de evidência em relação à debilidade física da figura. Ao revelar o título "Cleópatra" só ao fim da descrição, Lucy insinua a arbitrariedade e a falsidade da temática histórico-mitológica reivindicada pela obra, que poderia muito bem se chamar "Dido" ou "Dalila" ou (com um pouco mais de honestidade) "Odalisca".

Em si, a descrição da pintura é desprovida de conteúdo narrativo; a história é interrompida para dar-lhe espaço. No entanto, a descrição cumpre uma *função narrativa*. Em primeiro lugar, contribui para a caracterização de Lucy Snowe, uma jovem de opiniões fortes, independentes e pouco convencionais, ainda que sua falta de beleza, status e fortuna a obrigue a guardá-las para si na maioria das vezes. Em segundo lugar, motiva uma cena curiosa entre Lucy e *monsieur* Paul Emmanuel, um mestre-escola irritadiço e pouco simpático, mas cheio de vida, que por fim a heroína reconhece como uma companhia muito mais agradável do que o superficial dr. John. Paul Emmanuel encontra Lucy em frente à "Cleópatra" e fica chocado – uma reação que demonstra indiferença aos lugares-comuns da cultura (o mestre-escola não se impressiona com a pretensão da obra), mas um certo apego aos estereótipos dos sexos (pois ele julga que o quadro não é apropriado a uma moça). Então *monsieur* Paul a leva de arrasto para ver outro quadro, com três cenas sentimentais na vida de uma mulher virtuosa, que Lucy julga tão absurdo e irrelevante quanto a "Cleópatra".

Villette foi o último romance escrito por Charlotte Brontë antes de sua morte prematura, e também o mais maduro. A obra tornou-se um texto-chave para a crítica feminista contemporânea, por razões que ficam muito óbvias nessa passagem. Porém, ao causar um certo estranhamento à representação da mulher em pinturas de temática histórica, Charlotte Brontë fez uma declaração não apenas sobre a arte, mas também sobre o comportamento sexual e, mais especificamente, sobre sua própria arte, que aos poucos e com muita luta foi se afastando das falsificações e fantasias do romance melodramático. "Tive a impressão de que uma pintura boa e original é tão rara quanto um livro bom e original", diz Lucy Snowe logo antes da passagem aqui reproduzida. *Villette* é um desses livros raros.

No entanto, o que estamos dizendo – é um elogio comum – ao declarar que um livro é "original"? Na maioria das vezes, não que o autor inventou algo sem precedentes, mas que nos levou a *perceber* o que, em termos conceituais, *sabemos*, afastando-se dos modos convencionais e batidos de se representar a realidade. O estranhamento é, em suma, um outro modo de dizer "originalidade". Devo retomar o assunto em outro desses breves artigos sobre a arte da ficção.

12
Ambientação

Em LA você não consegue fazer nada sem pegar o carro. Agora eu não consigo fazer nada sem beber. Mas a combinação de direção com bebida não dá certo lá fora. É só você afrouxar o cinto de segurança para bater as cinzas ou enfiar o dedo no nariz e logo vem uma autópsia em Alcatraz com as perguntas feitas depois. Você tem a impressão de que basta a menor indisciplina, a menor variação, e lá vem o megafone, a mira telescópica e um porco copterizado com um cano apontado para a sua juba.

Então o que resta a um sujeito pobre? Você sai do hotel, o Vraimont. Acima da Watts efervescente, o panorama da cidade carrega manchas do ranho de Deus. Você anda para a esquerda, você anda para a direita, você não passa de um rato à margem de um rio incansável. Esse restaurante não serve bebidas, aquele não serve carne, o outro não serve heterossexuais. Tem onde amestrar um mico, tem onde tatuar o tico, 24 horas, mas onde é que se almoça? E mesmo que você visse uma placa do outro lado da rua anunciando CARNE – BEBIDA – SEM COMPROMISSO, pode esquecer. O único jeito de chegar ao outro lado da rua é nascendo lá. Todos os cruzamentos de pedestre dizem DON'T WALK, todos, o tempo todo. Essa é a mensagem, a essência de Los Angeles: *don't walk*. Não fique na rua. *Don't walk*. Dirija. *Don't walk*. Corra! Tentei os táxis. Nada. Os taxistas são todos saturnianos que nem ao menos sabem se esse é um planeta direito ou esquerdo. A primeira coisa que você faz, a cada corrida, é ensinar o motorista a desviar dos postes.

Martin Amis *Grana* (1984)

O LEITOR JÁ DEVE TER NOTADO que as minhas divisões da arte da ficção em diversos aspectos são um tanto artificiais. Os efeitos ficcionais são múltiplos e interligados: todos eles dependem uns dos outros, mas ao mesmo tempo se completam. A passagem de *Grana*, de Martin Amis, que selecionei para exemplificar a descrição de um ambiente poderia muito bem ter ilustrado a seção sobre *skaz* ou estranhamento, ou até mesmo outros assuntos ainda não abordados. Dito de outra forma, as descrições de um bom romance nunca são *apenas* descrições.

A ambientação desenvolveu-se em um período bastante tardio na história da prosa ficcional. Como Mikhail Bakhtin observou, as cidades do romance clássico são panos de fundo intercambiáveis para a trama: para nós, Éfeso poderia muito bem ser Corinto ou Siracusa. Os primeiros romancistas ingleses não foram muito mais específicos em relação aos lugares. A Londres dos romances de Defoe ou de Fielding, por exemplo, não tem o mesmo detalhamento visual que a Londres de Dickens. Quando Tom Jones chega a Londres em busca da amada Sophia, o narrador nos conta que ele

> era um forasteiro em Londres; e, como chegasse primeiro a um bairro cujos habitantes tinham contato muito restrito com os moradores de Hanover ou de Grosvenor Square (pois chegara por Gray's Inn Lane), perambulou por algum tempo antes de encontrar o caminho até as mansões alegres, onde a Fortuna separa do vulgo aqueles [...] cujos ancestrais, nascidos em dias melhores, em virtude dos mais variados méritos, legaram riquezas e honra à posteridade.

Londres é descrita puramente em função das variações de classe e de status social, conforme a visão irônica do autor. Não há nenhuma tentativa de fazer com que o leitor "veja" a cidade nem de descrever seu efeito sensorial em um jovem do campo que faz sua primeira visita à cidade. Vamos compará-la com a descrição que Dickens faz da Jacob's Island em *Oliver Twist*:

> Para chegar até o local, é preciso desbravar um labirinto de ruelas próximas, estreitas e barrentas, tomadas pelos mais rudes e mais pobres dentre os habitantes da orla [...] As provisões mais baratas e de menor requinte amontoam-se nas lojas; os trajes mais rústicos e ordinários dependuram-se na porta do vendedor e atiram-se pelas balaustradas e janelas [...] ele caminha por sob fachadas em ruínas que se projetam sobre o pavimento, paredes desmanteladas que parecem ruir à medida que passa, chaminés meio desmoronadas, que ameaçam cair, janelas atrás de grades enferrujadas que o tempo e a sujeira corroeram quase por inteiro, todos os sinais imagináveis de desolação e descuido.

Tom Jones foi publicado em 1749; *Oliver Twist*, em 1838. Nesse ínterim surgiu o romantismo, que ponderou os efeitos do ambiente sobre o homem, abriu os olhos das pessoas para a beleza sublime das paisagens naturais e, mais tarde, também ao simbolismo tétrico dos panoramas urbanos na Era Industrial.

Martin Amis é um expoente tardio da tradição do gótico urbano iniciada por Dickens. O olhar de fascínio e horror numa cidade da era pós-industrial nos oferece uma visão apocalíptica de uma cultura e de uma sociedade em estado terminal de degradação. Como em Dickens, os cenários de Amis muitas vezes dão a impressão de serem mais vivos do que os próprios personagens, como se a vida fosse sugada das pessoas para então reaparecer de forma demoníaca e destrutiva nas coisas: ruas, máquinas, geringonças.

O narrador de *Grana*, John Self (Amis, como Dickens, também gosta de brincar com nomes), não é o que se poderia chamar de um personagem complexo ou simpático. Yuppie imoral, viciado em fast food e carros envenenados, junk food e pornografia, Self faz viagens entre a Inglaterra e os Estados Unidos na tentativa de fechar um contrato cinematográfico que o deixará rico. Londres e Nova York são os principais focos da ação; Nova York destaca-se pela sordidez física e moral, mas a natureza do negócio acaba levando Self a Los Angeles, capital da indústria cinematográfica.

O desafio da forma adotada no romance é encontrar um estilo que trate com eloquência da devastação urbana e *ao mesmo tempo* expresse o temperamento desleixado, bitolado e filisteu do narrador. Amis se sai bem na difícil tarefa escondendo suas habilidades literárias atrás de gírias, vulgarismos, obscenidades e gracejos. O narrador fala em um jargão que mistura a linguagem da cultura popular e dos meios de comunicação de massa com algumas invenções bem sacadas do autor. Para decifrar o primeiro parágrafo, por exemplo, você precisa saber que Alcatraz é uma prisão famosa na Califórnia, que "porco" é uma gíria ofensiva para se referir a um policial, que "apontar um cano" significa fazer pontaria, que "juba" é uma forma de se referir aos cabelos (ainda que aqui Self esteja se referindo à cabeça) e adivinhar que "copterizado" é um particípio derivado de "helicóptero". A metáfora para o céu poluído da cidade, "manchas do ranho de Deus", que sugere o Deus do Velho Testamento contemplando irritado essa Sodoma moderna, é tão surpreendente quanto a noite a "se estender no céu/ como um paciente anestesiado sobre a mesa" de T. S. Eliot em "A canção de amor de J. Alfred Prufrock", e se inspira na descrição do mar "verde-ranho" no primeiro episódio de *Ulisses*. Mas, ao passo que Prufrock tem grandes pretensões culturais e Stephen, de propósito, parodia o epíteto favorito de Homero para o mar, "cor de vinho", John Self parece apenas se divertir com as travessuras de um garoto em idade escolar e, assim, afasta-nos da sofisticação literária dessa imagem.

A principal figura de linguagem nessa descrição de Los Angeles é a hipérbole, ou exagero. Nesse sentido, somos lembrados da outra narrativa *skaz* que examinamos, *O apanhador no campo de centeio*. Mas a passagem de Amis é um cenário retórico que não se encontra no romance de Salinger. Esse cenário apresenta-nos uma série de variações cômicas um tanto exageradas sobre o tema recorrente de que Los Angeles é uma cidade dedicada aos carros e dominada por eles ("O único jeito de chegar ao outro lado da rua é nascendo lá") e também sobre as observações menos triviais de que o comércio americano é altamente especializado e os taxistas americanos são, muitas vezes, imigrantes recém-chegados que não conhecem o caminho a lugar algum.

Há pouco tempo, em Boston, peguei um táxi com um motorista que precisou de três tentativas e assistência via rádio, em russo, para achar a saída do aeroporto. É difícil exagerar esse nível de incompetência, mas Amis encontrou um jeito: "Os taxistas são todos saturnianos que nem ao menos sabem se esse é um planeta direito ou esquerdo. A primeira coisa que você faz, a cada corrida, é ensinar o motorista a desviar dos postes." Um eco da conhecida canção infantil sobre motoristas aparece logo após uma alusão casual à ficção científica – a prosa de Amis se esbalda nessas justaposições, coletadas no lixo da consciência urbana contemporânea. O eco também contribui para o ritmo alegre e marcado da passagem, que, em um trecho muito admirável em dísticos rimados, flerta com o poema ("Tem onde amestrar um mico, tem onde tatuar o tico").

Um problema com as descrições de lugar (os romances de Sir Walter Scott trazem inúmeros exemplos) é que uma sucessão de frases declarativas, somadas à suspensão do interesse narrativo, põe o leitor para dormir. Mas aqui esse risco inexiste. Os verbos no presente descrevem, a um só tempo, o cenário e a movimentação do narrador. As variações do modo verbal – do indicativo ("Você sai do hotel") ao imperativo ("*Don't walk.* Dirija. *Don't walk.* Corra!"), passando pelo interrogativo ("mas onde é que se almoça?"), além da generalização oferecida pelo pronome de segunda pessoa ("Você anda para a esquerda, você anda para a direita"), envolvem o leitor no processo. Muitas páginas desse tipo de narrativa podem fazer você ficar exausto, mas jamais entediado.

13
Listas

Acompanhada por Nicole, Rosemary comprou dois vestidos e dois chapéus e quatro pares de sapato com o dinheiro. Nicole tinha uma lista de compras de duas páginas e, além disso, comprou o que estava nas vitrines. Tudo o que lhe agradou, mas que por algum motivo ela não poderia usar, levou de presente às suas amigas. Comprou contas coloridas, almofadas dobráveis de praia, flores artificiais, mel, uma cama de hóspedes, bolsas, cachecóis, pássaros-do-amor, bonequinhas em miniatura e três metros de um novo tecido cor de camarão. Comprou doze maiôs, um crocodilo de borracha, um tabuleiro de xadrez para viagem em ouro e marfim, lenços grandes de linho para Abe, duas jaquetas de camurça azul-turquesa e carmim da Hermès – comprou todas essas coisas sem nunca parecer uma cortesã da alta sociedade a comprar *lingerie* e joias, que afinal eram ferramentas de trabalho e garantias, mas com uma perspectiva muito diferente. Nicole era o produto de muita ingenuidade e trabalho duro. Por sua causa, trens começavam a marchar e atravessavam as curvas na barriga do continente até a Califórnia; fábricas de chicle fumegavam e cintos de corrente cresciam elo atrás de elo em fábricas; homens misturavam pasta de dente em tinas e tiravam enxaguante bucal de tonéis de cobre; garotas enlatavam tomate às pressas em agosto ou trabalhavam feito loucas em lojas de quinquilharias na véspera de Natal; caboclos mourejavam em plantações de café no Brasil e sonhadores viam suas patentes de tratores novos serem arrancadas – essas eram algumas das pessoas que contribuíam com Nicole, enquanto todo o sistema sacudia e estrondejava, sempre à frente, o que conferia uma exuberância febril a atividades como compras em atacado, como o rubor no rosto de alguém em frente a um incêndio que se alastra. Ela ilustrava princípios muito simples, contendo, em si, o próprio destino, mas ilustrava-os com tanta perfeição que o método adquiria graça, e assim Rosemary decidiu imitá-lo.

F. Scott Fitzgerald *Suave é a noite* (1934)

"Os ricos não são como nós", disse uma vez F. Scott Fitzgerald a Ernest Hemingway, que respondeu "É, eles têm mais dinheiro". A anedota, registrada pelo próprio Fitzgerald, em geral é usada para criticá-lo. Mas, de fato, a réplica positivista de Hemingway deixou escapar o principal: no dinheiro, como em outros assuntos, por bem ou por mal a quantidade acaba se tornando qualidade. A descrição que Fitzgerald faz das compras de Nicole Diver em Paris ilustra com eloquência a diferença dos ricos. Também ilustra o potencial expressivo das listas no discurso ficcional. Um simples catálogo de produtos pareceria fora de lugar em uma história que gira em torno de personagens e de ação. Mas a prosa ficcional devora tudo o que encontra pela frente e é capaz de assimilar vários tipos de discurso não ficcional – cartas, diários, depoimentos, até mesmo listas – e adaptá-los a seus propósitos específicos. Às vezes a lista é reproduzida na forma vertical característica, em um forte contraste com o discurso à sua volta. Em *Murphy*, por exemplo, Samuel Beckett ridiculariza as descrições romanescas tradicionais ao listar os atributos físicos de sua heroína, Celia, de modo objetivo e estatístico:

Cabeça	Pequena e arredondada
Olhos	Verdes
Cor	Branca
Cabelos	Loiros

Expressão	Variável
Pescoço	33cm
Braço	28cm
Antebraço	23cm

E assim por diante.

Lorrie Moore, escritora americana contemporânea, escreveu um conto muito divertido chamado "Como ser a outra" (*Faça você mesma*, 1985), baseado em dois tipos de discurso não ficcional: o manual do tipo "faça você mesmo" e a lista. A insegurança da narradora no papel de outra é agravada pelos elogios que seu amante faz à esposa:

> "Ela é incrivelmente organizada. Faz listas para tudo. Eu fico muito impressionado."
> [...]
> "Com as listas? Você gosta delas?"
> "Ah, gosto. Você sabe, lista de coisas a fazer, lista de compras, nomes dos clientes a ver et cetera.
> "Listas?", você murmura desanimada, ainda com a capa de chuva bege.

Claro que logo a narradora está fazendo as suas próprias listas:

> CLIENTES A VER
> Fotos do aniversário
> Fita adesiva
> Cartas para TD e mamãe

Na verdade ela não tem cliente algum a ver, pois é uma simples secretária. As listas são uma forma de competir com a imagem da esposa ausente. Quando o amante insinua que a esposa tem uma vida sexual cheia de aventuras, a narradora reage:

Faça uma lista de todos os amantes que você já teve.
Warren Lasher
Ed "Rubberhead" Catapano
Charles Deats ou Keats
Alfonse
Coloque-a no bolso. Deixe-a em algum lugar à vista. Dê um jeito de perdê-la. Faça piadas "fora de lugar" com você mesma. Faça outra lista.

Existe um gênero de ficção popular contemporânea sobre a vida dos ricos, direcionado ao público feminino, conhecido no ramo editorial como o romance de "Sex and shopping". Esses romances fazem descrições minuciosas dos artigos de luxo que as heroínas compram, incluindo as marcas mais recentes. A um só tempo desfruta-se o desejo consumista e o erotismo. Scott Fitzgerald também trata da relação entre o poder de sedução e o consumismo explícito, mas com muito mais sutileza e de modo crítico. Na passagem de *Suave é a noite*, o autor não reproduz uma lista de compras com duas páginas nem menciona o nome de marcas famosas para se poupar trabalho. O perdularismo de Nicole, na verdade, é ilustrado com um número bastante reduzido de itens, e apenas um nome de marca é citado, "Hermès" (que, a propósito, não envelheceu). Mas o caráter de *miscelânea* da lista é enfatizado a fim de insinuar a natureza absolutamente não utilitária das compras de Nicole. Artigos baratos e triviais como contas coloridas, ao lado de outros muito familiares, como o mel, misturam-se sem nenhum critério a grandes objetos funcionais como a cama, a brinquedos caros como o tabuleiro de xadrez em ouro e marfim e a frivolidades como o crocodilo de borracha. A lista não segue nenhuma lógica, nenhuma hierarquia de preço ou relevância, e os itens tampouco estão agrupados de acordo com outro princípio qualquer. Eis o ponto essencial.

Nicole em pouco tempo extrapola os limites da lista e começa a comprar tudo o que parece interessante. Ao dar provas de seu gosto e fazer suas próprias vontades sem a menor preocupação com a economia ou com o bom senso, a heroína deixa transparecer uma personalidade e um temperamento generoso, impulsivo, divertido e sensível à estética, ainda que perca contato com a realidade em alguns pontos importantes. É impossível ficar indiferente à alegria e ao prazer sensual desse consumismo desenfreado. As duas jaquetas de camurça parecem muito desejáveis, azul-turquesa e carmim (mas a palavra-chave é "duas": enquanto os meros mortais hesitariam entre duas jaquetas idênticas de cores diferentes, mas igualmente elegantes, Nicole resolve o problema comprando logo as duas). Não é nenhuma surpresa que a jovem *protégée* e futura rival de Nicole, Rosemary, mais tarde tente imitar seu estilo.

Como contraponto à lista, no entanto, existe uma segunda lista, de seres humanos ou de grupos de pessoas que sustentam a fortuna herdada por Nicole, que nos leva a adotar uma posição crítica. Toda a passagem gira em torno da frase "Nicole era o produto de muita ingenuidade e trabalho duro", que de repente nos faz vê-la não como uma consumidora e colecionadora de produtos, objetos e coisas, mas também como um mero produto – o produto final, extravagante, caríssimo e esbanjador ao extremo do capitalismo industrial.

Enquanto a primeira frase é uma sequência de substantivos, a segunda é uma sequência de orações: "trens começavam a marchar [...] fábricas de chicle fumegavam [...] homens misturavam pasta de dente [...] garotas enlatavam tomate [...]" À primeira vista esses processos parecem tão incongruentes e aleatórios quanto os produtos comprados por Nicole, mas há uma relação entre os homens nas fábricas de pasta de dente, as garotas nas lojinhas e os trabalhadores indígenas no Brasil: o lucro auferido com esse trabalho paga, de modo indireto, as contas de Nicole.

A segunda lista é escrita num estilo mais metafórico do que a primeira. Começa com uma imagem forte, que sugere ao mesmo tempo erotismo e gula, de trens passando pelas "curvas na barriga do continente", e volta para a metáfora da locomotiva mais para o fim, quando invoca a energia perigosa e potencialmente autodestrutiva do capitalismo industrial. "Enquanto todo o sistema sacudia e estrondejava" nos faz lembrar do simbolismo ferroviário usado para criar um efeito parecido em *Dombey e filho*, de Dickens ("A força que se deslocava na ferrovia – toda sua –, desafiando caminhos e estradas, atravessando o coração de todos obstáculos e arrastando criaturas vivas de todas as classes, idades e formações atrás de si, era uma espécie deste monstro triunfante, a Morte").

Fitzgerald, no entanto, como é seu costume, desenvolve a imagem de forma inusitada e vaga. A analogia surge não com a fornalha de uma locomotiva, mas com um incêndio, e Nicole aparece não na posição de quem provoca um incêndio, mas como alguém que tenta apagá-lo, ou ao menos o enfrenta. Esse "alguém em frente a um incêndio" pode sugerir esses dois sentidos contraditórios, e a escolha de Fitzgerald talvez revele a ambivalência de sua própria atitude em relação a pessoas como Nicole: um misto de inveja, admiração e censura. As palavras "Ela ilustrava princípios muito simples, contendo, em si, o próprio destino, mas ilustrava-os com tanta perfeição que o método adquiria graça" soam como um eco, consciente ou inconsciente, da definição de coragem segundo Hemingway: "Graça na adversidade".

14
APRESENTAÇÃO DO PERSONAGEM

Alguns minutos depois, a própria Sally chegou. "Estou muito atrasada, Fritz, querido?"

"Só uma meia hora, acho", respondeu Fritz, devagar, transparecendo uma satisfação inconfundível. "Posso apresentar o sr. Isherwood – sra. Bowles? O sr. Isherwood é mais conhecido como Chris."

"Não", respondi. "Fritz é a única pessoa que me chama de Chris em todo o mundo."

Sally deu uma risada. Ela trajava seda preta, tinha uma pequena capa nos ombros e usava um chapeuzinho como os dos pajens, ajustado com muita elegância, de lado, sobre a cabeça. "Posso usar o telefone, querido?" "Claro, fique à vontade." Fritz olhou-me nos olhos. "Venha para o outro quarto, Chris. Quero lhe mostrar uma coisa." Era óbvio que ele estava ansioso por saber minha opinião a respeito de Sally, sua mais recente aquisição.

"Pelo amor de Deus, não me deixem sozinha com esse homem!", ela exclamou. "Posso acabar seduzida pelo telefone. Ele é muito assanhado."

Enquanto ela discava o número, percebi que suas unhas estavam pintadas de verde-esmeralda, uma escolha infeliz, pois destacava suas mãos, muito manchadas pelo cigarro e sujas como as de uma garotinha. Sally era escura o suficiente para ser irmã de Fritz. O rosto magro e afilado tinha a brancura mortiça do pó de arroz. Os olhos castanhos eram enormes e deveriam ser mais escuros para combinar com os cabelos e o lápis que ela usava nas sobrancelhas.

"Olá", disse em tom amoroso, contraindo os lábios cor de cereja como se fosse beijar o bocal: "Ist das Du, mein

Liebling?" A boca entreabriu-se em um sorriso estupidamente doce. Eu e Fritz ficamos a observá-la, como no teatro.

CHRISTOPHER ISHERWOOD *Adeus a Berlim* (1939)

O PERSONAGEM pode ser considerado o elemento mais importante do romance. Outras formas narrativas, como a épica, e outros formatos, como o filme, são capazes de contar histórias com a mesma desenvoltura, mas nada se compara à grandiosa tradição do romance europeu em termos de riqueza, variedade e profundidade psicológica na representação da natureza humana. No entanto, em toda a arte da ficção, o personagem é provavelmente o aspecto mais difícil de se discutir em termos técnicos. Em parte essa dificuldade deve-se aos diferentes tipos de personagem e às várias formas de representá-los: personagens principais e secundários, personagens planos e redondos, personagens retratados a partir da psiquê, como a Mrs. Dalloway de Virginia Woolf, e personagens vistos de fora, como a Sally Bowles de Christopher Isherwood.

Depois de aparecer pela primeira vez em uma das histórias e esboços levemente ficcionalizados que compunham *Adeus a Berlim*, Sally Bowles teve uma carreira um tanto longa no imaginário coletivo do nosso tempo, graças às boas adaptações do texto de Isherwood para o teatro e o cinema (*I Am a Camera*) e mais tarde para dois musicais, um para o palco e outro para o cinema (*Cabaret*). Num primeiro momento é difícil entender como ela se tornou quase um mito. Sally não chama a atenção pela beleza, pela inteligência nem pelo talento artístico. É orgulhosa, irresponsável e mercenária em relação ao sexo. Mas, apesar de tudo, Sally mantém um ar inocente e frágil – e existe algo irresistivelmente cômico na disparidade entre as pretensões que tem e a vida que de fato leva. A história adquire interesse e relevância maiores por passar-se na Berlim da República de Weimar, logo antes de os nazistas chegarem ao poder. Ao nutrir sonhos de fama e riqueza em pensões decrépitas, entregar-se a protetores de caráter duvidoso, bajular, explorar e mentir de modo descarado, Sally simboliza o autoengano e a loucura que tomaram conta da sociedade da época.

A maneira mais simples de apresentar um personagem, comum na ficção mais antiga, é descrever seus traços físicos e fornecer ao leitor um resumo biográfico. O retrato de Dorothea Brooke no primeiro capítulo de *Middlemarch*, de George Eliot, é um exemplo perfeito do método:

> A sra. Brooke tinha aquela beleza que parece destacar-se com as vestes pobres. A mão e o pulso eram delicados a ponto de ela poder usar mangas tão rústicas quanto aquelas em que a Virgem Maria apareceu aos pintores italianos; o perfil, a estatura e a pose pareciam ainda mais dignos com aquelas vestes simples que, ao lado da moda provinciana, conferiam-lhe o mesmo impacto que uma bela passagem da Bíblia – ou de algum poeta antigo – teria no jornal de hoje. Os comentários sobre sua grande inteligência eram frequentes, mas em seguida acrescentava-se que sua irmã Celia tinha mais bom senso.

E assim por diante, ao longo de várias páginas. O estilo é magnífico, mas pertence a uma cultura mais paciente e mais despreocupada do que a nossa. Os romancistas modernos preferem que os fatos sobre os personagens venham à tona aos poucos, de diferentes formas, ou então que sejam depreendidos a partir de ações e falas. De qualquer modo, toda descrição ficcional é altamente seletiva; a técnica retórica típica é a sinédoque – a parte que assume o lugar do todo. Tanto George Eliot quando Christopher Isherwood evocam a aparência física de suas heroínas a partir das mãos e do rosto, deixando o restante para a imaginação do leitor. Uma descrição completa dos atributos físicos e psicológicos de Dorothea ou de Sally Bowles ocuparia muitas páginas – talvez um livro inteiro.

As roupas são sempre úteis para se determinar o caráter, a classe e o estilo de vida de um personagem, em especial no caso de exibicionistas como Sally. O figurino em seda preta (usado durante uma visita casual à tarde) evidencia o desejo de impressionar, a teatralidade (a capa) e a provocação sexual (no decorrer da história, o chapeuzinho de pajem adquire significância a partir de várias referências à ambivalência e à perversão, inclusive travestismo). A impressão é reforçada pelos modos de falar e de agir: Sally pede para usar o telefone a fim de impressionar os dois homens com sua mais recente conquista erótica, e o narrador aproveita a ocasião para descrever suas mãos e seu rosto.

É o que Henry James chamou de "método cênico", e também o que pretendia fazer quando se exortou a "Dramatizar! Dramatizar!" James estava pensando nos dramas do teatro, mas Isherwood esteve entre os primeiros romancistas a crescer com o cinema, e essa influência é notável. Quando o narrador de *Adeus a Berlim* diz "Eu sou uma câmera", ele se refere a uma câmera cinematográfica. Enquanto Dorothea mantém uma pose estática, como se posasse para um retrato verbal (o narrador chega a compará-la a uma figura em um quadro), Sally é mostrada *em ação*. É fácil dividir a passagem em uma sequência de tomadas cinematográficas: Sally posa com o modelito preto – uma breve troca de olhares entre os dois homens – um *close-up* nas unhas verdes de Sally enquanto ela disca o número – outro *close-up* na maquiagem malfeita, como a de um palhaço, e na expressão afetada com que cumprimenta o amante – por fim uma tomada com os dois espectadores homens, pasmos com a performance desastrosa.

Assim se explica a facilidade com que a história de Sally Bowles foi levada para o cinema. Mas o trecho também tem nuances puramente literárias. Aquelas unhas verdes nas mãos imundas são a primeira coisa em que penso quando ouço o nome de Sally. É possível mostrar o esmalte verde num filme, mas não o comentário irônico do narrador, "uma escolha infeliz". "Uma escolha infeliz" resume a vida de Sally Bowles. Também é possível mostrar as manchas de cigarro e a sujeira, mas apenas um narrador poderia comentar que suas mãos eram "sujas como as de uma garotinha". A qualidade infantil por trás da sofisticação superficial é justamente o que faz de Sally Bowles uma personagem memorável.

15
Surpresa

"Eu insisto, priciso de você", exclamou *Sir* Pitt, esmurrando a mesa. "Não cunsigo viver sem você. Eu não sabia o que era até que você foi-se embora. A casa fica toda esquisita. Não é a mesma coisa. Até a contabilidade ficou confusa outra vez. Você *tem* que voltar! Volte. Becky, querida, por favor volte."

"Voltar – a que pretexto, senhor?", Rebecca balbuciou.

"Volte e seje minha *Lady* Crawley, se quiser", disse o baronete, agarrando-se ao chapéu de crepe. "Então? Está zastifeita? Volte e case cumigo. Você é meu par ideal para mim. E que se dane o sangue azul. Eu nunca vi uma *lady* tão completa. Você tem mais cérebro no dedo minguinho do que a esposa de qualquer outro baronete aqui no condado. O que me diz? Sim ou não?"

"Ah, *Sir* Pitt!", disse Rebecca, muito comovida.

"Diga que sim, Becky", prosseguiu *Sir* Pitt. "Sou um home velho, mas inda estou em boas condições. Tenho inda uns vinte anos pela frente. E posso fazer você feliz, ah, se posso! Você vai fazer o que quiser; vai gastar o quanto quiser; e tudo vai ser do seu jeito. Posso oferecer um dote. Tudo conforme a lei. Olhe para mim!" – e o velho caiu de joelhos e sorriu como um sátiro.

Rebecca afastou-se, a imagem viva da consternação. Ao longo desta história, jamais a vimos perder a presença de espírito; mas foi o que ocorreu nesse instante, e Rebecca verteu lágrimas das mais sinceras que já lhe haviam brotado nos olhos.

"Ah, *Sir* Pitt!", disse ela. "Ah, senhor – eu – eu – *eu já sou casada.*"

William Makepeace Thackeray *A feira das vaidades* (1848)

A maioria das narrativas traz um elemento de surpresa. Se conseguimos prever todas as reviravoltas de uma determinada trama, é muito improvável que ela nos cative. Mas, além de convincentes, as reviravoltas precisam ser inesperadas. Aristóteles chamava esse efeito de *peripéteia*, ou peripécia: a mudança súbita de um estado de coisas para o seu oposto, muitas vezes combinada com o *reconhecimento* – a passagem da ignorância ao conhecimento. O exemplo usado por Aristóteles foi a cena de *Édipo Rei* em que o mensageiro que deveria tranquilizar o herói em relação a suas origens acaba revelando que Édipo matou o pai e casou-se com a própria mãe.

Quando uma história como a de Édipo é recontada, a surpresa é vivida pelos personagens, mas não pela plateia, que experimenta sobretudo um efeito de ironia (veja o capítulo 39, adiante). O romance, no entanto, difere de todas as formas narrativas anteriores ao contar (ou pretender contar) histórias inteiramente novas. Assim, numa primeira leitura, a maioria dos romances tende a nos surpreender, ainda que certos livros sejam mais surpreendentes do que outros.

Thackeray conseguiu juntar várias surpresas nessa cena de *A feira das vaidades*. Becky Sharp, uma governanta órfã que não tem onde cair morta, surpreende-se ao receber a proposta de casamento de um baronete; *Sir* Pitt Crawley e o leitor surpreendem-se ao descobrir que ela já é casada. Mas Thackeray não para por aí. Conforme Kathleen Tillotson observou em seu *Novels of the 1840s*, esta passagem, que encerra o capítulo XIV do romance, também apareceu no fim do quarto número da publicação original, em folhetim. Assim, os primeiros leitores passaram certo tempo em suspense (um tanto como os telespectadores de uma novela moderna), sem saber quem era o marido de Becky. Uma analogia ao que pode ter acontecido aos contemporâneos de Thackeray seria o fim de um ato em uma peça de teatro. A cena do velho dissoluto ajoelhado diante da bela e desalentada garota é teatral por natureza, e a fala "Ah, senhor – eu – eu – *eu já sou casada*" de Betty é uma deixa clássica para a cortina cair – um modo garantido de manter a plateia entretida durante o intervalo.

O capítulo seguinte retoma a questão de quem desposou Becky sem fornecer respostas diretas. A meia-irmã de *Sir* Pitt, a srta. Crawley, entra de repente na sala, encontra o irmão de joelhos diante de Becky e fica muito surpresa, em especial com a recusa da proposta. Só no final do capítulo Thackeray revela que Becky casou-se em segredo com o sobrinho da srta. Crawley, o perdulário oficial da cavalaria Rawdon Crawley.

Efeitos assim exigem uma preparação cuidadosa. Como em um show pirotécnico, um pavio vai queimando aos poucos e, por fim, desencadeia uma sequência de explosões espetaculares. O leitor precisa receber informações suficientes para que a surpresa seja convincente quando revelada, mas não o bastante a ponto de conseguir prever o que virá a seguir. Thackeray sonega informação, mas sem trapacear. O autor faz amplo uso de cartas nessa parte da narrativa a fim de conferir à reticência atípica do narrador um pouco mais de naturalidade.

Após uma tentativa frustrada de casar com o irmão de sua amiga Amelia em uma parte anterior da história, Becky, sem dinheiro, vê-se obrigada a trabalhar como governanta das duas filhas que *Sir* Pitt teve com a segunda esposa doente. Aos poucos Becky se torna indispensável ao velho baronete sovina e rústico em sua casa de campo, Queen's Crawley, e também à sua meia-irmã solteirona e rica. Ela se afeiçoa tanto a Becky que insiste em tê-la como enfermeira quando adoece na casa em Londres. *Sir* Pitt, contrariado, dispensa os serviços de Becky, pois não tem a intenção de pôr a perigo a herança que a srta. Crawley pode deixar às filhas dele; mas, com a morte da esposa (um acontecimento que todos os personagens encaram com uma profunda indiferença), vê-se na obrigação de levar Becky de volta a Queen's Crawley a qualquer preço – até mesmo em troca de um casamento. A srta. Crawley já havia notado o perigo; por mais que apreciasse a companhia de Becky, não tinha a intenção de recebê-la no seio da família, e, assim, incentivou o sobrinho a seduzir a garota para impedir que ela se tornasse a terceira *Lady* Crawley. Ao desposá-la, Rawdon ao menos age de modo honrado, ainda que inconsequente. Os demais personagens agem movidos apenas por egoísmo e interesse, sendo o amor e a morte meros obstáculos na busca por fortuna e status.

A ironia de Thackeray é implacável. Becky fica "muito comovida" e suas lágrimas, até que enfim, são genuínas – mas por quê? A garota casou com Rawdon na esperança de que o oficial herdasse a fortuna da tia apenas para descobrir que perdeu algo muito maior e mais garantido: a chance de casar com um baronete e, portanto, de ganhar um rico dote (a afirmação de que *Sit* Pitt tem ainda "uns vinte anos pela frente" é um tanto otimista e, sem dúvida, motivo de pouco interesse por parte de Becky). A cena ganha muito com a caracterização cômica de *Sir* Pitt, sobre quem o narrador já havia afirmado que "Entre os baronetes, cortesãos e plebeus de toda a Inglaterra, não se poderia achar um velho mais matreiro, vil, egoísta, estúpido e mal-afamado". Com a imagem de *Sir* Pitt sorrindo a Becky como um sátiro, Thackeray foi tão longe quanto a reticência em voga na época vitoriana lhe permitia para insinuar que o baronete também tem um interesse sexual bastante grosseiro por Becky. O pranto de Becky ao perder um marido desses é um comentário mordaz não apenas sobre a personagem, mas sobre toda a sociedade retratada em *A feira das vaidades*.

16
Manipulação temporal

A raiva de Monica subia-lhe pelo rosto. "Era o sr. Lloyd passando o braço em volta dela", disse. "Eu vi. Desculpe eu ter contado. Só Rose acredita em mim."

Rose Stanley acreditava em Monica, mas porque era indiferente. Ela era a última do grupinho das Brodie a se empolgar com os casos amorosos da srta. Brodie, ou com a vida sexual de qualquer outra pessoa. Seria sempre a mesma coisa. Mais tarde, quando o sexo fez sua fama, as qualidades mais atraentes de Rose relacionavam-se ao fato de que não tinha curiosidade alguma sobre o sexo, nem ao menos pensava no assunto. Nas palavras da srta. Brodie, ela tinha instinto.

"Só Rose acredita em mim", disse Monica Douglas.

Quando visitou Sandy no convento no fim dos anos 50, Monica disse: "É sério, eu vi Teddy Lloyd beijar a srta. Brodie na sala de arte um dia".

"Eu sei", respondeu Sandy.

Ela sabia mesmo antes de a srta. Brodie contar a história em um dia depois do fim da guerra, quando as duas estavam no Braid Hills Hotel comendo sanduíches e tomando chá que os cartões de racionamento da srta. Brodie, em casa, não poderiam pagar. A srta. Brodie estava sentada, murcha e traída com o casaco escuro e bem-preservado de pele. Tinha se aposentado antes do tempo. Ela disse: "Minha primavera já passou".

"Foi uma primavera boa", respondeu Sandy.

Muriel Spark *A primavera da srta. Jean Brodie* (1961)

A MANEIRA MAIS SIMPLES de se contar uma história, preferida dos bardos tribais e dos pais que põem os filhos a dormir, é começar pelo começo e então seguir até chegar no fim, ou até que o público durma. Mas, ainda na antiguidade, os contadores de história perceberam que era possível obter efeitos interessantes ao se abrir mão da ordem cronológica. Os épicos clássicos começam *in media res*, no meio da história. A narrativa da *Odisseia*, por exemplo, começa no meio da perigosa viagem do herói que deixa a Guerra de Troia a fim de retornar para casa, volta para descrever suas aventuras anteriores e então retoma o fio da narrativa até chegar à conclusão em Ítaca.

Graças à manipulação temporal, a história evita apresentar a vida como uma sucessão de acontecimentos um atrás do outro, permitindo-nos fazer ligações de causalidade e de ironia entre acontecimentos muito distantes. A mudança do foco narrativo para um acontecimento passado é capaz de mudar nossa interpretação de um evento que acontece muito mais tarde na cronologia da história mas que, como leitores do texto, já conhecemos. É um recurso comum no cinema – o *flashback*. Os filmes têm mais dificuldade em acomodar o efeito de *flashforward* – um vislumbre que antecipa o futuro da narrativa, conhecido pelos retóricos clássicos como *prolepse*. Esse tipo de informação pressupõe a existência de um narrador que conhece toda a história, mas os filmes, em geral, não têm narradores. É interessante notar, a esse respeito, que o filme baseado em *A primavera da srta. Jean Brodie* é muito menos complexo e inovador do que o romance. O filme conta-nos a história na ordem cronológica tradicional, ao passo que o romance é notável pela manipulação fluida do tempo, que oscila muitas vezes para frente e para trás no desenrolar da ação.

A história trata de Jean Brodie, uma professora excêntrica e carismática de uma escola para garotas em Edimburgo no período entreguerras, e de um grupo de alunas encantadas pela professora, entre elas Monica, famosa pela habilidade em matemática, Rose, famosa pelas proezas sexuais, e Sandy

Stranger, famosa pela pronúncia das vogais e "acima de tudo pelos olhos pequenos, quase inexistentes". Nada escapa a esses olhos, no entanto, e é pelo olhar de Sandy que acompanhamos a maior parte do romance. A história começa quando as garotas estão no colegial, faz uma breve digressão para narrar a época do ginásio, quando a influência da srta. Brodie era ainda maior, e com frequência salta para frente a fim de mostrá-las como mulheres adultas, ainda assombradas pelas memórias da extraordinária professora.

No ginásio, as garotas especulam obsessivamente a respeito da vida sexual da srta. Brodie, em especial no que diz respeito a um possível relacionamento amoroso entre ela e o sr. Lloyd, o charmoso professor de arte que havia "perdido o conteúdo" de uma de suas mangas na Grande Guerra. Monica afirma tê-los visto abraçados na sala de arte, e irrita-se porque apenas Rose lhe acredita. Os comentários que faz a Sandy anos mais tarde insinuam que essa incredulidade ainda é motivo de ressentimento. Sandy, que no meio-tempo tomou o véu em uma ordem enclausurada, reconhece que Monica estava certa. O narrador conta-nos que ela já sabia disso mesmo antes da confidência que a srta. Brodie lhe fez logo após a guerra.

Nessa breve passagem, o leitor é levado para frente e para trás no tempo a uma velocidade alucinante entre diferentes épocas. Temos o tempo da narrativa principal, provavelmente no fim dos anos 20, quando as garotas estavam discutindo a vida amorosa da srta. Brodie no ginásio. Temos o tempo do colegial, nos anos 30, quando Rose fica famosa por sua vida sexual. Temos o tempo, no fim dos anos 50, em que Monica visita Sandy no convento. Temos o tempo no fim dos anos 40 quando Sandy tomou chá com a srta. Brodie, aposentada antes do tempo. Por fim, temos o tempo não especificado em que Sandy descobre que o sr. Lloyd de fato havia beijado a srta. Brodie na sala de arte.

A descoberta ocorreu na época do colegial, conforme ficamos sabendo mais tarde. Foi durante uma conversa em que a srta. Brodie comentou que Rose seria amante do sr. Lloyd e sua própria substituta, uma vez que ela havia se dedicado às garotas. Sandy vê algo de perigoso e de emocionante no egotismo exacerbado da professora. "Ela acha que é Deus", pensou Sandy; "Acha que é o Deus de Calvino, que vê o início e o fim." Claro que os romancistas também veem o início e o fim das histórias, mas Muriel Spark insinua que há uma diferença entre ficções úteis e ilusões perigosas – e também que pode haver uma diferença entre o Deus católico, que admite o livre-arbítrio, e o Deus calvinista, que não o admite. Em outro ponto do romance existe uma descrição reveladora sobre a doutrina calvinista da predestinação, a crença de que "Deus planejou para quase todo mundo, antes de as pessoas nascerem, uma surpresa desagradável para quando morrem".

Sandy desmente a previsão da srta. Brodie e desafia essa concepção de que é possível controlar o destino dos outros ao tornar-se amante do sr. Lloyd. Mais tarde ela entrega a srta. Brodie à direção da escola por ter mandado mais um aluno em uma aventura fatal na Espanha fascista. Por isso a srta. Brodie é descrita nessa passagem como "traída", e Sandy parece não conseguir se livrar da culpa, nem mesmo com a vocação religiosa. A srta. Brodie é descrita como "murcha" porque está morrendo de câncer, então a cena é triste. Contudo, aparece antes da metade do livro, e o *páthos* é compensado por muitas outras cenas da srta. Brodie na primavera da vida.

A manipulação temporal é um efeito comum na ficção moderna, mas aparece em geral "naturalizada" como um feito da memória, seja na representação do fluxo de consciência do personagem (o monólogo interior de Molly Bloom oscila o tempo todo entre uma e outra fase de sua vida, como a agulha de um gramofone andando para frente e para trás nas faixas de um LP) ou, com um grau maior de formalismo, nos diários ou nas lembranças de um personagem-narrador (como Dowell, por exemplo, em *O bom soldado* de Ford). *Fim de caso*, de Graham Greene, é um exemplo virtuose do último tipo. O narrador é um escritor profissional, Bendrix, que no início da história conhece Henry, marido de Sarah, com quem Bendrix havia tido um caso alguns anos atrás, até Sarah terminar bruscamente a relação. Bendrix, imaginando que ela havia encontrado outro amante, ainda se sente amargo e ciumento, e, quando Henry lhe confessa suas próprias suspeitas sobre a fidelidade de Sarah, ele contrata um detetive para investigá-la. O detetive descobre um diário mantido por Sarah, que descreve todo o caso com Bendrix a partir de seu ponto de vista e revela um motivo inesperado para o fim súbito da relação e para uma insuspeita conversão religiosa. Os desdobramentos da história tornam-se mais plausíveis e mais dramáticos ao serem narrados fora da ordem cronológica original.

A manipulação temporal frequente somada à narrativa autoral em terceira pessoa de Muriel Spark é uma estratégia pós-moderna típica, que realça a construção artificial do texto e evita que fiquemos perdidos no *continuum* temporal da história de ficção e nas profundezas psicológicas do personagem central. *Matadouro 5* (1969), de Kurt Vonnegut, é outro exemplo marcante. De saída, o autor nos revela que a história de seu herói, Billy Pilgrim, é uma ficção baseada em sua experiência real como prisioneiro de guerra em Dresden quando a cidade foi destruída pelos bombardeios aliados em 1945, em um dos mais horríveis ataques aéreos da Segunda Guerra Mundial. A história começa: "*Escutem. Billy Pilgrim se perdeu no tempo*", e a partir daí oscila de modo frequente e abrupto entre vários episódios da vida civil de Billy como optometrista, marido e pai no Centro-Oeste americano e episódios dos serviços prestados durante a guerra, que culminam no horror de Dresden. Não se trata apenas de operações da memória. Billy está "viajando no tempo". Ao lado de outros veteranos traumatizados, ele busca fugir dos fatos insuportáveis da história moderna através do mito da ficção científica segundo o qual é possível viajar sem esforço entre o tempo e o espaço intergalácticos (medidos em anos-luz). Billy alega ter sido abduzido e levado para o planeta Tralfamador, habitado por pequenas criaturas que lembram desentupidores de pia com um olho no alto. Essas passagens a um só tempo parodiam a ficção científica e levantam sérias questões filosóficas. Para os tralfamadorianos, todos os tempos são simultaneamente presentes, e pode-se escolher onde se deseja estar. É o movimento inexorável e unidirecional do tempo que torna a vida trágica em nossa perspectiva humana, a não ser que acreditemos numa eternidade em que o tempo é redimido, e seus efeitos, invertidos. *Matadouro 5* é uma meditação soturna e provocadora sobre esses assuntos, pós-cristão e pós-moderno. Uma das imagens mais chamativas e marcantes no livro é a de um filme de guerra que Billy Pilgrim assiste de trás para frente:

> Aviões americanos, cheios de buracos e homens feridos e mortos, decolaram para trás de uma pista na Inglaterra. Acima da França, aviões alemães voaram para trás em direção a eles e sugaram balas e estilhaços dos aviões e homens. Fizeram o mesmo com os bombardeiros americanos no solo, e esses aviões subiram, indo para trás até juntarem-se à formação.

Há pouco tempo, Martin Amis desenvolveu esse conceito (com os devidos créditos a Vonnegut) em um livro, *A seta do tempo*, que narra a vida de um criminoso de guerra nazista de trás para a frente, da morte ao nascimento, com um efeito a princípio cômico e grotesco, que vai se tornando mais e mais perturbador à medida que a narrativa se aproxima dos horrores do Holocausto. É possível interpretar a história como uma espécie de purgatório em que a alma do protagonista é forçada a reviver um passado aterrador, e também como o mito de um mal desfeito cuja impossibilidade é óbvia. A maioria dos experimentos radicais com a cronologia narrativa parece relacionar-se a crimes, contravenções e pecados.

17
O leitor no texto

Como a senhora pôde ser tão desatenta ao ler o último capítulo, madame? Nele eu já dissera que *minha mãe não era papista* – Papista! Perdoe-me, mas o senhor não afirmou nada disso. Madame, com a sua licença, repito mais uma vez que o afirmei de modo claro, ao menos tão claro quanto as palavras, por inferência direta, são capazes de comunicar. – Senhor, neste caso eu devo haver pulado uma página. – Não, madame, a senhora não pulou sequer uma palavra. – Então eu cochilei, senhor. – Madame, meu orgulho não lhe faculta esse refúgio. – Pois bem, declaro, então, que nada sei a esse respeito. – Madame, eis a falta que lhe imputo; e, à guisa de castigo, insisto em que a senhora volte imediatamente, ou melhor, assim que chegar ao próximo ponto final, e releia todo o capítulo.

Impus essa penitência à senhora não por capricho nem por crueldade, mas com a melhor das intenções; de modo que não pedirei desculpas quando ela retornar: – foi para censurar um hábito mui prejudicial que aflige milhares de outras pessoas – o de ler sempre em frente, mais em busca das aventuras do que da profunda erudição e conhecimento que um livro desta casta, se lido da forma adequada, haveria sem dúvida de propiciar.

Laurence Sterne *A vida e as opiniões do cavaleiro Tristram Shandy* (1759-67)

Todo romance precisa de um narrador, por mais impessoal que seja, mas não necessariamente de um narratário. O narratário é qualquer evocação ou substituto ao leitor do romance dentro do próprio texto. Pode apresentar-se de modo casual, como na conhecida apóstrofe dos romancistas vitorianos, "Caro leitor", ou mais elaborado, como em "Mrs. Bathurst", de Kipling, obra já discutida (capítulo 7), onde o narrador em primeira pessoa é, ao mesmo tempo, o narratário de uma história contada para outros três personagens que oscilam eles próprios entre um papel e outro. Italo Calvino começa seu *Se um viajante numa noite de inverno* exortando o leitor a entrar num clima receptivo: "Relaxe. Concentre-se. Não pense em nada. Deixe que o mundo ao redor desapareça. É melhor fechar a porta; a TV fica sempre ligada no outro cômodo". Contudo, um narratário é sempre um artifício retórico, uma forma de controlar e complicar as respostas do leitor real, que permanece fora do texto.

Laurence Sterne, ao contar sua história sob o disfarce transparente de Tristram Shandy, faz inúmeras brincadeiras com as relações existentes entre o narrador e o narratário. Da mesma forma que um comediante põe suas vítimas na plateia e logo integra o escândalo que fazem ao seu número, Sterne às vezes personifica o leitor como uma dama ou um cavalheiro e então o interroga, provoca, critica e adula, para nossa grande diversão.

Tristram Shandy é um romance altamente idiossincrático, em que o narrador epônimo propõe-se a narrar sua vida desde o momento da concepção até a idade adulta, mas não chega a passar do quinto ano de vida, uma vez que interrompe a história inúmeras vezes para descrever e explicar todos os acontecimentos nos mínimos detalhes, o que o leva a digressões intermináveis. Tudo se relaciona a alguma outra coisa acontecida antes ou depois em algum outro lugar. Tristram tenta, a todo custo (ainda que sem sucesso), preservar a ordem cronológica. No capítulo XIX, ainda enredado em sua história pré-natal, o narrador faz uma alusão ao destino irônico do pai, que abominava o nome "Tristram" mais do que a qualquer outro e que, no entanto, viu o próprio filho ser batizado com ele por engano; então Tristram declara: "Se não fosse necessário eu ter nascido antes do batismo, eu ofereceria agora ao leitor um relato completo deste".

É essa a passagem (o narrador revela-o depois do trecho aqui reproduzido) que deveria ter dado à Senhora uma pista sobre a crença religiosa da mãe dele, pois "Se minha mãe fora papista, madame, essa consequência não seguiria". A razão para essa afirmativa é que, segundo um documento reproduzido (em francês) por Tristram no livro, alguns teólogos da Sorbonne haviam recém aprovado o batismo *in utero* de crianças ameaçadas por um parto difícil graças a um "jato". Em um país católico romano, portanto, é possível ser batizado antes de nascer.

As provocações aos católicos romanos (Sterne era pastor anglicano) e o humor implícito sobre as parte pudendas são traços da escrita de Sterne que às vezes suscitam críticas, mas só um leitor muito ranzinza não se veria desarmado pela espirituosidade e pela elegância desse comentário feito à "Madame" (cuja vivacidade deve muito à pontuação livre e idiossincrática de Sterne) ou pelos apartes feitos ao leitor. Afinal, o verdadeiro objetivo dessa digressão é definir e defender sua própria arte. A Senhora é admoestada a ler todo o capítulo anterior "para censurar um hábito mui prejudicial [...] o de ler sempre em frente, mais em busca das aventuras do que da profunda erudição e conhecimento que um livro desta casta, se lido da forma adequada, haveria sem dúvida de propiciar".

Não espanta que *Tristram Shandy* seja um dos livros experimentais favoritos dos romancistas e teóricos do romance em nossos dias. Conforme indiquei na seção anterior, os romancistas modernos e pós-modernos também tentaram distrair os leitores dos simples prazeres da história ao confundir e reordenar as relações entre tempo e causalidade que, em geral, norteiam o romance. Sterne antecipou Joyce e Virginia Woolf ao permitir que os devaneios da imaginação humana determinassem a forma e o rumo da narrativa. Um dos slogans da poética modernista é a "Forma Espacial", a unidade conferida a uma obra literária por meio de padrões de motivos inter-relacionados que se repetem e só podem ser percebidos ao se reler o texto, conforme a recomendação de Tristram.

O diálogo com o leitor espacializa a natureza temporal da leitura em termos ainda mais radicais. O romance é representado como uma sala onde nós, leitores, estamos confinados junto com o narrador. Antes de fornecer os detalhes íntimos de sua concepção, por exemplo, Tristram declara que estes foram escritos "apenas para os curiosos e inquisitivos" e convida os leitores que não se interessam por descrições do tipo a pulá-los, dizendo:

> "—— Feche a porta ——"

confiante, no fundo, de que ficaremos em sua companhia.

Na passagem citada, uma de nós, a Senhora, recebe ordens de reler o capítulo precedente "assim que chegar ao próximo ponto final" (uma referência sagaz e característica à leitura). Nós, em companhia do autor, sentimo-nos honrados com a confiança que ele nos deposita e recebemos um convite tácito a nos afastar do leitor desatento e do "hábito mui prejudicial que aflige milhares de outras pessoas" – o de ler um romance apenas pela história. Estando tão às escuras quanto a Senhora no que tange à referência ao catolicismo romano, não temos como discordar da apologia ao método feita pelo autor.

18
CLIMA

Nesse dia a noite foi muito longa e melancólica em Hartfield. O clima realçava a atmosfera lúgubre o quanto podia. Caía uma chuva tempestuosa e fria, e julho só aparecia nas árvores e nos arbustos, que o vento desfolhava, e na duração dos dias, que deixava essas cenas cruéis visíveis por mais tempo.

JANE AUSTEN *Emma* (1816)

Londres. O Dia de São Miguel passara, e o Lord Chancellor estava sentado no Lincoln's Inn Hall. Clima implacável de novembro. Barro pelas ruas como se as águas há pouco houvessem deixado a face da Terra, e não seria surpreendente encontrar um megalossauro de quinze metros cambaleando qual um lagarto elefantino até o topo de Holborn Hill. A fumaça caindo das chaminés, fazendo um pequeno chuvisco de flocos de fuligem grandes como os maiores flocos de neve – em luto, como se poderia imaginar, pela morte do sol. Cães, indistinguíveis no lodo. Cavalos, a custo em melhor situação, encharcados até os antolhos. Pedestres, empurrando os guarda-chuvas uns dos outros, em uma infecção generalizada de mau humor, e perdendo o equilíbrio nas esquinas, onde outras dezenas de milhares de pedestres vinham deslizando e escorregando desde o raiar do dia (se é que esse dia chegou a raiar), acrescentando material a camadas e mais camadas de barro, que nesse pontos grudavam-se com tenacidade ao calçamento e acumulavam como juros compostos.

Charles Dickens *A casa soturna* (1853)

Afora uma ou outra tempestade no mar, os fenômenos climáticos receberam pouca atenção na prosa ficcional até o fim do século XVIII. No século XIX, os romancistas falavam o tempo todo a respeito. Foi, por um lado, uma consequência da apreciação mais atenta da natureza despertada pela poesia e pela pintura românticas, e, por outro, a consequência de um maior interesse literário no indivíduo, nos estados emocionais que afetam e são afetados por nossas percepções do mundo que nos rodeia. Coleridge escreveu em sua ode à "Melancolia":

> Colher só o que se planta é uma certeza
> E é só em nós que vive a Natureza.

Todos nós sabemos como o clima afeta nosso humor. Os romancistas são muito privilegiados nesse sentido, pois têm a liberdade de inventar o clima apropriado à atmosfera que desejam evocar.

Assim, muitas vezes o clima serve para desencadear um efeito que John Ruskin chamou de *falácia patética* – a projeção de emoções humanas em fenômenos do mundo natural. "Todos os sentimentos violentos [...] produzem em nós uma falsidade em relação às nossas impressões das coisas externas, que, em termos genéricos, eu caracterizaria como a falácia patética", escreveu ele. Como o nome sugere, Ruskin achava que esse efeito era algo negativo, um sintoma da decadência da arte e da literatura modernas (em oposição ao classicismo); de fato, a falácia patética muitas vezes resulta em um estilo exagerado e autoindulgente. Porém, se usado com inteligência e moderação, é um artifício retórico capaz de efeitos poderosos e comoventes, sem o qual a ficção perderia um bocado.

Jane Austen nutriu suspeitas augustanas em relação à imaginação romântica, que então satirizou na personagem Marianne, de *Razão e sentimento.* "Nem todo mundo tem essa paixão por folhas mortas", declara sua irmã, Elinor, em resposta à rapsódia outonal de Marianne: "Como deleitei-me, ao caminhar, em vê-las carregadas pelo vento à minha volta. Que transportes inspiraram-me a um só tempo as folhas, a estação, o ar!" Nos romances de Jane Austen o clima, em geral, mantém relações importantes com a vida social dos personagens, como uma espécie de índice metafórico de suas vivências íntimas. A neve nos capítulos 15 e 16 de *Emma* é emblemática a esse respeito. A primeira menção aparece no meio do jantar pré-Natal do sr. Weston, quando o sr. John Knightley, que para início de conversa nem queria ter comparecido, adentra a sala de estar e anuncia, com visível *Schadenfreude*, que está "nevando muito com uma ventania forte", incutindo terror no coração do enfermiço pai de Emma, o sr. Woodhouse. Segue-se uma discussão em que todos têm algo a acrescentar, mais a respeito de si mesmos do que sobre o assunto, até que o sr. George Knightley volta de sua própria avaliação do tempo e fornece um relato moderado e tranquilizador. Depois de concluir que o sr. Woodhouse vai invariavelmente passar o resto da noite se lamentando, o sr. George Knightley e Emma decidem chamar as carruagens. O sr. Elton aproveita-se da súbita partida para entrar na carruagem de Emma e fazer uma declaração de amor ao mesmo tempo inesperada e muito embaraçosa para a jovem, que acreditava que o sr. Elton fizesse a corte à sua *protégée*, Harriet. Por sorte, durante os dias que se seguem o clima serve de álibi para que ela evite se encontrar com ambos:

> O clima lhe era muito favorável [...] O chão coberto de neve, a atmosfera naquele estado indeciso entre o gelo e o derreter, que é o menos apropriado ao exercício, as manhãs começando em chuva ou neve e as noites trazendo o frio, ela foi por muitos dias uma honorável prisioneira.

O clima é descrito por ser relevante à história, mas a descrição em si é um tanto literal.

Contudo, até mesmo Jane Austen faz uso ocasional da falácia patética. Quando a sorte de Emma chega ao nível mais baixo, quando ela descobre a verdade sobre Jane Fairfax, com todas as consequências embaraçosas à sua própria conduta, quando percebe tarde demais que ama o sr. Knightley mas tem motivos para crer que ele casará com Harriet – neste dia, o pior de sua vida, "o clima realçava a atmosfera lúgubre o quanto podia". Ruskin teria observado que o clima é incapaz de fazer tal coisa. Porém, a chuva de verão é uma analogia precisa para os sentimentos da heroína em relação ao futuro, uma vez que sua posição fixa e importante na sociedade pequena e fechada de Highbury tornaria essas "visões cruéis", como o casamento de Harriet e Knightley, "visíveis por mais tempo". No entanto, por ser temporã, a chuva de verão é também um augúrio pouco confiável: no dia seguinte, o sol reaparece e George Knightley pede Emma em casamento.

Enquanto Jane Austen dissimula a falácia patética com tanta habilidade que mal a percebemos, Dickens nos golpeia com o famoso parágrafo de abertura de *A casa soturna*. "Clima implacável de novembro." A personificação do clima como "implacável" pode ser mero jeito de falar, mas tem aqui conotações de revolta divina que remontam ao Velho Testamento. "Como se as águas há pouco houvessem deixado a face da Terra" faz ressoar tanto o relato da Criação, no Gênesis, como a história do Dilúvio. Essas alusões bíblicas são misturadas de modo um tanto vitoriano com uma cosmologia mais moderna e pós-darwiniana nas referências ao megalossauro e o declínio do sistema solar por meio da entropia. O efeito total é um exemplo impressionante de estranhamento.

Em um nível mais superficial, trata-se de um retrato fiel das ruas de Londres no século XIX em dias de mau tempo, uma montagem de detalhes típicos descritos de modo sumário e literal: a fumaça caindo das chaminés [...] cães indistinguíveis no lodo [...] cavalos encharcados até os antolhos [...] pedestres empurrando guarda-chuvas. Mas a imaginação metafórica de Dickens transforma essa cena comum numa visão apocalíptica em que a imponente capital do Império Britânico assume a forma de um pântano primitivo, profetizando a extinção de toda a vida sobre a Terra. O salto mortal duplo, do floco de fuligem ao floco de neve em luto e à morte do sol, é particularmente impressionante.

É um cenário como os que mais tarde encontramos na ficção científica (a visão do megalossauro cambaleando em direção ao pico de Holborn Hill antecipa a cena do King Kong escalando o Empire State Building, e a "morte do sol", o final arrepiante de *A máquina do tempo*, de H. G. Wells) e nos profetas pós-modernos do apocalipse, como Martin Amis. Uma denúncia da ideia segundo a qual a sociedade se desnaturou por meio da cobiça e da corrupção, examinada por Dickens em uma trama de muitos fios que gira em torno de um espólio disputado. A notável descrição do barro acumulando "como juros compostos" na cidade de Londres lembra-nos da condenação bíblica do dinheiro como lucro sujo. O Lord Chancellor descrito no início da passagem (em uma série de frases breves como manchetes de jornal) presidindo o tribunal de Chancery também parece comandar o clima, e a equação completa-se alguns parágrafos adiante: "Não pode haver nevoeiro denso, não pode haver pântano ou palude imenso a ponto de estabelecer as condições incertas e vacilantes que o Alto Tribunal de Chancery, o mais pestilento dentre os pecadores vetustos, ocupa, no dia de hoje, aos olhos do céu e da terra".

19
Repetição

No outono a guerra continuava lá, mas nós já não *íamos* mais até ela. O outono em Milão era frio e a noite caía cedo. Então acendiam-se as luzes, e as ruas ficavam agradáveis de se olhar as vitrines. Tinha muita caça pendurada em frente às lojas, e a neve salpicava as peles de raposa e o vento soprava suas caudas. O cervo estava duro e pesado e vazio, e os passarinhos balançavam ao vento e o vento virava as suas penas. Era um outono frio e o vento soprava das montanhas.

Nós passávamos todas as tardes no hospital, e havia muitas formas de se atravessar a cidade no entardecer até o hospital. Dois caminhos bordejavam os canais, mas eram longos. Mesmo assim, sempre era preciso atravessar uma ponte por cima de um canal para chegar ao hospital. Havia três opções de ponte. Numa delas uma mulher vendia castanhas assadas. Lá era quentinho, em frente ao fogo crepitante, e depois as castanhas iam quentinhas no seu bolso. O hospital era muito velho e muito bonito, e você entrava por um portão e atravessava um pátio e saía por outro portão no lado oposto. Quase sempre havia funerais saindo do pátio. Atrás do velho hospital ficavam os antigos pavilhões de tijolos, e era lá que nos encontrávamos toda tarde para conversar com muita cortesia e interesse, e sentávamos nas máquinas que fariam uma grande diferença.

Ernest Hemingway "In Another Country" (1927)

Se você tiver tempo e disposição, pegue umas canetas ou lápis coloridos e circule as palavras que aparecem mais de uma vez no primeiro parágrafo do conto de Hemingway, usando uma cor diferente para cada uma, e depois ligue-as. Você descobrirá uma complexa teia de verbos que ligam palavras de dois tipos: as de sentido referencial, como *outono*, *frio*, *noite*, *vento* e *soprava*, que são chamadas de palavras lexicais, e artigos, preposições e conjunções como *o*, *de*, *em* e *e*, chamados de palavras gramaticais.

É quase impossível escrever sem usar diversas vezes as mesmas palavras gramaticais; assim, em geral não as percebemos como repetições, mas é impossível não notar o grande número de "*es*" que aparece nesse breve parágrafo. Esse é um sintoma de sua sintaxe muito repetitiva, que enfileira frases declarativas sem subordiná-las umas às outras. A repetição das palavras lexicais tem uma distribuição mais desigual e concentra-se no início e no fim do parágrafo.

Tantas repetições de palavras lexicais e gramaticais provavelmente receberiam uma nota vermelha numa redação escolar, e com razão. O modelo tradicional da boa prosa literária exige variações elegantes: se você tem de se referir à mesma coisa mais de uma vez, é necessário encontrar maneiras alternativas de descrevê-la; da sintaxe, espera-se o mesmo grau de variação. (A passagem de Henry James discutida no capítulo 6 é rica em exemplos dessas variações.)

Hemingway, no entanto, rejeitava a retórica tradicional, tanto por razões literárias quanto filosóficas. Ele acreditava que a "boa escrita" falsificava a experiência, e assim resolveu "pôr no papel o que aconteceu de verdade na ação, as coisas que produziram a emoção que você sentiu" em uma linguagem simples e denotativa sem nenhum tipo de adorno estilístico.

Pode parecer fácil escrever assim, mas claro que não é. As palavras são simples, mas o arranjo não. Há muitas maneiras de se dispor as palavras da primeira frase, mas a que

Hemingway escolheu divide a frase "ir para a guerra" em duas e insinua uma tensão ainda não explicada relativa ao personagem do narrador, uma mistura de alívio e ironia. Logo descobrimos que ele e seus companheiros são soldados feridos combatendo pela Itália na Primeira Guerra Mundial, já em fase de recuperação, mas cientes de que a guerra que quase os matou pode ter de fato acabado com suas vidas. É uma história sobre traumas e sobre como os homens lidam com eles, ou fracassam nessa lida. A palavra não dita que funciona como chave para todas as palavras repetidas no texto é "morte".

A própria palavra *outono* traz consigo uma lembrança da morte da vegetação e alude aos combatentes que caem na batalha tal como as folhas caem no outono. A justaposição a *frio* e *noite* na segunda frase enfatiza essas associações. As lojas iluminadas parecem oferecer alguma distração (um efeito realçado pelo fato de que não há repetições lexicais nessa frase), mas a atenção do narrador logo se fixa na caça dependurada em frente às lojas – mais um emblema da morte. A descrição da neve salpicando as peles e do vento agitando as penas é literal e precisa, mas torna ainda mais estreitas as associações entre *outono*, *frio*, *noite*, *vento* e *soprava* com *morte*. Três das palavras repetidas aparecem juntas pela primeira vez na última frase com um efeito poético de fechamento: "Era um outono frio e o vento soprava das montanhas". As montanhas são o cenário da guerra. O vento, muitas vezes símbolo da vida e do espírito na escrita romântica, aqui é associado com a morte. Deus está particularmente morto nos primeiros contos de Hemingway. Com o trauma do combate, o herói passou a desconfiar da metafísica e da retórica. Acredita apenas nos sentidos e concebe a experiência em termos muito polarizados: frio/quente, claro/escuro, vida/morte.

Os ritmos e as repetições hipnotizantes continuam no segundo parágrafo. Seria fácil encontrar alternativas elegantes para "hospital" ou mesmo trocá-lo algumas vezes por um pronome, mas a vida dos soldados gira em torno do hospital:

é para lá que vão todos os dias, é lá que deixam medos e esperanças; assim, a repetição dessa palavra torna-se expressiva. Existem várias formas de chegar ao hospital, mas o destino é sempre o mesmo. Pode-se escolher pontes diferentes, mas você precisa sempre atravessar um canal diferente (talvez uma alusão sutil ao rio Estige, no Hades). O narrador prefere a ponte onde a mulher vende castanhas assadas; quentinhas no bolso como a promessa da vida – mas Hemingway apenas insinua este símile, assim como no primeiro parágrafo ele faz um retrato da estação tão carregado de sentimento quanto qualquer falácia patética (ver capítulo anterior), porém sem usar metáforas. A linha que separa a simplicidade emotiva da monotonia afetada é muito tênue e Hemingway às vezes mistura as coisas, mas com seus primeiros trabalhos ele forjou um estilo totalmente novo para a época.

Desnecessário dizer, nem toda a repetição filia-se a representações positivistas e antimetafísicas da vida como as que encontramos em Hemingway. A repetição é uma característica da escrita religiosa e mística, também usada por romancistas cujo trabalho aponta nessa direção – D. H. Lawrence, por exemplo. A linguagem no primeiro capítulo de *O Arco-Íris*, ao evocar uma vida agrária esquecida, faz ressoarem as repetições e os paralelismos sintáticos presentes no Velho Testamento:

> O milho jovem ondulava e era liso, e o lustre passava pelos braços e pernas dos homens que o viam. Eles pegavam o úbere das vacas, as vacas davam o leite e pulsavam nas mãos dos homens, o pulsar do sangue nas tetas das vacas fazia pulsar as mãos dos homens.

A repetição também é um dos recursos mais usados por oradores e pregadores – papéis que Charles Dickens assumiu muitas vezes como autor. Vejamos aqui, à guisa de exemplo, o fim do capítulo de *A casa soturna* em que morre Jo, o varredor indigente:

> Morto, Majestade. Morto, lordes e cavalheiros. Morto, reverendos certos e errados de toda e qualquer ordem. Morto, senhoras e senhores nascidos com a Divina Compaixão no peito. E morrendo assim, à nossa volta, dia após dia.

A repetição também pode ser engraçada, como nessa passagem de *Grana*, de Martin Amis:

> É curioso, mas o único jeito de deixar Selina *a fim* de ir para a cama comigo é não estar a fim de ir para a cama com ela. Não falha nunca. Ela morre de vontade. O único problema é que quando eu não estou a fim de ir para a cama com ela (às vezes acontece), eu não estou a fim de ir para a cama com ela. E quando é que isso acontece? Quando é que eu não estou a fim de ir para a cama com ela? Quando ela está a fim de ir para a cama comigo. Eu gosto de ir para a cama com ela quando ir para a cama comigo é a última coisa que ela está a fim de fazer. Ela quase sempre vai para a cama comigo se eu grito ou faço ameaças ou dou para ela bastante dinheiro.

Mal preciso dizer que as frustrações e contradições do relacionamento sexual que o narrador tem com Selina tornam-se ainda mais cômicas e irônicas com a repetição da frase "ir para a cama com", para a qual existe um grande número de alternativas. (Se você duvida, tente reescrever o trecho usando variações elegantes.) A frase final também ilustra uma outra repetição importante: a recorrência de palavras-chave temáticas ao longo de todo um romance – no caso, "dinheiro". É "dinheiro", e não "ir para a cama com", que ocupa a posição crucial de última palavra no parágrafo citado. Assim, uma repetição global no texto aparece aqui como variação local.

20
Prosa floreada

Lolita, luz em minha vida, lava em meu ventre. Meu riso, minha ruína. Lo-li-ta: de leve a língua trisca em três toques o palato e, no terceiro, tange os dentes. Lo. Li. Ta.

Ela era Lo, apenas Lo, pela manhã, com um metro e vinte de altura e meia num pé só. Ela era Lola de calças. Ela era Dolly na escola. Ela era Dolores na linha pontilhada. Mas nos meus braços ela era sempre Lolita.

Será que ela tinha uma precursora? Tinha, sem dúvida tinha. A bem dizer, poderia sequer ter havido uma Lolita se não fosse pelo amor que senti, num verão, por uma certa menininha primordial. Num principado à beira-mar. Ah, quando? Tantos anos antes de Lolita nascer quanto era a minha idade na época. Ninguém melhor que um assassino para dar conta de um estilo floreado.

Senhoras e senhores do júri, o item número um é o que os serafins, os desinformados e simples serafins de asas nobres invejaram. Olhem para este emaranhado de espinhos.

Vladimir Nabokov *Lolita* (1955)

A regra de ouro da prosa ficcional é que não há regras – exceto as que cada escritor define para si mesmo. A repetição e a simplicidade em geral serviam aos propósitos artísticos de Hemingway. A variação e o floreio deram certo para Nabokov, especialmente em *Lolita.* Esse romance apresenta-se como um sofisma brilhante elaborado por um homem que, atraído por um certo tipo de garota em idade púbere, que ele chama de "ninfeta", comete crimes. O livro semeou controvérsia ao ser publicado pela primeira vez e ainda nos perturba ao conferir uma eloquência tão sedutora a um abusador de crianças e assassino. Como o próprio Humbert Humbert afirma, "ninguém melhor que um assassino para dar conta de um estilo floreado".

Existem muitas repetições no parágrafo de abertura do romance, mas não se trata de repetições léxicas, como as que encontramos na passagem de Hemingway discutida na seção anterior. É uma questão de estruturas sintáticas paralelas e de assonâncias – na verdade, é o tipo de repetição que você espera encontrar ao ler poesia. (Outro termo possível para a prosa floreada é prosa poética.) Temos um verdadeiro show de pirotecnia aliterativa no primeiro parágrafo, por exemplo, com os "l"s e "t"s explodindo em cores para celebrar o nome da amada: *luz, lava, língua, trisca, toques, tange. Lo. Li. Ta.*

Cada um dos quatro parágrafos pertence a um gênero discursivo diferente. O primeiro é um rompante lírico, uma série de exclamações. A saraivada de metáforas é extravagante e de dicção um pouco arcaica: *luz em minha vida, lava em meu ventre, meu riso, minha ruína* (aqui temos mais aliterações). A metáfora seguinte, da língua descendo o palato até bater nos dentes, é mais familiar e divertida, mas chama a atenção para um órgão usado a serviço da eloquência e da luxúria, que nunca estão muito longe neste personagem.

O segundo parágrafo traz memórias ternas. Uma série de orações com estrutura idêntica lista os diferentes nomes da amada como em uma litania profana: *Ela era Lo... Ela era Lola... Ela era Dolly... Ela era Dolores... Mas nos meus braços ela era sempre Lolita.* O trecho poderia ser musicado. (Chegaram a fazer uma adaptação malfadada de *Lolita* para um musical: "um fracassozinho divertido", anotou Nabokov, um tanto lacônico, em seu diário.) E, claro, para quem ainda não sabe, o parágrafo dá as primeiras pistas de que Lolita era um objeto de desejo menor de idade com as referências à sua altura, à meia e à escola.

O terceiro parágrafo toma ainda outra direção. O texto adota um tom de conversa, respondendo perguntas insinuadas por um interlocutor imaginário, à maneira de um monólogo dramático: "Será que ela tinha uma precursora?" A resposta afirmativa é dada com redundância poética: "Tinha, sem dúvida tinha". O formalismo da frase "a bem dizer" prepara-nos para a evocação explícita de um tribunal no último parágrafo. (Humbert está escrevendo sua apologia enquanto aguarda julgamento.) "Ah, quando?" A resposta críptica e arrevesada traz à tona a diferença de idade entre Humbert e Lolita.

É neste parágrafo que o interesse narrativo começa, graças a perguntas sobre causa e efeito ("poderia sequer ter havido [...] se não fosse pelo [...]") e sobre a identidade da "menininha primordial". Realçando a natureza poética dessa prosa, encontramos uma alusão a um poema famoso, "Annabel Lee", de Edgar Allan Poe:

> *Eu*, tão menino, e *ela*, menina,
>   Neste reino à beira-mar;
> Mas o amor entre nós era mais que amor –
>   Eu e minha ANNABEL LEE;
> Era amor que invejavam os anjos do céu
>   A mim e a ela aqui.

A explicação de Humbert (e também sua desculpa) para essa fixação erótica por meninas é que uma de suas paixões adolescentes, uma garota chamada Annabel, morreu antes que os dois pudessem consumar seu amor. O poema de Poe é uma trenodia de sentimentalismo mórbido sobre o mesmo tema: o eu lírico culpa os anjos invejosos por terem levado sua amada embora deste mundo e consola-se ao lado de seu túmulo. Humbert, no entanto, substitui sua

Annabel por uma ninfeta, sem o menor escrúpulo. Há uma nota diabólica de deboche nos epítetos aplicados aos serafins, "desinformados, simples, de asas nobres", e uma insinuação blasfema de que seu próprio sofrimento é comparável à coroa de espinhos. (A referência de um texto a outro chama-se intertextualidade e é tratada na seção seguinte.)

O virtuosismo de Nabokov em uma língua que não a sua própria é impressionante; mas talvez tenha sido isso o que o levou a explorar todos os recursos da prosa inglesa e a usá-los sem nenhuma inibição.

Um dos primeiros expoentes da "prosa floreada" na ficção inglesa – na verdade ele pode ser considerado *o* primeiro expoente – foi o escritor inglês John Lyly, cujo *Euphues: the Anatomy of Wit* (1578) ficou famoso na época e deu-nos o substantivo "eufuísmo" e o adjetivo "eufuísta" (não confundir com "eufemismo" e "eufemístico"). Eis aqui uma passagem do livro:

> As cores vivas logo esvaem-se, a lâmina cortante logo perde o fio, o tecido fino logo roem as traças e a cambraia logo mancha, antes da mais rude fazenda. O que apareceu bem neste *Euphues*, que, tendo o intelecto como a cera, capaz de receber toda impressão, e trazendo a cabeça na mão, seja para usar a rédea ou a espora, desprezando conselhos, abandonando o país, abominando velhos conhecidos, pensou em obter com o intelecto uma conquista ou tolerar com vergonha um conflito; que, pondo a afetação antes de amigos e o humor presente antes da honra vindoura, deixou a razão de molho, sendo esta mui salgada para o seu gosto, e seguiu suas paixões à rédea solta, o que mais lhe aprazia o paladar.

Essa prosa é espirituosa e agradável em pequenas doses, mas depois de algumas páginas o leitor de hoje pode se aborrecer com a *mesmice* do exibicionismo estilístico. As mesmas estruturas sintáticas e sons são usados repetidas vezes, tanto pelos diferentes personagens quanto pela voz autoral. É uma prosa unicamente literária, que pertence apenas ao mundo da palavra escrita. O que está faltando aqui, o que surgiu na ficção inglesa entre *Euphues* e *Lolita*, foi o som da voz humana, o som de várias vozes falando com sotaques, ritmos e registros diferentes, trazendo vida e variação aos padrões formais da retórica literária. Voltaremos a abordar o assunto no capítulo sobre "Polifonia" (capítulo 27). Mas antes: intertextualidade.

21
Intertextualidade

"Precisamos carregar a vela grande", eu disse. As sombras afastaram-se de mim sem uma palavra. Aqueles homens eram fantasmas de si mesmos, e seu peso sobre os cabos não poderia ser maior do que o peso de um bando de fantasmas. De fato, se alguma vez já se carregou uma vela apenas por meio da força espiritual, deve ter sido aquela; a bem dizer, não havia músculos suficientes para a tarefa no navio inteiro, quanto menos na tripulação miserável do convés. Claro, eu assumi a liderança. Os homens seguiam-me, fracos, de cabo a cabo, trôpegos e arquejantes. Trabalhavam como Titãs. Levamos no mínimo uma hora, e o tempo todo a escuridão à nossa volta não fez um som. Quando a última apaga foi amarrada, meus olhos, acostumados à escuridão, distinguiram as figuras dos homens exaustos caídos pela amurada, prostrados nas escotilhas. Um deles estava escorado no cabrestante de popa, recuperando o fôlego; e eu me erguia entre eles como uma torre de força, imune à doença e sentindo apenas a enfermidade da minha alma. Esperei algum tempo, lutando contra o peso dos meus pecados, contra o sentimento de que eu não era digno, e então disse:

"Agora, homens, vamos à popa cruzar a verga grande. É tudo o que podemos fazer pelo navio; depois, cabe a ele aproveitar a chance."

Joseph Conrad *A linha de sombra* (1917)

Há muitas formas de um texto se referir a outro: paródia, pastiche, eco, alusão, citação direta e paralelismo estrutural. Alguns teóricos acreditam que a intertextualidade é a própria condição da literatura – que todos os textos são tecidos com os fios de outros textos, independente de seus autores estarem ou não cientes. Escritores afiliados ao realismo documental tendem a negar ou a suprimir este princípio. Samuel Richardson, por exemplo, acreditava ter criado um novo tipo de ficção, independente da literatura anterior, mas é fácil ver em *Pamela* (1740), a história de uma criada virtuosa que se casa com o patrão depois de muitas provações e atribulações, o arquétipo de um conto de fadas. O próximo romance inglês a surgir foi o *Joseph Andrews* (1742) de Henry Fielding, que começa como uma paródia de *Pamela* e incorpora uma releitura da parábola do bom samaritano e muitas passagens escritas em estilo herói-cômico. A intertextualidade, em suma, está nas raízes do romance inglês, ao passo que no outro extremo do espectro cronológico os romancistas preferiram explorar esta possibilidade em vez de lhe resistir, reciclando mitos antigos e trabalhos da literatura anterior a fim de dar forma e acrescentar ressonâncias à representação da vida contemporânea.

Alguns autores sinalizam essas referências mais do que outros. James Joyce deu uma pista aos leitores quando chamou seu épico da vida moderna em Dublin de *Ulisses*; Nabokov, quando deu à precursora de Lolita o nome da Annabel de Poe. Conrad pode ter dado uma pista mais sutil no subtítulo de *A linha de sombra*: "Uma confissão".

Esta novela, de origem autobiográfica, é o relato de um jovem oficial da marinha mercante que, enquanto aguarda a volta para casa em um longínquo porto na Ásia, recebe pela primeira vez uma oferta para comandar um navio cujo capitão morreu no mar. Ao sair para o Golfo de Sião, o jovem descobre que o falecido capitão era louco, e que o seu próprio imediato acredita que o velho tenha lançado uma maldição sobre o navio. O temor parece confirmar-se quando o vento para, a tripulação adoece e o jovem capitão descobre que seu antecessor destruiu todo o estoque de quinino. Então, numa noite escura como breu, aparecem sinais de mudança no tempo.

A descrição dos marinheiros doentes e enfraquecidos, obedecendo as ordens do capitão de carregar a vela grande para que o navio possa avançar com o sopro do vento, mostra, com requintes técnicos ("apaga", "cabrestante de popa", "cruzar a verga grande"), que Conrad sabia do que estava falando – afinal, ele próprio era um capitão com vinte anos de experiência no mar. Mas também faz lembrar de um dos mais famosos poemas da literatura inglesa, "A balada do velho marinheiro", de Samuel Taylor Coleridge, em que os marinheiros mortos levantam-se no convés do navio encantado e se ocupam do massame:

> Os homens manobravam cabos,
> Onde era seu dever;
> Seus braços como aprestos mortos –
> Era um horror de ver.

O Marinheiro mata um albatroz, traz uma maldição sobre o navio, na forma de calmaria e pestilência, quebra-a sem saber quando abençoa as serpentes aquáticas e então é arrastado até em casa por forças sobrenaturais; como único sobrevivente, sente-se culpado pelo destino de seus companheiros. Na história de Conrad, o navio é amaldiçoado pelo capitão morto, mas o narrador vive uma experiência quase religiosa, similar à do Marinheiro. O que poderia ser uma simples história mirabolante torna-se um rito de passagem pela "linha de sombra" que separa a inocência da experiência, a juventude da maturidade, a arrogância da humildade. Ao ser poupado da febre por motivos inexplicáveis (como o Marinheiro), o jovem capitão sente "a enfermidade da minha alma [...] o peso dos meus pecados [...] o sentimento de que não sou digno". Ele se vê assombrado pela "visão de um navio à deriva na calmaria e balançando na brisa, com toda a tripulação morrendo aos poucos pelo convés". Depois que a vela grande é carregada e o vento sopra, o capitão pensa que "o espectro foi esconjurado, o feitiço quebrado, a maldição removida. Logo estávamos na mão de uma providência gentil e enérgica. Ela nos impelia adiante..." Compare:

> Lesto, lesto o barco ia,
> Mas suave ia também:
> Doce, doce a brisa vinha
> A mim e a mais ninguém.

Quando o navio da história de Conrad finalmente chega ao porto com a bandeira solicitando assistência médica hasteada, os cirurgiões navais que embarcam ficam tão impressionados ao descobrir o convés deserto quanto, no poema de Coleridge, o Piloto e o Eremita surpreendem-se ao encontrar o Marinheiro cuidando sozinho do navio quando o resgatam. Assim como o Velho Marinheiro, o capitão não consegue livrar-se do sentimento de culpa pelos sofrimentos da tripulação. Enquanto os homens são retirados do navio ele diz: "Eles passavam sob o meu olhar um após o outro – cada homem personificava uma censura das mais severas [...]". Compare:

> A dor, o horror em que morreram
> Jamais arrefeceu:
> Eu não podia furtar os olhos
> E nem rezar a Deus.

Assim como o Marinheiro, que "para um de três" para contar sua história, o capitão é levado a fazer uma "confissão" dessa experiência.

Não há como saber se as alusões de Conrad foram ou não intencionais apenas a partir do texto, e ainda que pudesse ser interessante descobrir, a resposta não faria muita diferença. Os ecos são provas de que o autor conhecia o poema de Coleridge, mas pode ser que os tenha reproduzido de forma inconsciente (ainda que eu duvide), assim como estes mesmos ecos podem ter um efeito subliminar em leitores que leram o poema e o esqueceram, ou ainda conhecem-no apenas a partir de citações. Com certeza não foi a primeira nem a única vez em que Conrad fez alusões literárias deste tipo. A jornada de Marlow pelo Congo em *O coração das trevas* é comparada em termos explícitos com a descida aos círculos do Inferno em *A divina comédia*, de Dante, enquanto o romance tardio *Vitória* é inspirado em *A tempestade*, de Shakespeare.

O *Ulisses* de James Joyce deve ser o exemplo mais celebrado e influente de intertextualidade na literatura moderna. Quando o romance foi publicado, em 1922, T. S. Eliot saudou o uso que Joyce fez da *Odisseia*, "manipulando um paralelo contínuo entre a contemporaneidade e a antiguidade", como uma emocionante revolução técnica, "um passo na direção de tornar o mundo moderno possível para a arte". Como Eliot vinha lendo o romance de Joyce aos poucos nos anos anteriores, enquanto trabalhava no grandioso poema "A terra devastada", obra em que manipulava o paralelo contínuo entre a contemporaneidade e a lenda do Graal, também publicada em 1922, podemos interpretar esse elogio a *Ulisses* como um reconhecimento e ao mesmo tempo um manifesto. Contudo, em nenhum desses trabalhos a intertextualidade limita-se a uma única fonte ou a um único paralelismo estrutural. "A terra devastada" faz ressoarem muitas fontes diferentes; *Ulisses* é repleto de paródias, pastiches, citações e alusões a todo tipo de texto. Há, por exemplo, um capítulo ambientado na redação de um jornal, dividido em seções com manchetes que imitam o desenvolvimento do estilo jornalístico, um capítulo escrito quase todo como um pastiche de revistas femininas baratas e ainda um outro, ambientado na maternidade de um hospital, que parodia o desenvolvimento histórico da prosa inglesa desde o período anglo-saxão até o século XX.

Como por mais de trinta anos eu escrevi ficção ao mesmo tempo em que segui uma carreira acadêmica, não é surpreendente que meus romances tenham ficado cada vez mais intertextuais; e, de fato, tanto Joyce como Eliot foram influências importantes neste aspecto – em especial Joyce. As paródias em *O Museu Britânico ainda vem abaixo*, assim como a ação passada toda em um único dia, foram inspiradas em *Ulisses*, e o último capítulo do livro é uma homenagem descarada ao monólogo de Molly Bloom. A "revolução" durante a gênese de *O mundo é pequeno* se deu quando eu percebi a possibilidade de basear um romance cômico-satírico sobre os turistas acadêmicos, que dão a volta ao mundo em conferências internacionais onde os participantes competem uns com os outros na esfera profissional e erótica, na história do Rei Arthur e dos Cavaleiros da Távola Redonda em busca do Graal, especialmente do modo como foi interpretada por Jessie L. Weston em um livro que T. S. Eliot havia devassado para escrever "A terra devastada". Já escrevi em outros lugares sobre a gênese desses romances (no posfácio de *O Museu Britânico ainda vem abaixo* e em *Write On*) e menciono o assunto aqui apenas para dizer que a intertextualidade não é, ou ao menos não necessariamente é, um simples adorno: muitas vezes ela pode ser um fator crucial na concepção e na escritura de um texto.

Mas há um outro aspecto da arte da ficção, conhecido apenas pelos escritores, que muitas vezes diz respeito à intertextualidade: é a Oportunidade Perdida. É inevitável que, em meio a tantas leituras, um escritor encontre ecos, antecipações e analogias a seu próprio trabalho só muito depois de tê-lo acabado, quando já é tarde demais para aproveitar a descoberta. No fim de *O mundo é pequeno* há uma cena ambientada em Nova York, durante a Convenção da Modern Language Association, que acontece sempre nos últimos dias de dezembro. Após o triunfo do herói, Persse McGarrigle, em uma sessão sobre a Função da Crítica, o tempo muda de repente, e o calor de um vento sul faz a temperatura de Manhattan subir a níveis sem precedentes para a época do ano. No esquema mítico do livro, a cena equivale à fertilização do reino estéril do Rei Pescador, que resulta da pergunta feita pelo Cavaleiro do Graal. Arthur Kingfisher, especialista em crítica acadêmica moderna e presidente do evento, sente a maldição da impotência sexual quebrar-se como que por milagre. Ele diz à sua amante coreana, Song-Mi:

> "É como os dias de Alcíone... Dias de tempo ameno no meio do inverno. Os antigos chamavam esses dias de dias de Alcíone, quando o rei-pescador chocava seus ovos. Lembra de Milton? *A ave choca na encantada vaga!* A ave era um rei-pescador. É isso que *halcyon* significa em grego, Song-Mi: rei-pescador. Os dias de Alcíone eram os dias do rei-pescador. Os meus dias. Os nossos dias."

Kingfisher também poderia ter citado versos absolutamente antagônicos:

> Tempo de rei-pescador, brisa suave,
> A todo pano, e as oito velas cheias.

E poderia ter acrescentado: "Estas eram as melhores linhas de 'A terra devastada', mas Ezra Pound convenceu Tom Eliot a cortá-las". Infelizmente eu só tive acesso a essas linhas, na edição feita por Valerie Eliot de *The Waste Land: a facsimile and transcript of the original drafts including the annotations of Ezra Pound*, algum tempo depois da publicação de *O mundo é pequeno.*

22
O romance experimental

Bridesley, Birmingham.

Duas horas. Milhares voltavam de almoço por ruas.

"O que a gente quer é trabalhar, força", disse gerente a filho de Dupret. "Eu digo para eles – vamos lá, vamos dar um jeito nisso."

Milhares voltavam para fábricas onde trabalhavam depois de almoço.

"Eu estou sempre em cima, mas o pessoal me conhece. Sabem que eu sou um pai e uma mãe para eles. Se aparece algum problema é só falar comigo. E daqui sai trabalho excelente, excelente. Eu faria qualquer coisa por eles e eles sabem."

Barulho de tornos recomeçou nessa fábrica. Centenas passavam por estrada lá fora, homens e garotas. Uns entravam em fábrica de Dupret.

Outros permaneciam em fundição dessa fábrica para jantar. Estavam sentados em volta do braseiro em círculo.

"E eu tava na entrada do almoxarifado e de costa para a porta que dá para a hidráulica com um nariz falso e umas costeleta verde. O Albert, lá dentro, ria que ria até que de repente o Lá Vem Ele chegô e eu vi o Albert se endireitá mas nem me dei conta de nada até que eu ouvi um 'Gates, você não tem mais nada o que fazê do que ficá se passano por idiota?' E aí ele perguntô pro Albert, 'Milligan, o que você tá fazeno aí?' Eu fiquei tão assustado que não consegui tirá o nariz, foi muito rápido. Nunca vô me esquecê daquilo."

HENRY GREEN *Living* (1929)

"Romance experimental" foi uma expressão cunhada por Zola para frisar a relação entre seus romances de temática sociológica e a investigação científica do mundo natural, mas a comparação não resiste a uma análise mais aprofundada. Um trabalho de ficção não é um método confiável para se verificar ou falsear hipóteses sobre a sociedade, e o conceito de "experimento", na literatura e nas demais artes, em geral é entendido como uma abordagem radical ao recurso do estranhamento (ver capítulo 11). Um romance experimental é uma obra que rompe com as formas tradicionais de representação da realidade – seja na organização narrativa ou no estilo, ou ainda em ambos – a fim de intensificar nossa percepção.

As décadas de 20 e 30 no século XX, o auge do modernismo, foram notáveis pela ficção experimental – Dorothy Richardson, James Joyce, Gertrude Stein e Virginia Woolf são apenas alguns dos nomes que vêm à cabeça. No entanto, os experimentos feitos por um escritor são logo adotados e transformados por outros, de modo que em geral é difícil atribuir a descoberta de uma técnica específica a um único autor. A abertura de *Living*, de Henry Green, é característica do período em que o livro foi escrito. A mudança abrupta do discurso, que vai da narrativa ao diálogo e volta para a narrativa sem transições suaves nem explicações, é análoga às composições cubistas de Picasso, aos *jump cuts* cinematográficos de Eisenstein e aos fragmentos de T. S. Eliot que escoram as ruínas em "A terra devastada". A fragmentação, a descontinuidade e a colagem permeiam a arte experimental da década de 20.

Mas *Living* contou com ao menos uma técnica inédita de Henry Green, que consiste na omissão sistemática dos artigos (*o*, *a*, *um*, *uma*) no discurso narrativo. A técnica não é usada de modo consistente (na passagem citada os homens "estavam sentados em volta *do* braseiro em círculo"), mas altera o texto o suficiente para chamar a atenção do leitor e reforça o efeito de outras omissões mais familiares (a omissão de verbos finitos, por exemplo, e a dos substantivos e adjetivos com carga estética ou emotiva). Onde uma narrativa em prosa convencional e elegante diria *"Eram duas horas. Milhares de trabalhadores voltavam do almoço pelas ruas"*, ou, em um estilo mais conservador, *"Milhares de operários com chapéus de pano e lenços na cabeça andavam a passo apertado pelas ruas decrépitas, retornando de uma refeição feita às pressas"*, Henry Green escreve: "Duas horas. Milhares voltavam de almoço por ruas."

Henry Green era o pseudônimo de Henry Yorke, nascido no seio de uma família que era proprietária de uma firma de engenharia em Birmingham. Como parte de sua preparação para assumir o cargo de gerente, Henry trabalhou nos vários departamentos da firma, desde o chão de fábrica, o que lhe rendeu um conhecimento inestimável do trabalho industrial e um profundo afeto e respeito pelos homens e mulheres que o executavam. *Living* é uma belíssima celebração – terna, mas sem ser piegas – da vida da classe operária inglesa na época.

Um dos obstáculos para se escrever uma história fidedigna sobre a vida da classe operária, evidente nos romances industriais da época vitoriana, é que o próprio romance é uma invenção burguesa, e a voz narrativa é capaz de trair esse viés a cada frase. O romance tende a parecer condescendente em relação à experiência narrada através do contraste entre o discurso polido e educado do narrador e as falas em dialeto rústico e coloquial dos personagens. Tomemos como exemplo o tratamento dado por Dickens a uma cena em *Tempos difíceis*, quando Stephen Blackpool se recusa a participar da greve do sindicato porque não a achava justa:

> "Stephen Blackpool", disse o presidente, levantando-se, "pens'otra vez. Pens'otra vez, antes que os amigo se afas'de você."
>
> Ouviu-se um murmúrio geral de aprovação, ainda que ninguém tenha pronunciado uma única palavra. Todos os olhares estavam fixos no rosto de Stephen. Abandonar sua determinação seria tirar um peso da

consciência de todos. Stephen olhou ao redor e soube que era assim. Não sentia a menor raiva deles; conhecia-os para além dessas fraquezas e equívocos superficiais como ninguém, salvo os demais trabalhadores, seria capaz.

"Eu já pensei, e mais até qu'um bocadinho, senhor. M'acontece é qu'eu não tenho com'entrá nessa. O jeito vai sê sigui o meu caminho. Mi dispidi d'océs aqui meso."

Em *Living*, Green tentou fechar essa lacuna dolorosa entre o discurso autoral e o discurso dos personagens através de deformações intencionais no estilo narrativo – adotando, como o próprio autor disse, o caráter robusto do dialeto das *Midlands* e evitando a "elegância fácil". Não que as frases narrativas mantenham-se no mesmo registro dos diálogos entre personagens. O discurso narrativo é permeado por uma economia estéril e funcional, muito expressiva das tarefas repetitivas e mecânicas que a indústria impõe aos trabalhadores e à qual o discurso dos personagens oferece alguma resistência graças a redundâncias poéticas ("trabalho excelente, excelente"), frases proverbiais ("um pai e uma mãe para eles") e códigos particulares (o gerente da fábrica foi apelidado com a frase que avisa de sua chegada – Lá Vem Ele). O resultado um tanto improvável do experimento foi que um jovem ex-aluno do Eton College escreveu aquele que talvez seja o melhor romance já escrito sobre fábricas e operários.

É fácil aceitar e apreciar experimentos como o de Green, que tem algum propósito mimético ou expressivo. Um pouco mais problemáticos são os desvios estilísticos que impõem obstáculos arbitrários e artificiais entre a linguagem da prosa e suas funções normais, como o lipograma – a omissão sistemática de uma letra do alfabeto. O finado Georges Perec, romancista francês conhecido por seu livro *A vida: modo de usar*, tem um romance chamado *La Disparition* que foi todo escrito sem usar a letra "e", por exemplo, o que é um feito muito impressionante, ainda mais em francês (mesmo assim, não invejo Gilbert Adair, que está traduzindo a obra para o inglês). Walter Abish, o escritor americano contemporâneo, escreveu um romance chamado *Alphabetical Africa*, com capítulos que seguem a seguinte regra: o primeiro capítulo contém apenas palavras que começam com A ("Ainda a África: Albert aparece, animado, analisa a arte africana, a angústia africana – ah, adiante ataca a arquitetura Ashtanti..."); o segundo capítulo contém apenas palavras que começam com B e A; o terceiro, apenas palavras que começam com C, B e A, e assim por diante; aos poucos os capítulos passam a incorporar palavras que começam com mais uma letra do alfabeto, até chegar a Z, quando então o mecanismo do romance se inverte e a gama de palavras disponíveis passa a diminuir, capítulo a capítulo, letra a letra, até voltar a A.

Talvez seja mais divertido ler sobre essas obras do que ler as próprias. É óbvio que limitações tão drásticas e abrangentes inviabilizam a escritura de um romance segundo o procedimento normal, em que se começa com um núcleo temático ou narrativo e, aos poucos, expande-se o foco por meio de ações e agentes em sintonia com algum tipo de lógica narrativa. O desafio passa a ser contar uma história coerente em meio a todas as limitações impostas pela forma escolhida, e o que o motiva (afora a satisfação do autor em pôr sua própria engenhosidade à prova) é a esperança de que essas limitações proporcionem algum prazer com o triunfo da simetria formal contra todas as expectativas e também gerem sentidos que de outra forma não teriam ocorrido ao autor. Vistos por esse ângulo, os experimentos em prosa assemelham-se a características triviais da poesia, como as rimas e as formas estróficas, por exemplo. Essas obras parecem promover uma transgressão deliberada dos limites que em geral separam essas duas formas discursivas, mas, por mais sagazes que sejam, permanecem à margem da arte da ficção.

23
O romance cômico

"Vamos ver então; qual foi o título que você escolheu?" Dixon olhou para os campos que corriam através da janela, de um verde intenso após o abril úmido. Não foi o efeito de exposição dupla nos últimos trinta segundos de conversa que o deixou estupefato, pois incidentes como esse eram a matéria-prima dos colóquios com Welch; foi a perspectiva de dizer em voz alta o nome do artigo que havia escrito. O título era perfeito, afinal, cristalizava toda a mesquinharia descerebrada do artigo, o desfile funéreo de fatos que induziam ao bocejo, as pseudoclarificações que oferecia a problemas inexistentes. Dixon havia lido, ou começado a ler, dúzias de artigos parecidos, mas o seu parecia pior do que a maioria, com seus ares de estar convencido sobre a própria utilidade e importância. "Em consideração a este tópico estranhamente negligenciado" era a primeira frase. Este o que estranhamente negligenciado? Este tópico o que negligenciado? Este tópico estranhamente o quê? O fato de ter pensado tudo isso sem conspurcar nem tocar fogo no original serviu apenas para que parecesse ainda mais hipócrita e imbecil a si mesmo. "Vamos ver", disse, ecoando as palavras de Welch como se a puxar pela memória: "ah, sim; *A influência econômica dos avanços nas técnicas de construção naval entre 1450 e 1485.* Afinal, é disso que..."

Incapaz de chegar ao fim da frase, Dixon olhou mais uma vez à esquerda e descobriu o rosto de um homem que o encarava a uns vinte centímetros de distância. O rosto, que o fitava com uma expressão de pânico, pertencia ao motorista de uma van que Welch decidira ultrapassar numa curva fechada entre dois paredões de rocha. Nesse instante um ônibus enorme surgiu mais adiante na mesma curva. Welch desacelerou um pouco, a fim de garantir que ainda estariam ao lado da van quando o ônibus os atingisse, e disse em tom convicto: "Ah, eu acho que está bom".

Kingsley Amis *Lucky Jim* (1954)

O romance cômico é uma forma ficcional típica da língua inglesa, ou ao menos do inglês britânico e irlandês, que nem sempre faz viagens tranquilas. Ao resenhar um dos romances tardios de Kingsley Amis, *Jake's Thing*, John Updike afirmou, em tom condescendente, que "As ambições e a reputação dele ainda estão encantadas com o 'romance cômico'", e acrescentou: "Não há por que escrever romances 'engraçados' quando as coincidências da própria vida, quando narradas com cuidado, já são comédia o bastante". A pergunta que se faz é: bastante para quem? O cânone do romance inglês conta com um número impressionante de obras cômicas, que começam com Fielding, Sterne e Smollett no século XVIII, passam por Jane Austen e Dickens no século XIX e chegam até Evelyn Waugh no século XX. Até mesmo romancistas que não se propunham a escrever romances engraçados, como George Eliot, Thomas Hardy e E. M. Forster, têm cenas que nos fazem rir alto, e não só em uma primeira leitura.

A comédia ficcional parece ter duas fontes principais, ainda que haja uma ligação estreita entre as duas: a situação (que pressupõe sempre um personagem – uma situação cômica para um certo personagem pode não o ser para um outro) e o estilo. Nos dois casos, o *timing* – ou seja, a ordem em que as palavras e as informações surgem – tem uma importância crucial. O princípio pode ser ilustrado com uma única frase do *Declínio e queda* de Evelyn Waugh. No início do romance, Paul Pennyfeather, o herói tímido e modesto que estuda em Oxford, vê-se privado de suas calças por um bando de colegas bêbados e, com tremenda injustiça, é expulso da universidade por comportamento indecente. O primeiro capítulo encerra com as seguintes palavras:

> "Que se danem e queimem no inferno", disse Paul Pennyfeather a si mesmo com uma voz débil enquanto dirigia até a estação, sentindo-se um pouco envergonhado, pois quase nunca falava impropérios.

Se nesse trecho rimos, como creio que a maioria dos leitores faz, é por causa do aparecimento tardio da palavra "débil": o que à primeira vista parece ser uma explosão de raiva acumulada por parte do herói injustiçado acaba não sendo nada parecido – apenas mais uma demonstração de sua timidez e passividade. Uma alteração na ordem estragaria o efeito: "Paul Pennyfeather disse a si mesmo com uma voz débil enquanto dirigia até a estação, 'Que se danem e queimem no inferno [...]'". Aqui se percebe uma outra característica da comédia ficcional: uma combinação de surpresa (Paul enfim expressa seus sentimentos) e conformidade a um padrão (não, na verdade não expressa).

O humor é um assunto muito subjetivo, mas só um leitor com o coração de pedra não abriria um sorriso com essa passagem retirada de *Lucky Jim*, que demonstra todas as propriedades da ficção cômica em alto grau de refinamento. Como professor em estágio probatório numa universidade provinciana, Jim Dixon depende do apadrinhamento de seu distraído colega titular para manter-se no cargo, o que por sua vez exige que Jim demonstre competência profissional publicando um artigo acadêmico. Jim despreza tanto o colega quanto os rituais da academia, mas não tem como se negar. Seu rancor permanece interiorizado, manifestando-se algumas vezes em fantasias violentas (como, por exemplo, "amarrar Welch em uma cadeira e bater-lhe na cabeça e nos ombros com uma garrafa até ele explicar por quê, mesmo não sendo francês, deu nomes franceses aos filhos") e em outras, como na passagem citada, em pensamentos que ridicularizam o comportamento, o discurso e os códigos institucionais que o oprimem.

O estilo de *Lucky Jim* trouxe uma nova voz à ficção inglesa. Um tom educado sem pertencer a nenhuma classe, eloquente sem ser elegante no sentido clássico. A precisão escrupulosa e cética do estilo deve-se, em parte, à filosofia da "linguagem comum" predominante em Oxford na época em que Amis era estudante (a influência é particularmente visível no trecho "as pseudoclarificações que oferecia a problemas inexistentes"). O livro é cheio de surpresas, mudanças e peripécias que, através da sátira, desconstroem clichês e lugares-comuns.

Dixon não responde de imediato à pergunta de Welch sobre o título do artigo, ainda que não tenha sido "o efeito de exposição dupla nos últimos trinta segundos de conversa que o deixou estupefato". Se não foi, por que ele toca no assunto? Pode haver dois motivos: (1) Fazer um divertido comentário metafórico sobre a irritante propensão de Welch a repetir, como se fosse ideia sua, algo que Jim acaba de dizer e (2) criar um atraso, um brevíssimo instante de suspense cômico, que confere mais peso à revelação do verdadeiro motivo para o silêncio de Jim: o desconcerto que sente ao ter de revelar o nome do artigo que escreveu. O título é "perfeito" apenas no sentido irônico de que reúne todas as características do discurso acadêmico que Jim tanto despreza. "Dixon havia lido, *ou começado a ler*, dúzias de artigos parecidos [...]" O trecho posto em itálico nos diz muito sobre o aborrecimento e a impaciência com que Jim folheia os periódicos acadêmicos. A análise destrutiva que o personagem faz da primeira frase do artigo, em que cada palavra de uma fórmula acadêmica típica é sujeita a uma interrogação sarcástica, dispensa comentários. Logo vem uma crítica de Jim à sua própria má-fé intelectual, um estigma do qual por fim se livra ao dar uma palestra sobre Merrie England enquanto bêbado. Então, passado todo esse tempo, Dixon revela o título do artigo – um exemplo de academicismo maçante decorado por muitos leitores acadêmicos que eu conheço. A fala poderia vir imediatamente após a pergunta de Welch sem prejudicar a coesão narrativa, mas assim se perderia muito do efeito cômico.

A impotência de Jim é simbolizada, no plano físico, por sua condição de carona no carro de Welch e vítima indefesa de suas barbeiragens. Nesse ponto a frase banal e à primeira vista supérflua que aparecera antes, sobre Dixon estar olhando para os campos verdejantes através da janela, revela que tem uma função. Ao olhar pela mesma janela alguns instantes mais tarde, Jim se sobressalta ao descobrir "o rosto de um homem que o encarava a uns vinte centímetros de distância". A surpresa é seguida pela conformidade a um padrão (a incompetência de Welch). O efeito de câmera lenta obtido com a precisão tranquila da linguagem ("uns vinte centímetros de distância", "com uma expressão de pânico", "decidira ultrapassar") contrasta de forma cômica com a velocidade da colisão iminente. O leitor não descobre de imediato o que está acontecendo, mas é levado a fazer inferências, a reencenar a surpresa e o pânico vividos pelo personagem. Tudo depende do *timing*.

24
Realismo mágico

Então de repente todos voltaram a cantar aquelas três ou quatro notas simples, acelerando a dança, fugindo ao sono e ao repouso, ultrapassando o tempo e enchendo a sua inocência de força. Todo mundo sorria, e Éluard se inclinou até a garota que enlaçava com o braço e disse,

> Um homem tomado pela paz nunca para de sorrir.

E ela riu e bateu os pés no chão com mais força e flutuou uns poucos centímetros acima da calçada, puxando os outros consigo, e logo ninguém mais tocava o chão, eles davam dois passos no mesmo lugar e um passo à frente sem encostar no chão, sim, flutuando por cima da praça Venceslau, a ciranda a própria imagem de uma guirlanda gigante a levantar voo, e eu corri atrás deles no chão, fiquei olhando para cima, e eles seguiam flutuando, levantando primeiro uma perna, depois a outra, e lá embaixo – Praga com os cafés cheios de poetas e as prisões cheias de traidores, e no crematório estavam dando cabo de uma socialista e de um surrealista, e a fumaça subia aos céus como um bom presságio, e eu escutei a voz metálica de Éluard recitar,

> O amor é ativo é incansável,

e corri atrás da voz pelas ruas na esperança de acompanhar aquela incrível guirlanda de corpos sobrevoando a cidade e percebi com angústia no peito que eles voavam como pássaros e que eu caía como uma pedra, que eles tinham asas que eu jamais teria.

Milan Kundera *O livro do riso e do esquecimento* (1978)

O realismo mágico – a interferência de acontecimentos fantásticos e impossíveis em uma narrativa realista – é um efeito associado em particular à ficção latino-americana contemporânea (encontram-se exemplos na obra do colombiano Gabriel García Márquez, por exemplo), mas ocorre também em romances vindos de outros continentes, como os de Günter Grass, Salman Rushdie e Milan Kundera. Todos esses autores viveram períodos de grande turbulência histórica e conflitos pessoais pungentes, que, a seu modo de ver, não se prestam à representação em um discurso realista tradicional. Talvez a pouco traumática história recente da Inglaterra tenha levado os autores ingleses a se manter no caminho do realismo tradicional. O elemento fantástico foi trazido de fora até a nossa ficção, mas ainda assim foi adotado com grande entusiasmo por alguns romancistas ingleses genuínos – em sua maioria, mulheres de posicionamento forte em questões de gênero, como Fay Weldon, Angela Carter e Jeanette Winterson.

Como desafiar a lei da gravidade foi e continua sendo um grande sonho impossível, não é surpreendente que imagens de voo, levitação e queda livre ocorram com frequência nesse tipo de romance. No *Cem anos de solidão* de Márquez, um personagem ascende aos céus enquanto põe a roupa lavada para secar. No início de *Os versos satânicos*, de Salman Rushdie, os dois personagens principais caem agarrados um ao outro de um avião que explode, cantando, e aterrissam, sem nenhum arranhão, em uma praia inglesa coberta de neve. A heroína de *Noites no circo* de Angela Carter é uma trapezista chamada Fewers, que tem lindas plumas úteis não apenas para compor um figurino de palco: também são asas de verdade, que lhe permitem voar. *Sexing the Cherry*, de Jeanette Winterson, apresenta uma cidade flutuante com habitantes flutuantes – "Depois de alguns experimentos simples veio a certeza, para as pessoas que tinham abandonado a gravidade, de que a gravidade as tinha abandonado". E, na passagem citada de *O livro do riso e do esquecimento*, o autor afirma ter visto uma roda de dançarinos levantar voo e ir embora.

Milan Kundera foi um dos muitos jovens tchecos que viram com bons olhos o golpe comunista de 1948, certos de que o novo regime promoveria um admirável mundo novo de liberdade e justiça. Logo ele se desiludiu, "disse algo que seria melhor não ter dito" e foi expulso do Partido. Suas vivências posteriores serviram de matéria-prima ao seu primeiro romance, *A brincadeira* (1967). Em *O livro do riso e do esquecimento* (1978), o autor explorou as ironias públicas e as tragédias pessoais na Tchecoslováquia do período pós-guerra com uma narrativa mais solta e mais fragmentária, que flerta com o documentário, a autobiografia e a fantasia.

O sentimento de exclusão vivido pelo narrador, afastado da convivência humana e do Partido, a impressão de ter se tornado uma "não pessoa", é simbolizado pela exclusão da roda de estudantes que dançam dia após dia celebrando os aniversários aprovados pelo Partido. Ele se lembra de um certo dia em junho de 1950, quando "as ruas de Praga mais uma vez estavam repletas de jovens dançando em círculos. Andei de uma roda à outra, me aproximei deles o quanto pude, mas negaram-me a entrada." No dia anterior, uma representante socialista e um escritor surrealista haviam sido enforcados como "inimigos do Estado". O surrealista, Záviš Kalandra, era amigo de Paul Éluard, na época um dos mais celebrados poetas comunistas no mundo ocidental, capaz de salvar a vida do artista. Mas Éluard recusou-se a intervir: ele estava "ocupado demais dançando na enorme roda que circundava [...] todos os países socialistas e todos os partidos comunistas do mundo; ocupado demais recitando seus lindos poemas sobre alegria e irmandade".

Ao perambular pelas ruas, Kundera de repente encontra o próprio Éluard dançando em uma roda de jovens. "Não havia dúvida. A celebridade de Praga. Paul Éluard!" Éluard começa a recitar um de seus poemas idealistas sobre alegria e irmandade e a narrativa "decola", tanto em termos literais quanto metafóricos. A roda de dançarinos desprende-se do chão e começa a flutuar pelo céu. O acontecimento é impossível. Mesmo assim, suspendemos nossa descrença, pois a imagem expressa de forma poderosa e comovente as emoções que vinham se preparando nas páginas anteriores. A imagem dos dançarinos alçando-se aos ares, levantando os pés ao mesmo tempo em que a fumaça das duas vítimas cremadas ergue-se no mesmo céu, simboliza o autoengano estapafúrdio dos camaradas, a ansiedade por declararem-se puros e inocentes, a obstinação em não enxergar o terror e a injustiça do sistema político a que servem. Ao mesmo tempo, expressa a inveja e a solidão do personagem do autor, para sempre afastado da euforia e da segurança dessa dança coletiva. Uma das características mais atraentes de Kundera é que ele nunca reclama para si o título de mártir e nunca subestima o custo humano de ser um dissidente.

Não sei como é essa passagem no texto original em tcheco, mas ela funciona muito bem em tradução, talvez graças ao brilhante apelo visual. Kundera chegou a dar aulas de cinema em Praga por um tempo, e essa descrição evidencia um senso de composição cinematográfica no modo como a perspectiva alterna entre o panorama aéreo de Praga e o olhar desejoso que o narrador lança de baixo para cima enquanto corre pelas ruas. A roda de dançarinos voadores funciona como um efeito especial. Quanto à forma, a passagem consiste em uma frase imensa; as diferentes orações são como uma sequência de tomadas cinematográficas unidas pela simples conjunção *e* em uma sucessão fluida que se recusa a priorizar seja o sentimento de ironia, seja o sentimento de perda do narrador. Ambos estão ligados de modo inseparável.

25
A narrativa superficial

Tem muita coisa a conversar. "Por que você tem medo dela?", pergunta Flora, com todo o peso solto em cima de Howard, os seios diante de seu rosto. "Eu acho que competimos muito perto na mesma área", responde Howard. "Faz sentido. A função dela ainda é muito ligada à minha; então ela fica impedida de crescer e se vê obrigada a me sabotar. A me destruir por dentro." "Tudo bem aí? Não estou esmagando você?", pergunta Flora. "Não", diz Howard. "Mas destruir você como?", ela pergunta. "Ela precisa encontrar um ponto fraco em mim", diz Howard. "Ela quer se convencer de que sou falso e fingido." "O seu peito é lindo, Howard", comenta Flora. "O seu também, Flora", responde Howard. "E você é falso e fingido?", pergunta Flora. "Acho que não, não mais do que todo mundo", diz Howard. "É só que eu gosto de fazer as coisas acontecerem. Pôr um pouco de ordem na confusão. E para ela isso não passa de um radicalismo que está na moda." "Ah, Howard, então ela é mais esperta do que imaginava", diz Flora. "Ela tem algum caso?" "Acho que sim", diz Howard. "Você pode chegar um pouco mais para lá? Está me machucando." Flora rola para o lado e fica deitada perto dele; os dois continuam lá, com o rosto voltado para o teto do apartamento branco dela. "Você não sabe?", pergunta Flora. "Não se interessa em saber?" "Não", diz Howard. "Você não tem a menor curiosidade", diz Flora. "Tem toda uma psicologia envolvida e você não está interessado. Não me admira que ela queira destruir você." "Nós achamos que cada um deve seguir o seu caminho", diz Howard. "Cubra-se com o lençol", disse Flora. "Você está suando. Vai ficar gripado. Mas, enfim, vocês continuam juntos." "É, continuamos juntos, mas não confiamos um no outro." "Mas, afinal", diz Flora, ficando de lado para vê-lo melhor, com o seio direito amassado contra o corpo dele e uma expressão enigmática no rosto, "não é essa a essência do casamento?"

MALCOLM BRADBURY *As liberdades amorosas de um casal* (1975)

JÁ TIVE A OPORTUNIDADE (capítulo 9) de sugerir que o romance é a forma narrativa que melhor se presta a representar a subjetividade. Os primeiros romances ingleses – o *Robinson Crusoé* de Defoe e a *Pamela* de Richardson – usavam diários e cartas para retratar os pensamentos íntimos dos personagens com um realismo sem precedentes; e o desenvolvimento ulterior do gênero, até Joyce e Proust, pode ser visto em termos de uma exploração cada vez mais aprofundada e sutil da consciência. Assim, quando um romancista decide ficar no nível mais superficial do comportamento humano, registramos a ausência de profundidade psicológica com uma certa surpresa, e talvez até um certo desconforto, mesmo sem saber ao certo por quê.

As liberdades amorosas de um casal, de Malcolm Bradbury, é um desses romances. O livro trata de um professor de sociologia que acaba de escrever um livro chamado *A derrota da privacidade*, dedicado à hipótese de que "o eu privado não existe mais." Howard Kirk acredita que o eu é um conceito burguês ultrapassado e que os seres humanos individuais são meros feixes de reflexos condicionados; o único modo de se libertar é identificar o enredo da História (com a ajuda da sociologia marxista) e trabalhar em seu favor. Ao permanecer na superfície do comportamento e do ambiente, o discurso do romance imita essa filosofia de vida árida e anti-humanista ao mesmo tempo em que parece satirizá-la, mas sem oferecer ao leitor uma posição privilegiada de onde possa condenar ou descartar a teoria. Ainda que boa parte da história seja contada sob a perspectiva de Howard, no sentido de que o professor está presente à maioria das cenas que descreve, a narrativa não nos permite julgar suas motivações, uma vez que não nos dá acesso a seus pensamentos íntimos. O mesmo vale para os outros personagens, inclusive os antagonistas de Kirk.

O romance constitui-se em descrições e diálogos. A descrição fixa-se de modo obsessivo à superfície das coisas – à decoração na casa de Kirk, à arquitetura árida e desumana do campus, ao comportamento dos professores e alunos em seminários, comitês e festas. Os diálogos são apresentados de forma direta e objetiva, sem interpretação por parte dos personagens, sem comentários autorais e sem nenhuma variação ou adverbialização nas sequências *ele/ela diz/pergunta*, e sem ao menos quebras entre as linhas do diálogo. O caráter "raso" do discurso também se evidencia na preferência pelo tempo presente. O tempo passado da narrativa convencional dá a entender que a história é conhecida do princípio ao fim pelo narrador, que teve a oportunidade de avaliá-la. Nesse romance, o discurso narrativo apenas acompanha os personagens enquanto se movem de um instante ao outro em direção a um futuro incerto.

O efeito da técnica, a um só tempo cômico e arrepiante, é ainda mais forte nas cenas de sexo, onde em geral esperamos ter um retrato íntimo das emoções e sensações de ao menos um dos participantes. Na passagem citada, Howard Kirk está na cama com sua colega Flora Benidorm, "que gosta de ir para a cama com homens que têm casamentos conturbados; eles têm muito mais a dizer, porque estão impregnados da complexa política familiar que é a especialidade acadêmica de Flora", e os dois conversam sobre o relacionamento de Howard com sua esposa, Barbara.

Claro que a ideia de fazer sexo para se poder conversar, em especial sobre o próprio casamento, é de uma comicidade intrínseca, assim como o contraste marcante entre o contato íntimo entre os corpos da dupla e o intelectualismo abstrato da conversa. Mas existem outras inconsistências cômicas no modo como o diálogo ziguezagueia entre o físico e o mental, o trivial e o grandiloquente. Ao dizer que a esposa quer se convencer de que ele é falso e fingido, Howard toca no ponto central do romance. A princípio, Flora parece evitar o comentário com um gesto em direção ao *eros*: "O seu peito é lindo, Howard". O revide, "O seu também, Flora", é divertido – mas a piada é feita às custas de quem? Precisamos assumir uma postura, assim como em relação à pergunta mais premente: afinal, Howard é mesmo falso e fingido? Ou seu gosto por "fazer as coisas acontecerem" seria uma espécie de integridade, uma manifestação de energia em um mundo de entropia moral? A ausência da interioridade, que nos ajudaria a resolver essas questões, joga o peso da interpretação nas costas do leitor.

Muitos leitores acharam a ausência de comentários e de declarações unívocas sobre os personagens perturbadora, mas sem dúvida é essa característica que confere ao romance sua força e seu encanto. Nesse sentido é interessante comparar a adaptação feita pela BBC a partir do romance. O roteiro, a cargo de Christopher Hampton, foi muito fiel ao romance original, e a produção teve excelentes atores e um diretor brilhante. Anthony Sher causou ótima impressão no papel de Howard Kirk – mas, como ator, precisou interpretar o papel e, optando talvez pelo inevitável, decidiu retratá-lo de modo unívoco como um homem desprezível que manipula e explora os outros a fim de obter vantagens pessoais. Desse modo a versão televisiva carrega boa parte do peso interpretativo que o romance havia jogado nas costas do público e, nesse sentido, por mais benfeita e agradável que seja, a adaptação é uma obra menos desafiadora. (Também não posso deixar de dizer que, na versão em filme da passagem citada, a atenção que o espectador dedica ao diálogo fica um pouco prejudicada pela visão do lindo peito de Flora Benidorm.)

26
Mostrar e dizer

"Você sucumbiu demais à paixão, meu jovem, e afeiçoou-se de modo tão absoluto a essa moça que, se D exigisse tirá-la de seus braços, ainda assim temo que você fosse relutar em entregá-la. Afianço-lhe que nenhum cristão deve tomar-se de um amor tão profundo por nada nem ninguém neste mundo, para que, assim, quando esse objeto lhe for exigido ou subtraído pela Divina Providência, ele possa, com paz, tranquilidade e contentamento, entregá-lo." Ao cabo destas palavras alguém apareceu e noticiou ao sr. Adams que seu filho mais moço havia-se afogado. O pastor manteve-se calado por um instante, mas logo pôs-se a bater os pés e a deplorar essa perda com uma angústia amaríssima. Joseph, que de igual modo se viu tomado de inquietação, recompôs-se o quanto bastasse para intentar oferecer algum consolo ao pastor; e, na medida em que o tentava, valia-se de argumentos vários que em diversas ocasiões lembrava ter-lhe ouvido nos sermões, tanto públicos quanto particulares (pois que o homem era um grande inimigo das paixões, e pregava nada menos do que a supressão destas por meio do juízo e da graça), mas o pastor não se dispunha a ouvir-lhe os conselhos. "Meu jovem, não me fale do impossível! Fosse ainda qualquer outro de meus filhos, suportá-lo-ia com resignação; mas o meu pequeno tagarela, o tesouro e o conforto de minha idade avançada – que o pequeno tenha sido arrancado da vida mal tendo nela entrado; o mais doce, o mais afável de todos os garotos, que nunca fez coisa alguma para me ofender! Ainda hoje pela manhã ministrei-lhe a primeira lição do *Quae Genus*. Era com este livro que ele estudava; pobre criança! Já de nada mais te serve. Meu filho teria sido o mais sagaz erudito, um ornamento à Igreja; – vocação e bondade como a dele jamais se encontram em alguém de tão tenra idade." "E ele era o garoto mais lindo", acrescentou a sra. Adams ao recobrar os sentidos nos braços de Fanny. – "Jacky, pobrezinho, não mais hei de te ver?", exclamou o pastor. – "Claro, sem dúvida", respondeu Joseph, "e num lugar muito melhor; vocês se encontrarão de novo e assim ficarão juntos para todo o sempre." – Creio que o pastor não tenha ouvido estas palavras, pois não lhes deu a menor atenção, mas seguiu em seu lamento, enquanto as lágrimas escorriam-lhe pelo peito. Por fim ele gritou "Onde está o meu pequeno?" e estava a ponto de precipitar-se à rua, quando, para sua grande surpresa e alegria, da qual espero que o leitor compartilhe, encontrou o filho deveras encharcado, mas vivo e correndo para junto de si.

HENRY FIELDING *Joseph Andrews* (1742)

O DISCURSO FICCIONAL alterna o tempo inteiro entre *mostrar* e *dizer* o que aconteceu. A forma mais pura de se mostrar são as falas dos personagens, em que a linguagem espelha com precisão o acontecimento (uma vez que o acontecimento é linguístico). A forma mais pura de se dizer é o resumo autoral, em que a concisão e a abstração da linguagem do narrador apagam o caráter particular e individual dos personagens e de suas ações. Um romance escrito do início ao fim na forma de resumo seria, portanto, quase ilegível. Mas o recurso tem seus usos: é capaz, por exemplo, de acelerar o ritmo de uma narrativa, fazendo-nos passar mais depressa por acontecimentos desinteressantes, ou interessante *demais*, que pudessem nos distrair. É fácil examinar esse efeito na obra de Henry Fielding, uma vez que ele escreveu antes da descoberta do discurso indireto livre, em que a voz autoral e a dos personagens misturam-se (ver capítulo 9). Nos romances de Fielding, os limites entre esses dois tipos de discurso são claros e inconfundíveis.

O pastor Abraham Adams é um homem bondoso, altruísta e de espiritualidade marcante, mas ao mesmo tempo é um grande personagem cômico – um dos mais memoráveis de toda a ficção inglesa – por estar o tempo todo enredado em contradições. Sempre há uma disparidade entre o que o pastor acha que o mundo é (um lugar cheio de pessoas altruístas como ele próprio) e o que este de fato é (um lugar cheio de aproveitadores egoístas); entre o que o pastor prega (uma cristandade um tanto dogmática) e o que pratica (a decência e o bom senso instintivos). O contraste entre a ilusão e a realidade (que Fielding tomou emprestado, com os devidos créditos, à caracterização que Cervantes fez de Dom Quixote) faz do pastor uma fonte constante de humor – mas de maneira simpática, pois seu coração está sempre do lado certo, ainda que não se possa confiar em seu juízo.

Nessa passagem, o pastor Adams fala com o protagonista, Joseph, sobre a ânsia deste em casar com a amada Fanny, que o herói acaba de reencontrar após uma longa e perigosa separação. Adams submete o jovem a um longo sermão, advertindo-o sobre a luxúria e a falta de fé em Deus. Invoca o exemplo de Abraão, no Velho Testamento, que estava pronto para sacrificar a Deus o próprio filho, Isaac, se Deus assim desejasse. O sermão é citado *verbatim*, "mostrado". Mas, justo quando Adams declara que devemos aceitar sempre com serenidade os sacrifícios que Deus nos impõe, seus princípios são postos a uma prova cruel: "Ao cabo destas palavras alguém apareceu e noticiou ao sr. Adams que seu filho mais moço havia-se afogado". Esse é o tipo de resumo mais direto. "Noticiou" parece uma palavra um tanto fria e formal no contexto, e sequer ficamos sabendo quem é o "alguém" que faz o comunicado. As lamentações do pai diante da perda e as tentativas de Joseph para confortá-lo também são resumidas – mas quando Adams rejeita os conselhos de Joseph sua fala é "mostrada", citada por inteiro ("Meu jovem, não me fale do impossível...") para enfatizar a contradição entre o que o pastor diz e o que faz.

As apostas de Fielding no trecho são altas. Por um lado, percebemos a contradição como sendo a reafirmação cômica do caráter de um personagem; por outro, não há nada de engraçado na morte de uma criança. Nossa tendência a sorrir diante da incapacidade de Abraham Adams em corresponder à devoção sacrificial do Abraão bíblico é posta em xeque pelo *páthos* da situação e pela naturalidade de seu sofrimento. Assim, hesitamos, sem saber como reagir.

Mas Fielding resolveu este impasse, tanto para os personagens quanto para o leitor. Passadas mais algumas linhas de lamentações por parte do sr. e da sra. Adams, e de esforços vãos da parte de Joseph para consolá-los, Adams descobre que afinal seu filho não se afogou. E, claro, logo o pastor volta a falar com alegria sobre a importância da abnegação cristã.

A explicação do narrador para a sobrevivência do garoto é que "A pessoa a trazer essas notícias desafortunadas precipitara-se um bocado, como as pessoas por vezes precipitam-se, segundo creio, por força de um princípio duvidoso, em relatar más novas, e, tendo visto o garoto cair no rio, em vez de correr em seu auxílio, pôs-se de pronto no encalço do pai a fim de comunicar a ele o destino que lhe parecera inescapável", deixando para outro a tarefa de salvá-lo. A explicação é plausível em parte porque integra uma série de exemplos da estupidez e da maldade humanas que permeiam todo o romance; e em parte porque *surge logo após o acontecido*. Se o mensageiro fornecesse mais detalhes e se o relato do incidente nos fosse oferecido de forma direta, todo o andamento da cena seria mais verossímil – e ela teria um impacto emocional bastante diferente. As circunstâncias envolvendo o afogamento do garoto ganhariam uma especificidade comovente, e a atmosfera cômica do romance seria perdida de forma irrecuperável. Ao descobrir que o relato era falso, poderíamos nos sentir explorados na condição de leitores. Fielding evita esse efeito indesejado graças a um uso judicioso do resumo.

27
Polifonia

Christie é o solteiro mais cobiçado do ano. Enquanto a neve do inverno segue congelada mês após mês, e metade da Europa passa fome, e os bombardeiros lá no alto levam suprimentos para a Alemanha em vez de bombas, e o gás diminui até virar uma chaminha de nada e a luz elétrica oscila, e os desconhecidos ficam perto uns dos outros para se consolarem – Christie brilha diante de Grace como um farol de esperança e ventura. Ele é pura masculinidade, decidido e firme (mas só no casamento). Christie é a ambição de Grace. Nada de diploma, carreira ou fama internacional, não. Apenas Christie.

Ela o ama. Ah, e como! Seu coração palpita quando o vê, seu ventre desmancha-se em desejo. Mas Grace não vai, não pode, sucumbir nos braços dele. Christie a leva a passear de barco, como um guia hábil (sim, ele navega) e também às montanhas, como um guia um tanto menos hábil (sim, ele escala). Oferece-lhe um apartamento (sim, ele pode) mas não ela não quer. Nada de diamantes, Christie, obrigada. Nada de relógios. Nada de presentes, nada de subornos, querido. Ah, chocolate sim, obrigada! E orquídeas, e convites para jantares e táxis até em casa, e sim, um beijo, e sim, você pode tocar os meus seios (como somos levados!) e rápido, rápido, boa noite, Christie. Meu querido, meu amor, meu tudo. Eu morreria por você, mas não posso dormir com você.

Ao voltar para casa Christie para no Soho e passa uma hora com uma prostituta. De que outro jeito ele vai sobreviver?

Grace o ama. Grace quer casar com ele. De que outro jeito ela vai sobreviver?

Fay Weldon *Female Friends* (1975)

Na seção anterior, ao discutir o equilíbrio entre dizer e mostrar no *Joseph Andrews* de Henry Fielding, afirmei que um romance escrito do início ao fim na forma de resumo seria quase ilegível. No entanto, um número razoável de romancistas contemporâneos enveredaram por esse caminho sem ter de pagar um preço tão alto. O resumo narrativo parece suprir nosso gosto por ironia, velocidade e concisão. Ademais, é uma solução muito eficaz para se tratar de grandes elencos de personagens e de histórias que cobrem longos períodos de tempo sem prender-se ao vagaroso ritmo temporal e às minúcias do romance clássico. (Foram esses os motivos que me levaram a usar a técnica no romance *Até onde se pode ir?*) Mesmo assim, é preciso tomar cuidado para que os resumos não se tornem monótonos por conta de um vocabulário e de uma sintaxe uniformes. Os romances de Fay Weldon, que fazem amplo uso de resumos, impressionam tanto pelo intenso andamento narrativo quanto pelo vigor estilístico.

Female Friends traça os destinos de três mulheres nas décadas de 40, 50 e 60, com ênfase em suas experiências sexuais e conjugais numa sociedade em constante mudança. O livro retrata as mulheres como vítimas indefesas de seus ventres e corações, que imploram por maridos e amantes mesmo em meio a abusos e traições. Os homens são retratados, de forma análoga, como vítimas indefesas de seu egotismo e apetite sexual; mas, sendo promíscuos por natureza, tiram maior proveito da Sociedade Permissiva do que as personagens femininas. A passagem citada, no entanto, trata de um período anterior, a década de 40, quando as garotas boazinhas eram comportadas e podiam usar essa máxima para se defender na guerra dos sexos. Grace na verdade finge ser virgem, pois Christie "sente que a virgindade é essencial na mulher que ama, ao mesmo tempo que faz o possível e o impossível para dar um jeito nela". Assim, os dois personagens fazem um pacto cômico com a hipocrisia e a contradição.

O primeiro parágrafo evoca o contexto histórico – a austeridade, a escassez, a Guerra Fria – em uma rápida sequência de imagens, como uma montagem cinematográfica em que as obsessões emocionais particulares de Grace sobrepõem-se, cheias de ironia, à miséria e à angústia públicas. Enquanto metade da Europa passa fome, Grace só pensa em convencer Christie a casar consigo. Suas ambições de tornar-se uma pintora (nesse ponto da história, Grace estuda na Slade School of Art) são esquecidas. "Christie é a ambição de Grace. Nada de diploma, carreira ou fama internacional, não. Apenas Christie." O discurso aos poucos deixa de ser um resumo dos acontecimentos para tornar-se um resumo dos pensamentos de Grace – um efeito que se torna ainda mais visível no fim do parágrafo seguinte.

Na verdade o que temos aqui não é um único estilo homogêneo, como a voz autorial de Fielding na passagem de *Joseph Andrews*, mas uma mistura polifônica de estilos (ou vozes) através dos quais a escaramuça sério-cômica da aproximação entre Grace e Christie é retratada de forma vívida e concisa. "Ela o ama. Ah, e como! Seu coração palpita quando o vê, seu ventre desmancha-se em desejo." Aqui o narrador parece valer-se do discurso amoroso tradicional – cartas de amor, poemas de amor, histórias de amor. "Ela não pode sucumbir nos braços dele" é um clichê retirado dos romances da Mills & Boon – o tom paródico da frase realça a falta de autenticidade no comportamento de Grace. Os parênteses na frase seguinte ("sim, ele navega [...] sim, ele escala [...] sim, ele pode") podem ser a voz narrativa antecipando as perguntas do leitor, enquanto reconhece – sem pedir desculpas – o atraso em dar a informação. Também podem ser ecos de Grace gabando-se de Christie na frente das amigas. (Um outro complicador é que a história é narrada por uma dessas amigas, Chloe, que escreve a respeito de si própria na terceira pessoa e alega ter o conhecimento dos romancistas em relação aos pensamentos secretos dos outros personagens.)

"Nada de diamantes, Christie, obrigada. Nada de relógios. Nada de presentes, nada de subornos, querido. Ah, chocolate sim, obrigada!" Em termos gramaticais, a frase (e todo o resto do parágrafo) representa o discurso direto de Grace, ainda que não esteja marcada por aspas nem relate uma única conversa. É o discurso funcionando como resumo – uma condensação do que Grace disse, pensou ou insinuou em várias ocasiões diferentes. Ela deve ter falado "Boa noite" e até "Meu querido, meu amor, meu tudo", mas há poucas chances de que tenha dito "Eu morreria por você, mas não posso dormir com você", outra linha que parece vinda de alguma outra fonte literária já meio esquecida. Dois parágrafos curtos e simétricos resumem o impasse sexual em uma voz narrativa que faz ressoar, de maneira seca, a argumentação de cada personagem.

Essa passagem exemplifica, de modo claro e representativo, uma propriedade da prosa romanesca que o crítico russo Mikhail Bakhtin chamou de "polifonia" ou "dialogismo". (Os leitores mais avessos à teoria literária talvez prefiram pular o resto desta seção; no entanto, o assunto a ser tratado não é apenas teórico – é um problema que se encontra no coração do romance.) Segundo Bakhtin, a linguagem da poesia épica e lírica tradicional, ou a linguagem da prosa expositiva, é "monológica", e busca impor uma única visão (ou interpretação) ao mundo por meio de um estilo único e homogêneo. O romance, em contraste, é "dialógico", pois incorpora vários estilos (ou vozes) diferentes, que falam entre si e também com outras vozes exteriores ao texto: os discursos culturais e sociais em geral. O romance faz isso de várias formas. No nível mais superficial, temos a alternação da voz do narrador com as vozes dos personagens, reproduzidas em sotaques e jargões de classe, região, ocupação, gênero etc. A característica nos parece óbvia em um romance, mas na verdade era um fenômeno bastante raro na literatura pré-renascentista. Um dos personagens de *Our Mutual Friend*, de Charles Dickens, é Sloppy, um garoto abandonado pelos pais e criado por uma senhora chamada Betty Higden, que o julga especialmente talentoso. "Pode não parecer, mas Sloppy é um grande leitor de jornal", diz ela. "Ele faz a polícia com uma voz diferente." Os romancistas todos fazem a polícia com vozes diferentes.

Bakhtin escreveu: "Para o artista da prosa o mundo encontra-se repleto das palavras dos outros, entre as quais deve orientar-se e cujas características discursivas deve ser capaz de discernir graças a um ouvido muito bem-treinado. Estas devem ser introduzidas no plano discursivo do artista, mas de forma a preservar o plano original." Os romancistas podem fazer isso de várias formas. Com a técnica do discurso indireto livre (ver capítulo 9), são capazes de combinar sua própria voz com a dos personagens a fim de representar pensamentos e emoções. Também podem conferir à sua própria voz narrativa uma cor especial que não tenha nada a ver com os personagens. Henry Fielding, por exemplo, muitas vezes faz as narrações em estilo herói-cômico, usando a linguagem da poesia épica clássica e neoclássica para falar de brigas ou de encontros amorosos. Eis como o autor descreve a tentativa da sra. Waters para seduzir o herói epônimo de *Tom Jones* durante um jantar:

> A princípio, do par de lindos olhos azuis, cujos orbes luminosos emanavam chispas, saíram duas galanterias afiadas. Mas eis que, para a sorte de nosso herói, atingiram apenas um enorme pedaço de carne que ele então levava ao prato, e exauriram suas forças em vão.

E assim por diante. Bakhtin chamava essa escrita de "discurso duplamente orientado": a linguagem a um só tempo descreve uma ação e imita um estilo específico de fala ou escrita. No exemplo, cria-se um efeito paródico porque o estilo não se adapta ao tema abordado, e assim os maneirismos parecem absurdos e artificiais. A lacuna entre o tema e o estilo é menos aparente na passagem do romance de Fay Weldon, pois a linguagem que ela toma de empréstimo à ficção romântica e às revistas femininas não é inapropriada ao tema de que trata – apenas exagerada e cheia de clichês. Talvez devêssemos chamar esse modo de escrever de "pastiche", e não de paródia, ou então usar o termo proferido por Bakhtin: "estilização". A categorização feita por Bakhtin dos diversos níveis do discurso romanesco é complexa, mas seu princípio básico é simples: a linguagem do romance não é *uma* linguagem, mas antes uma mistura de estilos e vozes diferentes, o que faz do romance a forma literária democrática e antitotalitária por excelência, em que nenhum posicionamento ideológico ou moral está a salvo de receber críticas ou de cair em contradição.

28
A impressão do passado

Os molhes não tinham nada de deserto naquele dia. Havia pescadores alcatroando, consertando redes, mexendo em armadilhas para caranguejos e lagostas. Havia pessoas de melhor condição social, visitantes precoces, moradores locais passeando ao longo do mar que ainda subia, mas agora calmo. Da mulher que fitava, Charles percebeu, não havia sinal. Mas ele não lhe dedicou – nem ao Cobb – mais um pensamento sequer e, com uma passada rápida e elástica muito diferente de seu lânguido ritmo citadino, partiu ao longo da praia sob os penhascos de Ware Cleeves em direção ao seu destino.

Você teria sorrido se o visse, pois Charles estava cuidadosamente preparado para a tarefa. Usava botas resistentes de sola pregada e polainas de lona que subiam até cobrir os calções de Norfolk, em flanela grossa. Havia um casaco justo e absurdamente longo para combinar; um chapéu de lona estilo Quaker num tom indeterminado de bege; uma enorme bengala, comprada no caminho até o Cobb; e uma volumosa mochila, de onde se poderia tirar uma enorme variedade de martelos, embalagens, cadernos de anotações, caixinhas de comprimidos, enxós e sabe Deus o que mais. Nada nos parece mais incompreensível do que o caráter metódico dos vitorianos; a melhor forma de constatar esse fato (no auge de seu ridículo) é lendo os inúmeros conselhos aos viajantes nas primeiras edições da Baedeker. Onde, perguntamo-nos, sobrava lugar para o prazer? Como, no caso de Charles, ele não percebeu que roupas leves seriam mais confortáveis? Que o chapéu era desnecessário? Que botas resistentes de sola pregada, em uma praia rochosa, são tão apropriadas quanto patins?

John Fowles *A mulher do tenente francês* (1969)

O primeiro escritor a usar o romance para evocar o passado com alguma especificidade foi Sir Walter Scott, em seus romances sobre a Escócia dos séculos XVII e XVIII, como *Waverley* (1814) e *The Heart of Midlothian* (1816). São romances "históricos" por tratarem de temas e personagens históricos; mas também evocam o passado em termos culturais, ideológicos, comportamentais e morais ao descrever o modo de vida das pessoas comuns na época. A abordagem de Scott teve uma grande influência sobre o desenvolvimento posterior da ficção em prosa. Já se disse que o romance vitoriano é um tipo de romance histórico sobre o presente. Na verdade, muitos deles (*Middlemarch* e *A feira das vaidades*, por exemplo) foram ambientados em um período anterior à sua escritura, na época da infância e da juventude dos autores, a fim de realçar as mudanças sociais e culturais da época. Mas esse efeito escapa facilmente ao leitor moderno. Peguemos, por exemplo, o parágrafo de abertura de *A feira das vaidades*.

> Enquanto o século atual estava em sua juventude, num amanhecer ensolarado em junho, subiu até o enorme portão de ferro da academia para moças da sra. Pinkerton, em Chiswick Mall, um enorme coche familiar, com dois cavalos gordos em arreios brilhantes, conduzidos por um cocheiro gordo com peruca e tricorne, à velocidade de seis quilômetros por hora.

A época em que Thackeray escreveu essas linhas, no fim da década de 1840, parece-nos tão distante quanto a época retratada no romance, mas não há dúvida de que o autor pretendia criar uma atmosfera de humor e talvez de nostalgia condescendente. Thackeray e os leitores sabiam que, entre a juventude e a maturidade do século, haviam surgido os trens, e a referência à lentidão dos coches chama a atenção para o ritmo mais lento da vida em um período anterior. A menção ao chapéu e à peruca do cocheiro também era uma referência mais precisa ao período para os leitores da época do que é para nós.

O passado recente é até hoje um dos temas preferidos dos romancistas. *Female Friends*, de Fay Weldon, é apenas um dentre inúmeros exemplos. Contudo, há uma grande diferença entre escrever sobre o passado recente e escrever sobre a vida em um século anterior, especialmente se essa vida já foi descrita em termos memoráveis pelos escritores de então. Será que um romancista do fim do século XX poderia competir com Charles Dickens ou Thomas Hardy na representação dos homens e mulheres do século XIX? É claro que não. O que um escritor de nossos dias pode fazer é olhar para o século XIX com a perspectiva do século XX, e assim talvez revelar coisas sobre os vitorianos que eles próprios não sabiam, preferiam esconder ou ainda aceitavam como naturais.

Se víssemos o primeiro parágrafo dessa passagem de *A mulher do tenente francês* fora de contexto, seria difícil determinar a época em que foi escrito. Esse efeito deve-se às propriedades atemporais do cenário à beira-mar em Lyme Regis (com pescadores, redes, armadilhas para lagosta e moradores passeando) e também ao modo como o trecho foi escrito, de acordo com as convenções de uma tradição realista que já dura duzentos anos. A descrição da cena a partir da perspectiva de Charles, enquanto parte para uma expedição em busca de fósseis, recapitula com maestria a principal questão de interesse narrativo no romance até esse ponto: a identidade da misteriosa mulher que o personagem encontrou no porto de Cobb em meio a uma tempestade. Apenas o uso algo arcaizante da palavra "elástica" poderia sugerir que este é um romance vitoriano ou uma imitação moderna desses romances.

O segundo parágrafo, no entanto, deixa clara a distância temporal do autor e do leitor em relação à época do romance, que se desenrola em 1867, exatamente cem anos antes da data em que Fowles o escrevia. Roupas são um dos principais indicadores de época na ficção (em especial na ficção popular), e informações sobre o tipo de roupa que as pessoas trajavam em uma determinada época podem ser recuperadas por meio de uma pesquisa histórica, como a que Fowles obviamente fez. No entanto, o significado atribuído às roupas e a todo o equipamento por Charles e seus contemporâneos (que viam nisso a marca de um cavalheiro que conhecia a forma correta de se fazer as coisas) não é o mesmo atribuído por nós: exagero, inconveniência e inutilidade, que servem também como uma revelação dos valores vitorianos.

A mudança de perspectiva entre os dois parágrafos, da recriação imaginativa no passado (no primeiro) para o reconhecimento explícito do distanciamento (no segundo) é típica do método seguido por Fowles no romance. A passagem citada continua: "Bem, nós rimos. Mas talvez haja algo admirável nessa dissociação entre o que é mais confortável e o que é mais recomendado. Outra vez deparamo-nos com o pomo da discórdia entre os dois séculos: devemos ou não ser guiados pelo dever?" A palavra "dever" vem seguida de um asterisco, que chama a nossa atenção a uma nota de rodapé com uma citação de uma legítima romancista vitoriana, George Eliot, que fala sobre o dever. A marca mais explícita de que Fowles é um romancista do século XX escrevendo um romance do século XIX vem quando Charles por fim consuma seu desejo pela misteriosa Sarah, e sua condição mental é descrita, em um anacronismo intencional, como "uma cidade atingida através do céu tranquilo por uma bomba atômica". A exposição da lacuna entre a data da história e a data de sua escritura revela de modo inevitável não apenas a artificialidade da ficção histórica, mas de *toda* a ficção. Logo Fowles escreve: "A história que estou contando é pura imaginação. Esses personagens que crio nunca existiram fora da minha cabeça." *A mulher do tenente francês* é tanto um romance sobre escrever romances como sobre o passado. Esse tipo de ficção chama-se "metaficção" e será abordado mais adiante (ver capítulo 46).

29
O futuro imaginado

Era um dia claro e frio em abril, e os relógios soavam treze horas. Winston Smith, com o queixo aninhado no peito para escapar ao vento impiedoso, cruzou depressa as portas de vidro que conduziam à Mansão Vitória, mas não depressa o suficiente para evitar que um redemoinho de pó entrasse junto consigo.

O saguão cheirava a repolho cozido e a tapete velho. Em uma das extremidades, um pôster colorido, demasiado grande para ser exposto em ambientes fechados, fora afixado à parede. Nele via-se um rosto enorme, com mais de um metro de largura: o rosto de um homem de seus 45 anos, com um pesado bigode preto e traços de uma elegância austera. Winston tomou a direção das escadas. Tentar o elevador era inútil. Mesmo nos bons tempos, era raro que funcionasse, e agora a eletricidade era cortada durante o dia. Fazia parte da campanha de economia antes da Semana do Ódio. O apartamento ficava no oitavo andar, e Winston, que tinha 39 anos e sofria com uma úlcera varicosa acima do tornozelo direito, avançava devagar, parando diversas vezes para um descanso. De todos os patamares, no lado oposto ao fosso do elevador, via-se o pôster com o enorme rosto a espreitar da parede. Era uma dessa figuras com olhos que nos seguem a toda parte. A legenda ali embaixo dizia O GRANDE IRMÃO ESTÁ DE OLHO EM VOCÊ.

Dentro do apartamento, uma voz frutada desfiava uma lista de números que tinham algo a ver com a produção de gusa. A voz saía de uma placa alongada de metal, como um espelho fosco, embutida na parede à direita. Winston girou um botão e a voz baixou um pouco, mas as palavras continuavam audíveis. O volume do instrumento (chamado teletela) podia ser reduzido, mas não havia como desligá-lo.

George Orwell *1984* (1949)

O fato de a maioria dos romances ambientados no futuro serem narrados no passado é um paradoxo apenas superficial. *A Very Private Life*, de Michael Frayn, começa no tempo futuro ("Será uma vez uma garotinha chamada Uncumber"), mas o artifício não se sustenta por muito tempo e logo a narrativa adota o presente. Para adentrar o universo imaginário do romance, precisamos orientar-nos no tempo e no espaço em relação aos personagens, e o tempo futuro torna essa tarefa impossível. O passado é o tempo "natural" da narrativa; até mesmo o uso do tempo presente tem algo de paradoxal, uma vez que qualquer coisa que tenha sido escrita já aconteceu.

Claro que para nós, hoje, 1984 *já* aconteceu. Porém, Orwell escreveu o romance imaginando o futuro e, para compreendê-lo, temos de lê-lo como um romance profético, não histórico. Orwell usou a narrativa no passado para conferir ao seu retrato do futuro uma aura romanesca de realidade. Ao ambientar o romance apenas trinta e poucos anos no futuro, talvez ele quisesse impressionar os leitores com a iminência da tirania política que vislumbrava. Mas há também uma certa dose de humor negro no espelhamento anagramático da data em que o romance foi terminado (1948). Orwell inspirou-se em muitas características reconhecíveis da vida sob o regime de austeridade na Inglaterra do período pós-guerra, assim como em relatórios sobre a vida no Leste Europeu, para criar a atmosfera opressiva da Londres em 1984: decadência, escassez, dilapidação. A ficção científica em geral nos conta como as condições materiais da vida serão diferentes no futuro. Orwell sugeriu que seriam bastante semelhantes, mas piores.

A primeira frase do livro é muito admirada, e com razão. "Era um dia claro e frio em abril, e os relógios soavam treze horas." O golpe vem no fim da frase, ainda que provavelmente seu impacto seja maior para os leitores que lembram de uma época em que não havia relógios digitais nem tabelas de 24 horas. Até que você chegue ao fim, tudo parece familiar. Este poderia ser o início de um romance "comum" sobre um dia qualquer no mundo contemporâneo. É a estranha palavra "treze" que nos informa, com extraordinária economia, que uma experiência muito diferente nos aguarda. Os relógios, o tempo e os cálculos que os envolvem são parte das regras que usamos para ordenar nossas vidas no mundo comum e familiar que conhecemos. Assim, "treze" é como aquele momento durante um pesadelo em que você percebe estar sonhando e acorda. Mas, nesse caso, o pesadelo acaba de começar, e ao menos o herói não acorda nunca – ele segue adormecido num mundo onde o poder pode determinar que dois mais dois sejam cinco.

Na frase seguinte, apenas os substantivos próprios chamam a atenção em meio ao realismo contido do estilo. Winston Smith foi batizado sem dúvida em homenagem a Winston Churchill, líder inglês durante a Segunda Guerra Mundial, e o prédio onde mora deve ter sido construído logo após o fim das hostilidades. A ironia dos detalhes fica aparente quando mais tarde descobrimos que, passados 36 anos, o mundo segue mergulhado em uma guerra intercontinental sem fim. O pó que sopra saguão adentro sugere que as ruas e calçadas do lado de fora não estão bem limpas, e essa nota de decadência e miséria intensifica-se no parágrafo seguinte, com a referência ao repolho cozido, aos tapetes velhos no piso, aos cortes de energia elétrica e à úlcera varicosa de Winston.

A referência à "Semana do Ódio" e o enorme pôster com o dizer "O GRANDE IRMÃO ESTÁ DE OLHO EM VOCÊ" são os únicos detalhes estranhos no que, de outra forma, poderia passar pela simples descrição de um prédio popular decrépito em 1948. O efeito é similar ao do relógio que bate treze horas. Estamos diante de enigmas que atiçam nossa curiosidade – e também nossos temores, pois as impressões que temos do contexto social não são nada alentadoras e, nesse ponto, já começamos a nos identificar com Winston Smith como vítimas dessa sociedade. A Semana do Ódio e o Grande Irmão estão associados, por contiguidade, com a decadência física e o ambiente de escassez – até mesmo com o vento impiedoso do primeiro parágrafo. Os traços do Grande Irmão assemelham-se aos de Stálin, mas também lembram um pôster da Primeira Guerra Mundial em que se via um militar com um pesado bigode (Lord Kitchener) e o dedo em riste, com o dizer "Seu país precisa de você". Apenas para descrever a televisão bidirecional (que mantém o espectador sob observação constante) Orwell lança mão da licença concedida pela ficção científica a fim de imaginar um aparato eletrônico que não existia em sua época. A sofisticação tecnológica do equipamento parece ainda mais sinistra no ambiente decadente e miserável da Mansão Vitória.

Orwell, em suma, imaginou o futuro ao invocar, modificar e recombinar imagens que seus leitores, de modo consciente ou inconsciente, já conheciam. De certa forma, é sempre assim. A ficção científica popular, por exemplo, é uma mistura curiosa de bugigangas inventadas e motivos narrativos arquetípicos obviamente inspirados em contos populares, contos de fada e na Bíblia, que recicla os mitos da Criação, da Queda, do Dilúvio e de um Salvador Divino para a nossa época secular, mas ainda supersticiosa. O próprio Orwell faz ressoarem ecos da história de Adão e Eva com o tratamento que dispensa ao envolvimento amoroso entre Winston e Julia, monitorado em segredo e enfim punido pelo Grande Irmão, mas com um efeito que é o contrário de tranquilizante, e de forma tão sutil que o leitor pode nem perceber a alusão. Nesse como em outros aspectos, a técnica de Orwell é idêntica à do escritor de romances realistas tradicionais, ainda que seu objetivo fosse outro: não refletir a realidade social contemporânea, mas pintar o retrato apavorante de um futuro possível.

30
Simbolismo

"Que imbecil!", gritou Ursula. "Por que ele não se afasta até o trem passar?"

Gudrun o encarava com olhos negros, atentos, enfeitiçados. Mas o homem continuava reluzindo, obstinado, dominando a égua, que rodopiava e fazia curvas súbitas como o vento, sem conseguir livrar-se da vontade que a subjugava nem escapar aos terrores ribombantes que lhe varavam o corpo, enquanto os vagões estrondeavam devagar, pesados, temíveis, um atrás do outro, perseguindo uns aos outros, pelos trilhos da intersecção.

A locomotiva, como se curiosa para ver o que aconteceria, freou, e com o impacto da parada súbita os vagões bateram os para-choques metálicos, que ressoaram como címbalos temíveis, estrugindo cada vez mais perto em terríveis concussões estridentes. A égua abriu a boca e ergueu-se devagar, como se alçada por um sopro de terror. De repente as duas patas da frente ergueram-se enquanto ela fugia em pânico daquele horror. O animal recuou, e as duas garotas se abraçaram, sentindo que ela cairia para trás em cima do homem. Mas o cavaleiro se inclinou para a frente, o rosto radiando júbilo, e por fim dominou a montaria, fez com que ela se abaixasse e a conduziu de volta ao local. Mas forte como o impulso de sua compulsão era a repulsa do terror da égua, que se afastou da ferrovia e começou a correr em círculos sobre apenas duas patas, como se estivesse no olho de um furacão. A cena fez Gudrun esmorecer com a vertigem pungente, que aparentou penetrar fundo em seu coração.

D. H. Lawrence *Mulheres apaixonadas* (1921)

De maneira simplificada, tudo o que remete a outra coisa é um símbolo, mas esse processo opera de várias formas diferentes. Num dado contexto, uma cruz pode simbolizar o cristianismo, por remeter à crucificação, e em outro pode simbolizar um cruzamento na estrada, por semelhança. O simbolismo literário é menos decodificável do que esses exemplos, pois tenta ser original e tende a uma pluralidade fecunda e até mesmo à ambiguidade do significado (características indesejáveis nos ícones religiosos e especialmente nos sinais de trânsito). Se as metáforas e os símiles consistem em estabelecer semelhanças entre A e B, um símbolo literário é um B que *sugere* um A, ou um certo número de As. O estilo poético conhecido como simbolismo, que surgiu no fim do século XIX na França com as obras de Baudelaire, Verlaine e Mallarmé e exerceu uma influência considerável sobre a literatura inglesa do século XX, caracterizava-se por uma superfície luzente de significados sugeridos sem qualquer núcleo denotativo.

No entanto, alguém já disse que a tarefa do romancista é chamar as coisas pelos seus devidos nomes antes de transformá-las em símbolos, o que parece um ótimo conselho a escritores interessados em criar algo como "a ilusão da realidade". Um objeto que surge na história de maneira óbvia demais, apenas em virtude de seu valor simbólico, tende a minar a credibilidade da história enquanto ação humana. D. H. Lawrence muitas vezes assumia esse risco para dar vazão a seus *insights* visionários – quando, em um outro episódio de *Mulheres apaixonadas*, por exemplo, o autor põe seu herói a rolar nu pela grama e atirar pedras no reflexo da lua. Mas, na passagem citada, o equilíbrio entre a descrição realista e a sugestão simbólica foi mantido.

Aqui não se trata de um simples objeto, mas de uma ação complexa: um homem que tenta controlar uma égua assustada pelo trem carvoeiro que atravessa uma passagem de nível, ao mesmo tempo em que duas mulheres o observam.

O homem é Gerald Critch, filho do dono da mina, além de seu atual gerente e futuro herdeiro. A ação se passa no cenário de Nottinghamshire, onde Lawrence, filho de um mineiro, passou a infância: uma paisagem rural agradável, mas com cicatrizes negras das minas e das ferrovias em alguns pontos. Poder-se-ia dizer que o trem simboliza a indústria mineira, um produto cultural no sentido antropológico da palavra, enquanto a égua, como criatura da natureza, simboliza o campo. A indústria foi imposta ao campo mediante o poder masculino e a determinação do capitalismo – um processo encenado em nível simbólico no modo como Gerald domina a sua montaria, forçando o animal a aceitar o terrível fragor mecânico do trem.

As duas mulheres na cena são as irmãs Ursula e Gudrun Brangwen, professora e artista, respectivamente. Elas estão passeando pelo campo quando presenciam a cena junto à passagem de nível. Ambas identificam-se com a situação do animal aterrorizado. Ursula fica revoltada com o comportamento de Gerald e fala o que lhe vem à cabeça. Mas a cena é descrita segundo a perspectiva de Gudrun, e a reação dela é mais complexa e ambivalente. Existe um simbolismo sexual no modo como Gerald controla a égua – "por fim dominou a montaria, fez com que ela se abaixasse e a conduziu de volta ao local" – e sem dúvida um elemento de exibicionismo viril na demonstração de força em frente às duas mulheres. Ao passo que Ursula sente apenas repulsa diante do espetáculo, Gudrun experimenta uma excitação sexual, quase contra sua vontade. A égua "começou correr em círculos sobre apenas duas patas, como se estivesse no olho de um furacão. A cena fez Gudrun esmorecer com a vertigem pungente, que aparentou penetrar fundo em seu coração." "Pungente" é um epíteto deslocado, que em termos lógicos refere-se ao sofrimento da égua; sua aplicação, um tanto inusitada em referência a "vertigem", expressa a turbulência emocional de Gudrun e chama a atenção para o significado original de *pungente* – perfurante, pontiagudo – que, ao lado de "penetrante" na frase seguinte, confere uma forte ênfase fálica a toda a descrição. Algumas páginas adiante, Gudrun aparece "com os pensamentos embotados pela sensação do cavaleiro de peso suave montando o corpo vivo do animal: as coxas fortes e indômitas do homem de cabelos loiros agarrando o corpo palpitante da égua e impondo-lhe o mais absoluto controle". A cena funciona como um presságio do relacionamento sexual ardente e destrutivo que mais tarde se desenvolve entre Gudrun e Gerald.

A sugestão simbólica, no entanto, seria bem menos eficaz se Lawrence não nos permitisse imaginar a cena com todos os detalhes vívidos e sensuais. O terrível fragor e o movimento dos vagões quando a locomotiva freia são representados em sintaxe e dicção onomatopaicas ("estrugindo cada vez mais perto em terríveis concussões estridentes"), seguidas de uma imagem eloquente da égua, graciosa até mesmo em uma situação de pânico: "A égua abriu a boca e ergueu-se devagar, como se alçada por um sopro de terror". Independente do que você pense sobre os homens e as mulheres de Lawrence, ele sempre foi brilhante ao descrever animais.

Vale ressaltar que o simbolismo é gerado de duas formas diferentes na passagem. O simbolismo da natureza e da cultura aparece nas figuras de linguagem conhecidas como metonímia e sinédoque. A metonímia substitui uma causa por seu efeito e vice-versa (a locomotiva simboliza a indústria porque é um efeito da Revolução Industrial), e a sinédoque substitui o todo por uma parte e vice-versa (a égua simboliza a natureza porque pertence à natureza). O simbolismo sexual, por outro lado, aparece na metáfora e no símile, figuras de linguagem em que uma coisa é igualada a outra em virtude de alguma semelhança entre as duas: a forma como Gerald domina sua montaria sugere uma relação sexual humana. A distinção, formulada pelo estruturalista russo Roman Jakobson, opera em todos os níveis do texto literário e, na verdade, fora da literatura também, conforme minha heroína Robyn Penrose demonstrou a um Vic Wilcox um tanto cético em *Um almoço nunca é de graça* ao analisar anúncios de cigarro. Para mais exemplos de como ela opera no simbolismo ficcional, veja a passagem de Graham Greene discutida no capítulo 35, "O exótico".

31
Alegoria

Até o ponto, no entanto, em que pude ter alguma certeza, entendi que eles têm duas moedas diferentes, cada uma sob o controle dos seus próprios bancos e códigos mercantis. Uma delas (a que fica com os Bancos Musicais) deveria ser o *padrão* e funcionar como moeda para todo tipo de transação monetária; e, até onde pude averiguar, todos os que queriam parecer respeitáveis mantinham um certo valor nesses bancos. Por outro lado, se há alguma coisa que me parece mais certa do que as outras é que o valor assim guardado não tinha valor comercial no mundo exterior; tenho certeza de que os gerentes e os caixas dos Bancos Musicais não recebiam os salários nessa tal moeda. O sr. Nosnibor costumava ir a esses bancos, ou melhor, à mãe de todos os bancos da cidade, às vezes, mas não muito seguido. Ele era um dos pilares do outro tipo de banco, mesmo que parecesse ocupar algum cargo menor também nos Bancos Musicais. As mulheres em geral entravam sozinhas; aliás, era o que acontecia na maioria das famílias, exceto em cerimônias oficiais.

Havia muito tempo eu desejava saber mais sobre o estranho sistema, e sentia um vivo desejo de acompanhar minha anfitriã e suas filhas. Eu as vira sair quase todas as manhãs desde a minha chegada e percebera que levavam as bolsas na mão, não exatamente com ostentação, mas de modo que todos que as encontrassem soubessem aonde estavam indo. Eu, contudo, jamais fora convidado a acompanhá-las.

Samuel Butler *Erewhon* (1872)

A ALEGORIA é uma forma especializada de narrativa simbólica, que não apenas sugere algo além de seu sentido literal, mas insiste em ser decodificada em um outro sentido. A mais famosa alegoria da língua inglesa é *O peregrino*, de John Bunyan, que alegoriza a luta cristã em busca da salvação como uma jornada que começa na Cidade da Destruição, atravessa obstáculos e dificuldades como o Pântano do Desânimo e a Feira das Vaidades, e por fim chega até a Cidade Celestial. As virtudes e os vícios aparecem como personagens que Cristão encontra em sua jornada:

> Ora, quando ele estava prestes a chegar ao alto do morro, eis que dois homens vieram-lhe ao encontro; um se chamava *Temeroso*, e o outro, *Desconfiança*; e *Cristão*, dirigindo-lhes a palavra, perguntou, Senhores, o que está havendo? Vós seguis na direção errada. *Temeroso* respondeu que dirigiam-se à Cidade de *Sião*, quando chegaram àquele lugar inóspito; mas, acrescentou, o quanto mais avançamos, tanto mais perigos se nos deparam; diante do que demos meia-volta, e agora retornamos por este mesmo caminho.

Uma vez que o desenvolvimento de uma narrativa alegórica é determinado a cada instante pela correspondência ponto a ponto em relação ao sentido implícito, surge uma certa tendência a ir contra o que Henry James chamava de "a impressão de vida sentida" no romance. Assim, a alegoria aparece na ficção mainstream (quando aparece) em narrativas interpoladas como sonhos (o próprio *O peregrino* é um sonho) ou em histórias contadas por um personagem a outro. O romance *Um caso liquidado*, de Graham Greene, por exemplo, traz uma história de ninar contada pelo herói Querry a Marie Rycker, uma personagem bastante infantil. A história, sobre um joalheiro bem-sucedido, mas cético, é uma alegoria transparente à carreira profissional de Querry como um famoso arquiteto católico que perdeu a fé religiosa; há também uma referência inquietante sobre a vida e a carreira literária do próprio Greene:

> "Todos chamaram-no de mestre da técnica, mas também o elogiaram muito pela seriedade do tema, pois no alto de cada ovo havia uma cruz de ouro engastada com lascas de pedras preciosas em honra ao Rei."

Como recurso ficcional de maior escopo, a alegoria é usada principalmente em fábulas didáticas e satíricas, como *As viagens de Gulliver*, *A revolução dos bichos* e *Erewhon*. Nessas obras-primas, o realismo superficial confere aos acontecimentos uma espécie de plausibilidade absurda, e o jogo das correspondências se desenrola com tanta astúcia e engenhosidade que não chega a se tornar previsível. O título *Erewhon* é a palavra inglesa *nowhere*, "em lugar nenhum", escrita ao contrário (bem, quase). Assim Butler inscreve seu livro na tradição da *Utopia* ("lugar nenhum") de Thomas More: a descrição de um país imaginário com semelhanças e diferenças instrutivas em relação ao nosso. Um jovem inglês cruza uma serra em algum posto avançado do Império (a impressão é de que seria a Nova Zelândia, onde Butler passou vários anos) e descobre um país inexplorado. Os habitantes locais já atingiram um estágio de desenvolvimento comparável ao da Inglaterra vitoriana, mas os valores sociais vigentes parecem bizarros e perversos ao narrador. Os doentes, por exemplo, são vistos como criminosos a serem punidos e afastados das pessoas respeitáveis, enquanto os criminosos são vistos como doentes dignos da comiseração de amigos e parentes e de um tratamento dispendioso por especialistas chamados "endireitadores". Logo percebemos o conceito geral: Erewhon apresenta os valores vitorianos de modo deslocado ou invertido – mas é importante que o narrador mantenha-se firme em suas crenças pessoais. A leitura de ficção alegórica é prazerosa, em parte, porque exercitamos a inteligência e nos sentimos lisonjeados ao interpretar a alegoria.

Os erewhonianos não têm nenhuma fé religiosa e consideram o culto do Sabbath por parte do narrador "um surto de mau humor que perceberam tomar conta de mim de sete em sete dias". Em compensação eles têm os Bancos Musicais, assim chamados porque em seu interior "todas as transações mercantis são acompanhadas por música [...] ainda que a música fosse horrenda ao ouvido europeu". Esses prédios têm uma decoração muito elaborada, com revestimento de mármore, esculturas, vitrais etc. Pessoas respeitáveis como os Nosnibor (Robinson), que travam amizade com o narrador, transacionam pequenas quantias financeiras nesses estabelecimentos e lamentam que tão pouca gente faça uso deles, ainda que todos saibam que a moeda dos Bancos Musicais é desprovida de qualquer valor real.

A implicatura de que a religião vitoriana era em boa parte um ritual social e de que, enquanto subscrevia à doutrina cristã, a burguesia inglesa tratava de seus assuntos em outros termos, totalmente materialistas, é claríssima. Não é por causa de mensagens tão óbvias, no entanto, que lemos e apreciamos *Erewhon*, mas pelo humor absurdo e pela intrigante felicidade com que as analogias se apresentam. Bancos, por exemplo, em especial os bancos grandes e importantes, *de fato* assemelham-se a igrejas ou catedrais em termos arquitetônicos e decorativos; ao perceber a exatidão da analogia, somos levados a pensar sobre a hipocrisia e as falsas pretensões das instituições financeiras e eclesiásticas. A discreta postura honrada das mulheres a caminho do Banco Musical, carregando as bolsas "não exatamente com ostentação, mas de modo que todos que as encontrassem soubessem aonde estavam indo", é muito mais divertida do que seria se fossem personagens de um romance realista levando consigo livros de preces. A alegoria é uma outra forma de estranhamento.

32
Epifania

Eles chegam até o *tee*, uma plataforma coberta por grama ao lado de uma árvore frutífera corcunda oferecendo punhados de flores pálidas em botão. "É melhor *eu* começar", diz Coelho. "Até você se acalmar um pouco." O coração dele silencia, para entre uma batida e outra, de raiva. Só o que lhe importa é sair dessa enrascada. Queria que chovesse. Enquanto evita o olhar de Eccles, observa a bola, que está no alto do *tee* e parece flutuar acima do chão. De modo simples ele gira a cabeça do taco sobre o eixo do ombro e acerta o alvo. O som tem uma secura, uma peculiaridade que ele nunca ouviu antes. Os braços empurram sua cabeça para cima e a bola vai longe, em uma palidez lunar contra o lindo tom azul-escuro das nuvens de tempestade, a cor de seu avô, que se espalha, densa, pelo oriente. A trajetória é reta como uma régua. O acerto; a esfera, a estrela, o espaço. A bola hesita, e Coelho pensa que ela vai morrer, mas se engana, pois esta faz da hesitação o motivo de um último salto: com um visível soluço, ganha mais alguns centímetros antes de sumir na queda. "É isso aí!", grita, e, virando-se para Eccles com um sorriso engrandecedor, repete: "É isso aí".

John Updike *Coelho corre* (1960)

Uma epifania é, literalmente, uma aparição. Na terminologia cristã, o termo denota a aparição do Menino Jesus aos três Reis Magos. James Joyce, um católico apóstata para quem a escrita era como que uma vocação profana, aplicou a palavra ao processo mediante o qual um acontecimento ou um pensamento comum se vê revestido de uma beleza perene graças ao trabalho do escritor: "quando a alma do objeto mais comum parece-nos radiante", conforme disse seu *alter ego* ficcional, Stephen Daedalus. Agora o termo é usado em referência a qualquer passagem descritiva em que a realidade exterior apareça carregada de um significado transcendental para quem a percebe. Na ficção moderna, ao funcionar como clímax ou resolução de uma história ou episódio, a epifania assume o papel que era desempenhado pelas ações decisivas na narrativa tradicional. O próprio Joyce nos mostrou o caminho. Muitas das histórias de *Dublinenses* parecem acabar com um anticlímax – derrotas, frustrações ou acontecimentos triviais –, mas a linguagem transforma o anticlímax em um momento de revelação para o protagonista ou para o leitor, ou até para ambos. Em *Retrato do artista quando jovem*, a visão de uma garota andando no mar com a saia levantada transforma-se, graças aos ritmos e às repetições do estilo, em uma visão transcendental da beleza profana que reafirma a determinação do herói em dedicar-se à arte, em detrimento da religião:

> O vestido azul-ardósia estava preso com vigor em torno à sua cintura e firme em suas costas. O seio era macio e escasso como o dos pássaros, macio e escasso como o peito de uma ave de plumagem escura. Mas os longos fios loiros eram femininos: e feminino, e agraciado com a beleza mortal, o rosto.

A passagem retirada do primeiro romance com o personagem Coelho, de John Updike, descreve uma ação em uma disputa, mas é a intensidade do movimento o que importa, não sua consequência (não ficamos sabendo se o herói acertou o buraco). Harry "Coelho" Angstrom é um jovem preso a um emprego sem nenhuma perspectiva no interior dos Estados Unidos e a um casamento morto, em termos eróticos e afetivos, após o nascimento do primeiro filho. O personagem tenta, sem sucesso, escapar a essa existência sufocante, mas não vai além dos braços de uma outra mulher. O pastor local, Eccles, convida-o a jogar uma partida de golfe, que serve como pretexto para aconselhá-lo a voltar para a esposa. Coelho, que trabalhou como carregador de tacos quando menino, conhece os rudimentos do jogo, mas com a tensão do momento sua primeira tacada "sai de lado, perturbada por um *topspin* perverso que a faz cair como um bloco de argila", e seu desempenho não melhora com o sermão de Eccles. "Por que você a abandonou?" "Eu já disse. Faltava alguma coisa." "Mas o quê? Você já viu essa coisa em algum lugar? Tem certeza que ela existe? [...] É dura ou macia? Harry, é azul? Vermelha? Com bolinhas?" Aborrecido pela ironia das perguntas empíricas de Eccles, Coelho encontra sua resposta ao acertar, por fim, uma tacada perfeita.

As epifanias são o momento em que a prosa ficcional mais se aproxima da intensidade verbal que caracteriza a poesia lírica (boa parte da lírica moderna, aliás, é feita de epifanias); de modo que a descrição epifânica tende a ser rica em figuras de linguagem e em sons. Updike é um escritor com um dom incrível para metáforas. Mesmo antes de chegar ao tema principal do parágrafo ele define o cenário, sem esforço algum, com uma descrição vívida da árvore frutífera e dos "punhados de flores pálidas em botão" que insinuam a um só tempo o antagonismo do momento e a promessa de uma salvação. Mas a descrição da tacada é propositalmente literal. "De modo simples ele gira a cabeça do taco sobre o eixo do ombro e acerta o alvo" soa como um jogador profissional descrevendo um *swing* bem-executado. "O som tem uma secura, uma peculiaridade que ele nunca ouviu antes." A transformação dos epítetos *seco* e *peculiar* em substantivos abstratos confere a eles uma aura misteriosa. Mas a linguagem envereda pelo caminho da metáfora: "a bola vai longe, em uma palidez lunar contra o lindo tom azul-escuro das nuvens de tempestade" – imagens cósmicas e astronômicas que reaparecem mais tarde em "a esfera, a estrela, o espaço". A acrobacia mais audaciosa em termos de linguagem fica para o fim: justo quando Coelho acha que a bola vai parar, ela "faz da hesitação o motivo de um último salto: com um visível soluço, ganha mais alguns centímetros antes de sumir na queda". A sinestesia (mistura de sentidos) de "visível soluço" poderia parecer sofisticada demais para ser aplicada a uma bola de golfe se não aparecesse no ponto alto da descrição. Quando Coelho se vira para Eccles e grita, em tom triunfante, "É isso aí!", ele está respondendo à pergunta do pastor sobre o que falta em seu casamento. Mas há uma certa transcendência religiosa na linguagem aplicada à bola de golfe ("o motivo de um último salto" parece uma frase da teologia existencialista moderna) que faz um comentário velado sobre a falta de fé verdadeira do próprio Eccles. Talvez também escutemos no grito de "É isso aí!" um eco da satisfação justificada do escritor ao revelar, por meio da linguagem, a alma radiante de uma tacada inicial bem dada.

33
Coincidência

Por duas pessoas muito alegres Strether viu-se de imediato a tomá-los – um jovem em mangas de camisa, uma moça tranquila e bela, que, alegres, haviam parado vindos de algum outro local e, conhecendo a vizinhança, sabiam o que este refúgio em particular poderia oferecer. O ar se adensou um bocado, ao se aproximarem, com mais insinuações; a insinuação de que eram experientes, acostumados, assíduos – de que esta não seria, de modo algum, a primeira vez. Os dois sabiam o que fazer, Strether sentiu de modo vago – o que os punha ainda mais idílicos, mesmo que, no momento exato da impressão, tal como ela se deu, o barco deles parecesse ter começado a deslizar na direção oposta, o remador parado. Nesse instante, contudo, o barco já chegara muito mais perto – perto o suficiente para Strether imaginar que a dama à proa houvesse, por algum motivo, percebido sua presença observadora. Ela o percebera de forma distinta, e no entanto seu companheiro não havia se virado; de fato, era quase como se nosso amigo sentisse-a pedir que ele não se mexesse. Ela compreendera alguma coisa como resultado do que o curso do barco oscilara, e continuava a oscilar enquanto os dois a custo se protegiam. Este pequeno efeito foi súbito e célere, tão célere que a impressão de Strether separou-se apenas por um instante de seu próprio sobressalto repentino. Ele também havia compreendido alguma coisa no ínterim, compreendido que conhecia a dama cuja sombrinha, deslocando-se como que para cobrir-lhe o rosto, surgiu como um belo ponto cor-de-rosa na cena brilhante. Era um prodígio inacreditável, uma chance em um milhão, mas, se conhecesse a dama, o cavalheiro, que ainda lhe dava as costas e mantinha-se alheio, o cavalheiro, o herói em mangas de camisa nesse idílio, que respondera ao sobressalto da companheira, seria, para completar o portento, ninguém menos do que Chad.

Henry James *The Ambassadors* (1903)

A escritura da ficção impõe uma troca constante entre, de um lado, o estabelecimento de uma estrutura, de um padrão e de um fechamento, e, do outro, a imitação da aleatoriedade, das incongruências e da abertura da vida. As coincidências, que nos surpreendem na vida real com simetrias que não esperávamos encontrar, são um recurso estrutural óbvio na ficção, mas seu uso excessivo pode ameaçar a verossimilhança de uma narrativa. O nível aceitável de coincidência varia, é claro, de um período a outro. Brian Inglis comenta, em seu livro *Coincidências*, que "os romancistas [...] trazem informações inestimáveis sobre a atitude de seus contemporâneos em relação à coincidência através do modo como a exploram em seus livros".

Lord David Cecil afirmou que Charlotte Brontë "esticou o longo braço da coincidência a ponto de provocar um deslocamento" – um comentário aplicável à maioria dos grandes romancistas vitorianos, que escreviam histórias longas, complexas e altamente moralizadas com inúmeros personagens de diferentes classes sociais. Graças à coincidência, ligações intrigantes e reveladoras aproximavam pessoas que, em circunstâncias normais, não teriam nada a ver umas com as outras. Muitas vezes essa estratégia estava relacionada de algum modo com a nêmesis – a ideia, muito ao gosto do coração vitoriano, de que os maus atos sempre seriam revelados no fim. Henry James talvez estivesse insinuando a mesma moral no encontro fortuito que é o ponto alto de

The Ambassadors, mas, em um tratamento mais moderno da coincidência, a parte inocente sente-se tão constrangida quanto os culpados.

O herói da história, Lambert Strether, é um amigável solteirão americano que vai a Paris por ordem de sua chefe, a sra. Newsome, a fim de investigar os rumores de que seu filho Chad estaria aprontando com uma francesa e levá-lo de volta aos Estados Unidos para tocar o negócio da família. Strether, encantado com Paris, com um Chad muito mais refinado e com sua amiga aristocrática, Mme. de Vionnet, acredita no garoto quando este lhe assegura que o relacionamento com a garota é inocente e toma o partido do jovem na disputa familiar, à custa de seus próprios interesses. Então, durante uma excursão solitária ao interior da França, ao parar em uma hospedagem à beira de um rio, Strether encontra Chad e Mme. de Vionnet, que chegam desacompanhados em um barco a remo. Para Strether, a descoberta de que os dois são de fato amantes é uma desilusão amarga e humilhante. A cultura europeia, cuja beleza e elegância o protagonista havia abraçado com grande entusiasmo, revela seu falso moralismo e confirma os preconceitos puritanos e filisteus então correntes na Nova Inglaterra.

O desfecho é orquestrado por meio de uma coincidência, de "uma chance em um milhão", como o próprio texto afirma. Se a cena não parece orquestrada durante a leitura, em parte é por ser praticamente a única reviravolta em todo o enredo (de modo que James pode contar com uma certa credulidade do leitor), e também porque a narração magistral do acontecimento, segundo a perspectiva de Strether, faz com que o leitor o vivencie, em vez de apenas ler um relato. As percepções de Strether passam por três estágios, apresentados como se fossem em câmera lenta. No início, partilhamos sua gentil observação do casal no barco, tomando-os por desconhecidos cujo aspecto completa, com alegria, a cena idílica observada pelo narrador. Strether constrói uma breve narrativa a seu respeito, inferindo, a partir de seu comportamento, que são hóspedes "experientes, acostumados, assíduos" (assim, ao identificá-los como Chad e Mme. de Vionnet, o herói depara-se com o desagradável fato de que os dois são amantes experientes, acostumados, assíduos e o vêm enganando já há algum tempo). No segundo estágio, Strether percebe várias mudanças enigmáticas no comportamento do casal: o barco se afasta e o homem para de remar, aparentemente a pedido da dama, que nota a presença de Strether. (Neste ponto, Mme. de Vionnet analisa a possibilidade de o casal se afastar sem ser reconhecido.) Então, no terceiro e último estágio, Strether percebe que "conhecia a dama cuja sombrinha, deslocando-se como que para cobrir-lhe o rosto, surgiu como um belo ponto cor-de-rosa na cena brilhante". Mesmo nesse ponto, a mente do personagem atém-se ao idílio estético da cena, assim como, ao notar a presença de Chad, Strether tenta esconder a decepção de si mesmo fingindo uma agradável surpresa. Depois de retratar o encontro com tanta força, no parágrafo seguinte James pode se dar ao luxo de declará-lo "estranho como a ficção, como a farsa".

A frequência das coincidências em enredos ficcionais varia de acordo com o gênero e com a época e depende do quão bem o autor consegue "se safar" com suas invenções. Em minha experiência como escritor, senti-me muito mais à vontade para explorar coincidências em *O mundo é pequeno* (cujo título já anuncia o fenômeno) do que, digamos, em *Um almoço nunca é de graça*. *O mundo é pequeno* é um romance cômico, e os leitores de comédia têm uma propensão maior a aceitar coincidências improváveis porque elas são divertidas. Quando associou comédia a "farsa", James sem dúvida estava pensando nas comédias francesas da virada do século, escritas por dramaturgos como Georges Feydeau, que giram todas em torno de situações sexualmente comprometedoras – e *O mundo é pequeno* pertence a essa tradição. O livro também se inspira nas histórias cruzadas dos romances de cavalaria, o que também funciona como uma justificativa intertextual para as inúmeras coincidências na trama. Um dos exemplos mais estapafúrdios na história diz respeito a Cheryl Summerbee, que trabalha em uma companhia aérea no aeroporto de Heathrow e ajuda um número bastante improvável de personagens ao longo da história. Num estágio avançado da perseguição do herói Persse McGarrigle à heroína Angelica, esta lhe deixa, no quadro de orações da capela do aeroporto, uma mensagem em código que faz referência a um verso de *The Faerie Queene*, de Spenser. Depois de procurar em vão por um exemplar nas livrarias de Heathrow, Persse está prestes a retornar a Londres quando flagra Cheryl, em um balcão de informações, com o livro nas mãos. Logo fica claro que a funcionária trocou seus romances baratos pela obra de Spenser após ouvir uma palestra sobre a natureza dos autênticos romances literários, proferida pela sempre pedagógica Angelica durante um check-in feito por Cheryl em um voo com destino a Genebra. Assim Persse consegue, ao mesmo tempo, o meio de decodificar a mensagem e a informação sobre o paradeiro de Angelica. Tudo é muito implausível, mas a essas alturas do romance pareceu-me que o quanto mais coincidências, melhor, desde que elas não abusassem do bom senso; além do mais, a ideia de que alguém à procura de informações sobre um poema clássico renascentista fosse consegui-las justo no balcão de informações de uma companhia aérea era tão atraente que o público sem dúvida estaria disposto a suspender sua descrença.

Um almoço nunca é de graça também tem elementos cômicos e intertextuais, mas é um romance mais sério e realista; assim, eu sabia que teria de maneirar nas coincidências e também que estas teriam de ser mais discretas ou contar com justificativas mais plausíveis. Não cabe a mim dizer se a estratégia funcionou ou não, mas vou dar um exemplo do que estou dizendo. Na quarta parte do romance, o herói Vic

Wilcox está se dirigindo a um grupo de trabalhadores durante uma reunião quando é interrompido por um "beijograma", entregue por uma garota vestida com uma lingerie sexy que canta uma canção para zombar do personagem. Tudo não passa de uma peça pregada pelo diretor de vendas da firma, que havia se desentendido com Vic. A reunião está à beira do colapso quando a heroína Robyn Penrose salva o dia. A garota obedece de imediato a ordem de Robyn, que a manda embora por ser uma de suas alunas, Marion Russell. Trata-se, é claro, de uma coincidência. Se o recurso funciona em termos narrativos é porque certas pistas já estavam espalhadas em partes anteriores do texto e sugeriam que Marion pudesse estar fazendo esse serviço – pistas não tão óbvias a ponto de o leitor poder adivinhar que a garota do beijograma era Marion no instante em que ela aparece, mas claras o bastante em retrospecto. Espero que assim o ceticismo em relação à coincidência seja desarmado por meio da resolução satisfatória de um enigma (qual é o trabalho de meio turno de Marion?) e da ênfase posta na intervenção de Robyn, e não em sua percepção dessa coincidência.

34
O narrador não confiável

"É da sra. Johnson, uma amiga da minha tia. Diz que a minha tia morreu anteontem." Ela parou por um instante e então acrescentou: "O funeral é amanhã. Eu gostaria de saber se poderia ser dispensada."

"Sem dúvida podemos providenciar isso, srta. Kenton."

"Obrigada, sr. Stevens. Agora, se o senhor me der licença, eu gostaria de passar alguns momentos sozinha."

"Claro, srta. Kenton."

Eu me afastei, mas foi só depois de haver saído que percebi que de fato eu não havia lhe oferecido minhas condolências. Eu podia muito bem imaginar o baque causado pela notícia, pois, para todos os efeitos, a tia havia sido como uma mãe para ela, e detive-me no corredor, pensando se eu deveria voltar, bater na porta e reparar minha falta. Porém logo me ocorreu que, se o fizesse, eu poderia interferir em seu luto particular. Na verdade, não era impossível que a srta. Kenton, naquele exato momento, à distância de apenas alguns metros, estivesse chorando. A ideia despertou um sentimento estranho dentro de mim, e por alguns momentos fiquei indeciso no corredor. No fim, achei melhor esperar uma outra oportunidade para expressar meus pêsames e segui meu rumo.

Kazuo Ishiguro *Vestígios do dia* (1989)

Narradores não confiáveis são invariavelmente personagens inventados que participam da história que contam. Um narrador onisciente não confiável seria uma contradição de termos e ocorreria apenas em um texto muito subversivo e experimental. Nem mesmo um personagem-narrador pode ser cem por cento não confiável. Se a falsidade transpira em cada fala e em cada gesto, percebemos apenas o que já sabemos, ou seja, que o romance é uma obra de ficção. Assim como no mundo real, precisamos ter alguma forma de distinguir a verdade da mentira no mundo imaginário do romance para que a história desperte o nosso interesse.

De fato, os narradores não confiáveis servem para revelar a lacuna entre as aparências e a realidade e mostrar como os seres humanos distorcem e ocultam esta última. Esses personagens não precisam agir de modo consciente ou com más intenções. O narrador do romance de Kazuo Ishiguro não é um homem mau, mas toda a sua vida baseia-se na supressão e na evasão da verdade sobre si mesmo e sobre os outros. Sua narrativa é uma espécie de confissão repleta de justificativas e argumentações em sua defesa, e apenas no fim o personagem consegue compreender a si mesmo – quando já é tarde demais.

A história se passa em 1956. O narrador é Stevens, o mordomo de uma mansão inglesa, outrora morada de Lord Darlington e propriedade de um americano rico no tempo presente. Incentivado pelo novo patrão, Stevens faz uma breve incursão ao West Country inglês. O motivo pessoal da viagem é uma visita à srta. Kenton, antiga responsável por Darlington Hall nos dias de esplendor durante o período entreguerras, quando Lord Darlington sediava encontros extraoficiais de políticos de alto escalão para discutir a crise na Europa. Stevens espera convencer a srta. Kenton (ele continua a chamá-la de senhorita, ainda que esteja casada) a abandonar sua aposentadoria e ajudá-lo na resolução de uma crise de pessoal em Darlington Hall. Enquanto viaja, o mordomo recorda-se do passado.

Stevens fala (ou escreve) num estilo preciso e cheio de minúcias, com alto requinte formal – o mais puro mordomês.

Visto de forma objetiva, o estilo não tem nenhum mérito literário. É totalmente desprovido de humor, senso estético e originalidade. A eficácia desse estilo como estratégia narrativa do romance explica-se justamente porque percebemos sua inadequação àquilo que descreve. Aos poucos compreendemos que Lord Darlington era um diplomata incompetente que acreditava em uma conciliação com Hitler e apoiava o fascismo e o antissemitismo. Stevens jamais admitiu para si mesmo ou para os outros que seu ex-empregador caiu no descrédito total com os acontecimentos históricos subsequentes e orgulha-se dos serviços impecáveis prestados ao patrão fraco e antipático.

Foi esta mística do criado perfeito que o tornou incapaz de aceitar e retribuir o amor que a srta. Kenton estava pronta a lhe oferecer quando os dois eram colegas. Contudo, uma lembrança vaga e reprimida do tratamento que o mordomo dispensava à colega emerge no decorrer da narrativa – e percebemos que a viagem de Stevens é na verdade uma tentativa fútil de desfazer o passado.

Muitas vezes o narrador pinta um retrato falho ou enganador de si mesmo. Depois de entregar à srta. Kenton uma carta que comunicava a morte de sua tia, Stevens percebe que "de fato" não lhe ofereceu suas condolências. Logo a hesitação do mordomo desvia nossa atenção dessa falha absurda em expressar qualquer tipo de sentimento no diálogo anterior. O temor de perturbar o luto da srta. Kenton parece demonstrar uma personalidade sensível, mas quando surge outra "oportunidade para expressar meus pêsames", Stevens não a aproveita – pelo contrário: usa a ocasião para criticar o modo como a colega vinha supervisionando duas criadas recém-contratadas. Como sempre, o mordomo não tem nenhuma palavra mais expressiva do que "estranho" para qualificar seu sentimento ao pensar que a srta. Kenton pudesse estar chorando do outro lado da porta. Podemos nos surpreender com essa suspeita, que vem logo após a narração da calma com que a srta. Kenton recebeu a notícia. Na verdade, várias páginas adiante Stevens admite ter associado essa memória ao episódio errado:

> Agora já não tenho mais certeza alguma em relação às circunstâncias que me levaram a ficar parado desta forma no corredor dos fundos. Ocorre-me que em algum outro ponto, ao tentar recuperar tais memórias, eu possa ter afirmado que essa lembrança remontava aos instantes que sucederam o recebimento da notícia da morte de sua tia por parte da srta. Kenton... Mas agora, depois de pensar melhor, creio que eu possa ter me confundido um pouco em relação ao assunto; e que essa memória remonte aos eventos transcorridos em uma noite pelo menos alguns meses após a morte da tia da srta. Kenton...

Na verdade, foi numa noite em que Stevens humilhou a srta. Kenton ao rejeitar com frieza sua oferta tímida, mas inconfundível, de amor – *esse* era o motivo por que ela estava chorando atrás da porta. Mas Stevens, como de praxe, associa a ocasião não a esse episódio pessoal e íntimo, mas a uma das conferências mais significativas de Lord Darlington. Os temas da má-fé política e da esterilidade emocional aparecem entrelaçados com sutileza na triste história da vida desperdiçada de Stevens.

Vale a pena comparar o romance de Ishiguro com um outro exemplo magistral do uso de um narrador não confiável – *Fogo pálido*, de Vladimir Nabokov. Esse romance assume a forma inusitada de um longo poema escrito por um poeta americano fictício chamado John Shade, seguido de uma análise detalhada por um acadêmico europeu radicado nos Estados Unidos – Charles Kinbote, vizinho de Shade. O poema é uma obra autobiográfica que gira em torno do suicídio trágico da filha do poeta. Descobrimos que Shade recém havia sido assassinado quando o manuscrito do poema chegou às mãos de Kinbote. Logo percebemos que Kinbote é um lunático que acredita ser o rei exilado de algum país imaginário que lembra a Rússia pré-revolucionária. O acadêmico acredita que Shade estava escrevendo um poema sobre a sua própria história e que o escritor foi baleado por engano pelo assassino enviado para matar o próprio Kinbote. A análise procura estabelecer a interpretação bizarra dos acontecimentos feita por Kinbote. Um dos prazeres de ler este livro é perceber, graças à narrativa "confiável" contida no poema de Shade, a gravidade do delírio de Kinbote. Comparado a *Vestígios do dia*, *Fogo pálido* é um romance muito mais cômico às custas de seu narrador não confiável. Mesmo assim, o efeito não é limitante. A evocação que Kinbote faz de Zembla, seu reino adorado, é vívida, cativante e assombradora. Nabokov conferiu ao personagem um pouco de sua própria eloquência e muito da sua nostalgia de exilado. O romance de Ishiguro, por sua vez, aceita as limitações de um narrador com pouco talento para a eloquência. Se Stevens fosse um narrador confiável, sem dúvida o resultado seria muito tedioso.

35
O EXÓTICO

Wilson sentou-se na sacada do Bedford Hotel com os joelhos carecas e rosados contra a balaustrada. Era domingo e os sinos da catedral soavam as matinas. No outro lado da Bond Street, nas janelas do colégio, estavam sentadas as jovens negras com vestidos de educação física azul-escuros que se dedicavam à interminável tarefa de alisar seus cabelos pixaim. Wilson cofiou seu jovem bigode e sonhou, esperando pelo gim com bíter.

Sentado lá, de frente para a Bond Street, tinha o rosto virado em direção ao mar. A palidez mostrava que sua chegada ao porto era recente: e também a falta de interesse pelas colegiais no outro lado da rua. Wilson era como o ponteiro atrasado do barômetro, ainda apontando para Bom muito tempo depois de seu companheiro ter se movido para Instável. Lá embaixo os funcionários negros moviam-se em direção à igreja, mas as esposas com vestidos de tarde brilhantes em azul e cereja não despertavam nenhum interesse em Wilson. Ele estava sozinho na sacada, exceto por um indiano com barba e turbante que já havia tentado predizer seu futuro: não era a hora nem o dia para os brancos – eles estariam na praia a oito quilômetros, mas Wilson não tinha carro. Ele sentia uma solidão quase insuportável. Nos dois lados do colégio os telhados de lata inclinavam-se em direção ao mar, e o ferro corrugado acima de sua cabeça retiniu e estrondeou com o peso de um abutre que pousava.

GRAHAM GREENE *O cerne da questão* (1948)

O IMPERIALISMO e os acontecimentos que o sucederam motivaram uma onda extraordinária de viagens, expedições e migrações pelo mundo, que não deixou de fora os escritores e escritores em potencial. Uma das consequências foi que muitos romances dos últimos 150 anos, em especial os britânicos, ambientaram-se em cenários exóticos. Com "exótico", refiro-me a tudo o que é estrangeiro, mas não necessariamente glamoroso ou atraente. Na verdade, Graham Greene especializou-se no uso de cenários pouco favoráveis ou, como o próprio autor dizia, "sórdidos" em seus romances. Já disseram que todos eles se passam em um país imaginário chamado Greenelândia. Sem dúvida a atmosfera que permeia os diferentes livros tem alguns traços característicos (os abutres, por exemplo, são muito mais comuns no céu do que pombas ou mesmo pardais), mas o termo é uma injustiça para com a especificidade dos cenários de Greene.

O exótico, na ficção, é a mediação de um "estrangeiro" para um público que se supõe estar "em casa". Joseph Conrad, cuja obra é inseparável do contexto imperialista (Conrad era um imigrante polonês que alistou-se na Marinha Mercante Inglesa e observou as maquinações do Império Britânico e de seus rivais em muitos recantos afastados do globo), entendeu o princípio como poucos. No começo de *O coração das trevas*, um estudo clássico sobre as terríveis consequências da colonização do Congo africano pela Bélgica, tanto para os habitantes nativos como para os europeus que os colonizaram, Conrad ambienta a história fazendo com que Marlow, o narrador, conte-a para um grupo de companheiros em um iole atracado no estuário do Tâmisa. "'E esse também é um dos lugares escuros da terra', disse Marlow, de repente." A seguir, imagina a impressão que as margens do Tâmisa teriam causado a um trirreme romano dois milênios antes – "'Bancos de areia, pântanos, florestas, selvagens – a escassez de alimento próprio a um homem da civilização [...] Aqui e acolá um acampamento militar perdido na mata, como agulhas num palheiro – o frio, a neblina, a doença, o exílio e a morte – a morte à espreita no ar, na água, nos arbustos.'" Essa é uma inversão bastante perspicaz da história principal – em que um inglês sai de uma Europa ativa, moderna e "progressista" para encarar os perigos e as privações das trevas africanas – que nos prepara para o questionamento radical da novela sobre os estereótipos de "selvagem" e "civilizado" ao longo da jornada de Marlow pelo Congo.

Graham Greene manifestou em diversas ocasiões a admiração que tinha por Conrad e confessou ter se visto obrigado a parar de ler suas obras por medo da forte influência que exerciam. Se o título inglês de *O cerne da questão*, um romance inspirado nos serviços prestados por Greene para o MI6 em Serra Leoa durante a guerra, faz alguma alusão ou homenagem à história africana de Conrad é algo que não sei; mas a abertura de Greene, como a de Conrad, é deveras hábil no modo de tratar, justapor e contrapor significantes de "pátria" e "estrangeiro". Wilson, recém-chegado da Inglaterra, é um personagem secundário usado para o fim explícito de apresentar ao leitor o cenário exótico. (Em seguida a perspectiva muda para o protagonista, Scobie – um policial que já mora no país há tempo.) Com muita astúcia, Greene se abstém de nos dizer onde estamos (Freetown) e leva-nos a fazer deduções – uma tarefa que o autor dificulta por meio de pistas confusas e esparsas. O Bedford Hotel, o sino da catedral soando as matinas, a Bond Street e o colégio parecem característicos de uma cidade inglesa. No primeiro parágrafo, apenas a referência aos joelhos expostos de Wilson (indicação de que o personagem está vestindo bermudas) e as jovens negras sugerem que o cenário possa ser a África. O efeito resume com maestria a tendência colonialista de impor sua própria cultura aos colonizados – em parte como instrumento de dominação ideológica, mas também para minimizar a saudade de casa. A ironia e o *páthos* também aparecem na presteza dos colonizados em colaborar no processo – as garotas africanas com vestidos de educação física em estilo inglês tentando em vão alisar o cabelo, os funcionários africanos e suas esposas indo para a missa anglicana. Em geral pensamos em *O cerne da questão* como sendo, acima de tudo, um romance sobre as consequências morais da crença religiosa, mas sua importância como romance colonial não é menor.

Como eu já disse antes (capítulo 14), a descrição ficcional é necessariamente seletiva e depende muito da figura retórica da sinédoque, em que a parte assume o lugar do todo. Wilson surge para o leitor através dos joelhos, da palidez e do bigode; as garotas africanas, através dos vestidos de educação física e do cabelo pixaim; o Bedford Hotel, através da balaustrada de ferro e do telhado de ferro corrugado, e assim por diante. Esses detalhes são uma parcela ínfima dentre todos os que poderiam ser descritos. Existe apenas uma metáfora explícita: o símile do barômetro, que faz um trocadilho com "Bom" para manter a antítese entre branco e preto que permeia a passagem. Mas alguns dos epítetos dados aos detalhes literais da cena também geram conotações e referências cruzadas que beiram o metafórico. "Careca" (em geral aplicado apenas à cabeça) enfatiza a ausência de pelos nos joelhos de Wilson, e "jovem", a debilidade de seu bigode, que contrasta com a exuberância dos cabelos das garotas africanas. Aqui encontra-se ao mesmo tempo equivalência e diferença. O modo como Wilson apoia os joelhos contra a balaustrada de ferro, ainda intacta, assim como sua falta de interesse sexual (mencionada duas vezes) pelas mulheres africanas, simboliza o caráter repressivo de sua rígida mentalidade britânica. Os esforços das garotas em dominar o cabelo crespo é um símbolo ainda mais óbvio da subordinação do natural ao cultural. O uso do cabelo como indicador étnico continua no parágrafo seguinte, com o indiano de barba e turbante.

Mesmo que a cena seja descrita a partir da posição ocupada por Wilson no tempo e no espaço, ela não é narrada de sua perspectiva subjetiva – até que chegamos em "Ele sentia uma solidão quase insuportável". Até esse ponto, Wilson é apenas parte do cenário descrito por um narrador onisciente mas também impessoal, que sabe de coisas que Wilson ignora, vê coisas que Wilson não percebe e estabelece ligações irônicas entre elas que Wilson, enquanto espera seu gim com bíter e sonha (sem dúvida com sua terra natal), é incapaz de apreciar.

36
Capítulos etc.

CAPÍTULO DOIS

Cresço – Sou odiado pela minha Família – Enviado à Escola – Negligenciado pelo meu Avô – Maltratado pelo Mestre-Escola – Acostumado à Adversidade – Faço complôs contra os Pedantes – Sou impedido de falar com o meu Avô – Caçado por seu Herdeiro – Arrebento os Dentes de seu Tutor.

Tobias Smollett *The Adventures of Roderick Random* (1748)

CAPÍTULO X

Não parece vergonhoso escrever dois capítulos sobre o que ocorreu enquanto descia-se um lance de escadas? Pois não fomos além do primeiro patamar, e ainda restam quinze degraus até o chão; e pelo que me consta, uma vez que meu pai e meu tio Toby estão falastrões hoje, podemos ter tantos capítulos quanto degraus: – que seja como tem de ser, senhor, pois não posso alterá-lo mais do que ao meu próprio destino – Um ímpeto súbito apodera-se de mim – baixe o pano, Shandy – baixo-o – Risque uma linha aqui no papel, Shandy – risco-a – e eis um novo capítulo.

O diabo de qualquer outra regra é o quanto tenho a me guiar neste assunto – e se eu tivesse uma – como tenho todas as coisas que escapam a todas as regras – eu a torceria e rasgá-la-ia em pedaços, para então atirá-la ao fogo – Estou muito inflamado? Estou, e a causa o exige – uma história bonita! Cabe ao homem seguir regras – ou às regras segui-lo?

Laurence Sterne *A vida e as opiniões do cavaleiro Tristram Shandy* (1759-67)

CAPÍTULO VIII

Arthur's Seat será meu leito,
A cama ficará sem mim;
St. Anthon's Well será minh'água,
Pois meu amor se foi sem mim.
Velha canção

SIR WALTER SCOTT *The Heart of Midlothian* (1818)

CAPÍTULO I

Não posso o bem fazer porque a mulher
Busca constantemente o que lhe é próximo.
The Maid's Tragedy: BEAUMONT E FLETCHER

GEORGE ELIOT *Middlemarch* (1871-2)

[...] Ela tinha o direito de ser feliz. Frank iria tomá-la em seus braços, envolvê-la em seus braços. Ele iria salvá-la.

*

Ela ficou parada em meio à multidão oscilante na estação de North Wall. Frank pegou sua mão e ela soube que estava falando consigo, dizendo e redizendo alguma coisa sobre a passagem.

JAMES JOYCE "Eveline" (1914)

NOSSA TENDÊNCIA é encarar a divisão dos romances em capítulos como algo óbvio, tão natural e inevitável como a divisão do discurso em frases e parágrafos. Mas claro que não é assim. Os romances de Daniel Defoe, por exemplo, que remontam à época do nascimento do romance, são um fluxo contínuo e ininterrupto de texto. Como em geral acontece com Defoe, é difícil definir se este é um sintoma de sua falta de sofisticação literária ou a imitação astuta de narradores ingênuos e sem experiência, que derramam suas histórias sobre a página sem nenhum plano ou esquema preconcebido. Qualquer que seja o motivo, o resultado é uma leitura cansativa e uma impressão confusa a respeito da história narrada (é difícil, por exemplo, não se perder em meio às diversas viagens, aos diversos companheiros e aos diversos filhos de Moll Flanders, e ademais é complicado encontrar as passagens anteriores do texto para se orientar).

Quebrar um texto longo em unidades menores pode gerar vários efeitos. É como se narrativa e o leitor ganhassem um tempo para respirar entre uma parte e outra. Assim, quebras de capítulo servem para marcar a transição entre tempos ou cenários diferentes da ação. Já tive oportunidade de comentar o modo como Thackeray usa a linha final de um capítulo como se fosse a última fala de uma peça antes da queda do pano, a fim de intensificar a surpresa e o suspense (capítulo 15). E. M. Forster faz algo muito parecido na passagem retirada de *Howards End* (ver capítulo 2). O início de um novo capítulo também pode ter valor expressivo ou retórico, em particular se vier acompanhado de um cabeçalho com um título, uma citação ou um sumário de seu conteúdo. Os cabeçalhos dos capítulos de Smollett, por exemplo, são como trailers cinematográficos: despertam a curiosidade do leitor com promessas de acontecimentos emocionantes. De certa forma eles "entregam" tudo o que acontece já no início do capítulo, mas os detalhes são poucos e não chegam a prejudicar nosso interesse. Sem dúvida esses cabeçalhos são bem representativos da ficção de Smollett – vigorosos, rápidos e violentos.

Como regra geral, pode-se dizer que quanto maior o realismo de um romance, menor a chance de o romancista chamar a atenção para os aspectos relativos à organização textual da obra. Por outro lado, certos romancistas literários fazem questão de colocá-los à mostra. Basta mencionar a palavra "capítulo" para chamar a atenção para o processo composicional do romance. Já vimos como Laurence Sterne usa essa referência para pôr em jogo a ideia do narratário ao fazer Tristram censurar sua leitora por ter sido "tão desatenta ao ler o último capítulo" (ver capítulo 17). A citação acima pertence ao volume VI de *Tristram Shandy*, em que o narrador descreve uma conversa entre seu pai e seu tio Toby no dia em que nasceu. Em um romance mais convencional, um diálogo assim não seria quebrado por divisões de capítulos, mas Sterne muitas vezes usa a loquacidade de seus personagens como desculpa para desafiar as "regras" da composição e, portanto, começa um novo capítulo simplesmente porque está a fim. Esse é na verdade o "meu capítulo sobre capítulos, que prometi escrever antes de deitar-me". Sterne resume a sabedoria que adquiriu sobre o tema, dizendo "que os capítulos concedem alento à mente – que auxiliam – ou afrontam a imaginação – e que em obras deste jaez dramático são tão necessários quanto a variação das cenas", apenas para descartar essas afirmativas como sendo "afetações frias". Sterne sugere ao leitor que estude Longino. "Se o senhor não se sentir nem um pouco mais sábio depois de o ler uma vez – nada tema – leia-o outra vez." Tal como boa parte de *Tristram Shandy*, o capítulo sobre capítulos é uma sátira elaborada e instrutiva.

Sir Walter Scott pôs em voga o uso de citações como epígrafes de capítulos – uma espécie de intertextualidade explícita. Em geral essas citações eram retiradas de velhas baladas, que Scott colecionava. Elas cumprem diversas funções. Uma delas é temática. Os versos da "Velha canção" no início do capítulo VIII de *The Heart of Midlothian*, por exemplo, referem-se a um dos principais elementos da trama: Effie Deans, irmã da heroína Jeannie Deans, é acusada de matar a criança que deu à luz fora dos laços do matrimônio. Os versos da "Velha canção" ligam as agruras da personagem à longa tradição narrativa de jovens seduzidas e a seguir abandonadas por seus amantes. A referência a Arthur's Seat (um morro em Edimburgo) e a St. Anton's Well (uma fonte natural próxima ao morro) associa o tema a um cenário regional específico, cuja evocação era uma das maiores preocupações de Scott e que hoje é um de seus grandes atrativos para o leitor moderno. O efeito cumulativo dessas citações de velhas canções e baladas é estabelecer a posição do narrador-autor como um guia bem-informado e confiável em relação à história, à cultura e à topografia escocesa.

Foi um expediente muito imitado durante o século XIX por autores como George Eliot, por exemplo. As epígrafes dela, no entanto, costumam vir de figuras literárias estabelecidas, ainda que menores, como a dupla de dramaturgos Beaumont e Fletcher, de quem Eliot cita alguns versos antes de apresentar Dorothea Brooke em *Middlemarch*. A citação enfatiza a frustração do idealismo de Dorothea em decorrência de seu sexo. Também reforça a impressão que George Eliot queria passar de uma autora letrada e culta, em pé de igualdade com qualquer homem.

Quando George Eliot cita versos anônimos, em geral são de sua autoria. Kipling levou ao extremo a ideia de basear citações em fontes apócrifas. "Mrs. Bathurst" (ver capítulo 7) traz, à guisa de prefácio, uma longa citação de um "velho drama", escrito pelo próprio Kipling como pastiche da prosa dramática do século XVII, em que se descreve a morte de um criado ou bobo em uma corte. Ainda que a interpretação do trecho seja dificílima, ela nos fornece pistas importantes em relação ao significado da história. "Aquela que o condenou à morte não sabia o que fez, ou teria morrido antes. Pois ela o amava." O trecho parece eliminar a possibilidade de que o corpo encontrado junto ao cadáver de Vickery fosse o da sra. Bathurst.

"Mrs. Bathurst" não tem capítulos, é claro. Poucos contos têm; ainda que às vezes possa haver pausas ou quebras no texto, marcadas por uma linha em branco. O conto "Eveline", de James Joyce, por exemplo, é em boa parte uma descrição dos pensamentos da protagonista enquanto fica sentada à janela de sua casa, logo antes de fugir para casar com um marinheiro. Então o texto é quebrado por um asterisco e a seção seguinte começa: "Ela ficou parada em meio à multidão oscilante na estação de North Wall". A quebra no texto desloca a ação da casa da personagem para o clímax da história, nas docas, sem descrever como Eveline chegou até lá, o que seria irrelevante para a história.

Há muitas formas de se dividir um texto ficcional e de marcar essas divisões: "Livros" ou "Partes", capítulos numerados, subseções numeradas ou não. Fica óbvio que alguns autores pensaram muito sobre o problema e não pouparam esforços para obter alguma simetria formal. O *Tom Jones* de Henry Fielding, por exemplo, tem 198 capítulos, divididos em dezoito livros; destes, os primeiros seis se passam no campo, os seis seguintes na estrada e os seis últimos em Londres. As formas de publicação e de circulação das obras em diferentes períodos também influenciaram esse aspecto do romance. Durante a maior parte do século XIX, por exemplo, os romances eram publicados em três volumes, em especial para a conveniência das bibliotecas, que podiam emprestar um só livro para três leitores ao mesmo tempo; mas a prática também pode ter incentivado os autores a encarar o romance como uma estrutura em três atos (é possível dividir a ação de *Emma* de Jane Austen segundo esse esquema, por exemplo). Muitos romances vitorianos foram publicados pela primeira vez em partes ou como folhetins (seja em publicações independentes ou em revistas), o que também influenciou a forma final do romance. Os capítulos dos romances que Dickens escreveu para publicação semanal, como *Tempos difíceis* e *Grandes esperanças*, são muito menores do que aqueles de romances como *Dombey e filho* ou *A casa soturna*, publicados originalmente com periodicidade mensal. Além do mais, os capítulos publicados em revistas muitas vezes tinham de se adequar a um padrão muito rígido e uniforme de extensão.

Pode parecer que estou tratando de dois aspectos nesse tópico: um é a mera distribuição espacial e a divisão do texto em unidades menores. Muitas vezes, essa distribuição nos dá pistas em relação à estrutura ou à arquitetura da narrativa como um todo e exerce alguma influência sobre o andamento da leitura. Enquanto se manifesta com algum grau de simetria, ela corresponde à forma estrófica na poesia. O outro aspecto é semântico: a adição de camadas de sentido, implicatura e sugestão através de cabeçalhos, epígrafes e assim por diante. Ao rever meu próprio trabalho como autor, encontro variações significativas entre os romances. Eu havia esquecido – e só lembrei ao olhá-lo com esse propósito – que meu primeiro romance, *The Picturegoers*, não é dividido em capítulos. É dividido em três partes, sendo que cada uma delas trata dos eventos de uma semana diferente. Dentro de cada parte existem seções marcadas apenas por espaços duplos entre as linhas ou, de modo mais enfático, por asteriscos. Creio que essa forma tenha surgido por força da própria narrativa, que volta e meia pula de uma cena a outra e de um personagem a outro, cada um deles em um lugar diferente ao mesmo tempo. Os espaços entre as seções funcionam como cortes cinematográficos. Meu primeiro romance a ter capítulos numerados foi *O Museu Britânico ainda vem abaixo*, um romance francamente literário e cômico temperado com uma boa dose de paródia. Cada capítulo é encabeçado por uma citação engraçada (espero) de alguma fonte impressa sobre a Sala de Leitura do Museu Britânico, que imita e satiriza os procedimentos do academicismo literário. *Invertendo os papéis* divide-se em partes chamadas "Voando", "Estabelecendo-se", "Lendo", "Mudando" e "Encerrando"; *Até onde se pode ir?* é dividido de modo similar, em capítulos que começam com a palavra "como" – "Como tudo se passou", "Como eles perderam as virgindades", "Como eles perderam o medo do Inferno" e assim por diante. Eu diria que esses ecos verbais foram adotados para acrescentar um elemento de simetria no nível semântico dos cabeçalhos e, talvez, para compensar o tamanho bastante desigual dos diferentes capítulos. Creio que a simetria tem uma importância maior para os escritores de ficção do que os leitores conseguem perceber conscientemente.

37
O telefone

Ele foi até o telefone do saguão lá fora. "Querida?"

"É o sr. Last? Tenho uma mensagem aqui da sra. Brenda."

"Tudo bem, passe a ligação para ela."

"A sra. Brenda não pode falar nesse momento, mas pediu para avisá-lo de que infelizmente não vai poder se encontrar hoje à noite com o senhor. Ela está muito cansada e foi para casa dormir."

"Diga que eu quero falar com ela."

"Lamento, mas não posso. Ela foi para casa dormir. Estava muito cansada."

"Ela estava muito cansada e foi para casa dormir?"

"Isso mesmo."

"Bem, eu quero falar com ela."

"Boa noite", disse a voz.

"Está de porre, o coitado", disse Beaver enquanto desligava.

"Ah. Isso me deixa muito mal. Mas o que mais ele podia querer aparecendo assim, de repente? Ele tem que aprender a não fazer visitas-surpresa."

"Ele é sempre assim?"

"Não, faz pouco tempo."

O telefone tocou. "Será que é ele outra vez? Deixe que eu atendo."

"Quero falar com a sra. Brenda Last."

"Tony, querido, sou *eu*, Brenda."

"Algum idiota disse que eu não podia falar com você."

"Eu deixei uma mensagem lá onde eu estava jantando. Você está se divertindo?"

EVELYN WAUGH *Um punhado de pó* (1934)

O TELEFONE é tão comum e onipresente na vida moderna que sequer percebemos o quão artificial soaria, em épocas passadas, a ideia de ouvir e falar sem ver nem tocar. Numa conversa normal, em que os interlocutores estão cara a cara, é possível acrescentar todo tipo de significado e nuance às palavras por meio de expressões faciais e da linguagem corporal, ou mesmo comunicar-se exclusivamente através de recursos não verbais (como quando damos de ombros, apertamos as mãos ou levantamos a sobrancelha, por exemplo). Até a recente invenção do videofone (que ainda se encontra em estágio inicial de desenvolvimento), esses canais de comunicação não estavam disponíveis ao usuário do telefone. Pelo mesmo motivo, a "cegueira" da comunicação telefônica favorece enganos e muitas vezes gera confusão, mal-entendidos e estranhamentos entre os participantes. O telefone é, portanto, um instrumento de grande potencial narrativo. Evelyn Waugh pertencia a uma geração de romancistas – Henry Green, Christopher Isherwood e Ivy Compton-Burnett são alguns dos nomes que vêm à cabeça – que tinha um interesse especial nas possibilidades expressivas do diálogo na ficção. O trabalho desses autores tende a usar o efeito que chamei de "narrativa superficial" (ver capítulo 25): os personagens se revelam, se traem e se condenam pelo que dizem, enquanto o narrador mantém um certo afastamento e abstém-se de fazer comentários morais ou análises psicológicas. Não surpreende, portanto, que Evelyn Waugh tenha sido um dos primeiros romancistas ingleses a reconhecer a importância do telefone na vida social moderna e seu potencial para efeitos cômicos e dramáticos. O telefone aparece com destaque em seu segundo romance, *Vile Bodies* (1930), que traz um capítulo inteiro com duas conversas telefônicas entre o herói e a heroína, apresentadas sem nenhum comentário e sem nenhum marcador textual, em que os dois rompem o noivado e a heroína anuncia um segundo noivado com o melhor amigo do herói. A linguagem do capítulo é banal e formulaica – os personagens ficam repetindo "Tudo bem" e "Estou vendo", quando na verdade nada está bem e a única coisa que não podem fazer é ver um ao outro – e o efeito é a um só tempo engraçado e triste. Pode-se dizer o mesmo a respeito dessa passagem de *Um punhado de pó*.

Brenda Last, cansada do marido Tony e de viver em sua terrível mansão, envolve-se com John Beaver, crápula e pé-rapado, e justifica suas viagens frequentes a Londres com um curso de economia. Um dia Tony aparece sem aviso na cidade e descobre que a esposa está jantando fora. O personagem acaba indo ao clube afogar as mágoas em companhia do velho camarada Jock Grant-Menzies. Logo ele é chamado para receber um recado de Brenda ao telefone.

O primeiro efeito da cegueira ao telefone no diálogo que se segue é cômico: o cumprimento afetuoso de Tony, "Querida", recebe uma resposta formal de um desconhecido. Tony parece incapaz de perceber que esta pessoa está apenas dando um recado e assim continua pedindo, com a insistência dos bêbados, para falar com a esposa. A cena é rica em *páthos* e em comédia, pois Tony, em sua solidão desesperada, deseja ardentemente falar com a esposa cada vez mais evasiva e ausente, sem perceber que ela está se afastando dele. O leitor presume que o estranho esteja falando do lugar onde Brenda jantou – o que fica implícito no trecho "Ela [...] foi para casa dormir". Mas logo descobrimos que o estranho na verdade é Beaver e que está em companhia de Brenda, possivelmente na mesma cama que ela, embora Tony não tenha nenhuma suspeita a esse respeito. "Está de porre, o coitado" é uma frase perfeita, por mais simples que pareça. A revelação de que Tony está sendo enganado torna-se ainda mais impactante por aparecer apenas no último instante e de modo um tanto casual no marcador textual. As palavras de Beaver, que em outros contextos poderiam soar afetuosas e familiares, expressam aqui apenas desprezo, indiferença e total falta de arrependimento. Brenda sente-se "muito mal" em relação a Tony, mas em seguida vira a ética corriqueira de cabeça para baixo (um tema recorrente ao longo do romance) e insinua que é *Tony* quem está errado: "Mas o que mais ele podia querer aparecendo assim, de repente?"

O telefone toca mais uma vez, e mais uma vez Tony pede para falar com Brenda. "Tony, querido, sou *eu*, Brenda." Nesse ponto, comédia e traição aparecem misturadas com muita destreza: mais um mal-entendido da parte de Tony, agravado pela traição de Brenda, que o chama cinicamente de "querido". É ilógico que Tony peça para falar com Brenda, pois ele está telefonando tarde da noite para um apartamento tão pequeno que o casal sequer pode dividi-lo (Tony fica hospedado no clube); então, se *alguém* atende, deve ser Brenda. Muito embriagado, Tony confunde a conversa com a que acabou de ter com "algum idiota" que supostamente telefonou do lugar onde Brenda havia estado antes. Mas é claro que não se trata de uma simples "confusão". Brenda logo percebe o perigo e enfeita a mentira: "Eu deixei uma mensagem lá onde eu estava jantando".

De certa forma, todos os diálogos na prosa ficcional são como diálogos telefônicos, pois (ao contrário do que acontece no teatro) não podem contar com a presença física dos falantes. Na verdade as limitações do diálogo são ainda maiores, pois não há como reproduzir no papel o timbre e a entonação da voz humana. Alguns romancistas tentam compensar essa ausência por meio de frases verbais ("'Não', ele sussurrou com voz rouca; "'Sim!', gritou ela, extasiada"), mas Waugh optou por deixar o próprio contexto comentar os atos de fala dos personagens, incentivando-nos a fazer suas palavras soarem em nossa imaginação e a tirar nossas próprias conclusões a respeito de vaidade, crueldade e *páthos*.

Enquanto escrevo estas linhas, acaba de ser publicado um livro que pode muito bem ser descrito como o romance telefônico por excelência. *Vox* (1992), do escritor americano

Nicholson Barker, autor de três outras ficções de caráter minimalista e altamente original, é descrito na capa de uma edição inglesa como "um romance sobre sexo por telefone". O livro consiste em uma longa conversa telefônica, apresentada por inteiro na forma de diálogo (afora uns poucos marcadores textuais), entre um homem e uma mulher, cada um em uma costa americana, cuja única ligação é uma linha de telessexo. Os dois trocam informações detalhadas e excitantes sobre preferências sexuais, fantasias e experiências, e no fim atingem um orgasmo simultâneo enquanto se masturbam. É difícil imaginar a artificialidade da comunicação telefônica representada de modo mais pungente, uma vez que seu uso como instrumento de excitação e satisfação sexual exclui o que, em circunstâncias normais, constitui a essência da relação sexual: contato físico e penetração. Por outro lado, também se poderia dizer que o sexo por telefone representa a perversão da masturbação. Desnecessário dizer, *Vox* foi um romance controverso e despertou reações bastante antagônicas. Trata-se de um item de pornografia sofisticada, de uma crítica implacável à esterilidade das relações sexuais na época da AIDS ou de uma celebração vital do talento humano para obter prazeres inócuos por meio da cooperação? Ao escrever o romance na forma de diálogo, o romancista delegou ao leitor a tarefa de responder a essas perguntas – mas não a responsabilidade por tê-las feito.

38
Surrealismo

Tentei acenar com a cabeça e me afastar ao mesmo tempo, mas os meus joelhos tremiam tanto que em vez de avançar em direção à escada eu saí de lado e me aproximei do caldeirão. Quando cheguei mais perto ela de repente meteu a ponta da faca no meu flanco e com um grito de dor eu pulei direto na sopa fervente e fiquei dura em um instante de agonia extrema com minhas duas companheiras de apuros, uma cenoura e duas cebolas.

Um forte estrondo seguido por clangores e lá estava eu, em pé junto ao caldeirão mexendo a sopa em que eu via a minha própria carne, de pés para cima, fervendo com a mesma alegria de um corte de gado qualquer. Acrescentei uma pitada de sal e pimenta e servi uma porção no meu prato de granito. A sopa não estava tão boa quanto uma *bouilabaisse*, mas como um simples cozido estava boa, muito apropriada ao clima frio.

Especulei sobre quem de nós eu era. Sabendo que eu tinha um pedaço de obsidiana polida em algum lugar da caverna, olhei ao redor, pensando em usá-lo como espelho. Ah, lá estava ele, pendurado no canto de sempre, junto ao ninho dos morcegos! Olhei no espelho. Primeiro eu vi o rosto da Abadessa de Santa Bárbara de Tartarus dando um sorriso sarcástico para mim. Ela esvaneceu e então eu vi os enormes olhos e antenas da Abelha Rainha que piscou para mim e transformou-se no meu próprio rosto, que parecia um pouco menos surrado, provavelmente graças à superfície escura da obsidiana.

Leonora Carrington *The Hearing Trumpet* (1976)

O SURREALISMO é mais conhecido e mais fácil de definir nas artes visuais do que na literatura: Dalí, Duchamp, Magritte e Ernst são figuras bem-estabelecidas na história da arte moderna. Mas o movimento também teve uma ramificação literária, que se desenvolveu nas décadas de 20 e 30 a partir dos experimentos modernistas e dadaístas. De fato, o principal teórico do surrealismo foi um poeta, André Breton, que declarou o fundamento da escola artística como sendo "uma crença no caráter supremo de certas formas de associação até hoje negligenciadas: na onipotência do sonho, nos jogos desinteressados do pensamento".

Leonora Carrington é um dos raros exemplos de surrealista que se dedicou com igual empenho às artes visuais e verbais. Uma recente retrospectiva de suas pinturas, exibida na Serpentine Gallery, em Londres, despertou grande interesse, e seus romances e contos, publicados de forma quase marginal em diversas línguas e em intervalos esparsos ao longo das décadas, começam agora a atrair atenção da crítica, em especial de feministas. Nascida na Inglaterra, a artista e escritora participou da idade heroica do surrealismo na Paris pré-guerra, onde morou com Max Ernst por vários anos antes de emigrar para o México e para os Estados Unidos. Hoje seu trabalho é considerado pioneiro do experimentalismo pós-moderno, em especial por outras escritoras e artistas mulheres como Angela Carter e Jeanette Winterson, que usam efeitos surrealistas para subverter pressupostos culturais patriarcais.

O surrealismo não é a mesma coisa que o realismo mágico (ver capítulo 24), ainda que haja afinidades óbvias entre os dois. No realismo mágico existe sempre uma ligação tensa entre o real e o fantástico: o evento impossível é a província da metáfora para os paradoxos extremos da história moderna. No surrealismo, a metáfora *torna-se* o real e apaga o mundo da razão e do senso comum. A analogia favorita dos surrealistas para sua arte, e muitas vezes a fonte de sua inspiração, eram os sonhos, onde, como Freud demonstrou, o inconsciente revela seus desejos e temores ocultos em imagens vívidas e sequências narrativas surpreendentes, que transcendem a lógica da nossa vida em vigília. O primeiro grande romance surrealista em inglês foi *Alice no País das Maravilhas*, a história de um sonho. A influência de *Alice* é visível nessa passagem de *The Hearing Trumpet*, de Carrington: na mistura do cruel e do grotesco ao trivial e ao cômico, na forma direta de narrar eventos fantásticos e nas aparições dos rostos no espelho de obsidiana, que fazem lembrar o Gato de Cheshire.

A narradora é uma senhora inglesa de 92 anos chamada Marion Leatherby, que aparentemente vive no México com o filho Galahad e sua esposa Muriel. Marion é muito surda, mas um dia a amiga Carmella lhe dá uma corneta acústica extremamente sensível, graças à qual a protagonista escuta os planos de Galahad e Muriel para interná-la em um asilo de mulheres senis. Esse trecho do início do romance é escrito em um estilo muito engraçado e excêntrico que pode ser "naturalizado" como os pensamentos íntimos de uma senhora inteligente, mas confusa:

> O tempo, como todos sabemos, passa. Que retorne da mesma forma é duvidoso. Um amigo meu que eu não havia mencionado até agora por estar ausente uma vez me disse que um universo cor-de-rosa e outro azul cruzam-se em partículas como dois enxames de abelhas e quando duas contas de cores diferentes se chocam acontece um milagre. Tudo isso tem alguma coisa a ver com o tempo mas eu não sei se consigo explicar de forma coerente.

Depois que Marion cruza a porta do asilo, no entanto, os acontecimentos tomam rumos cada vez mais fantásticos. No quarto dela, por exemplo:

> Os únicos móveis de verdade eram uma cadeira de vime e uma mesinha. Todo o resto era pintado. O que estou querendo dizer é que as paredes eram pintadas com os móveis que não estavam lá. Era tão bem feito que no início eu quase acreditei. Tentei abrir o roupeiro pintado, a estante de livros com nomes e tudo mais. Uma janela aberta com uma cortina esvoaçando ao vento, ou melhor, ela estaria esvoaçando se fosse uma cortina de verdade [...] Toda essa mobília bidimensional tem um estranho efeito depressivo, como dar com o nariz em uma porta de vidro.

O asilo fica aos cuidados de uma religiosa convertida e autoritária, contra quem a narradora e suas amigas mais tarde se rebelam, inspiradas pelo retrato de uma freira que pisca o olho na parede da sala de jantar. A freira é identificada como uma abadessa canonizada do século XVIII, mas na verdade era uma adoradora da Mãe Primordial ou da deusa da fertilidade associada ao culto de Afrodite, que surge para a narradora como uma abelha rainha. A história oferece uma revisão neopagã e feminista da lenda do Graal, facilitada por eventos apocalípticos naturais – como uma nova Era Glacial e um terremoto. Uma rachadura em uma torre revela o lance de escadas que a narradora desce até chegar ao Inferno, onde encontra seu próprio duplo mexendo um caldeirão e vive a experiência relatada na passagem acima. A cisão do sujeito em observador e observado, ao mesmo tempo "carne" e cozinheiro, é um efeito tipicamente onírico, assim como a justaposição dos detalhes corriqueiros ("Acrescentei uma pitada de sal e pimenta") à imagem violenta e grotesca de canibalismo. Esses toques humorísticos são típicos da boa arte surrealista, que sem eles correria o risco de tornar-se um mero augúrio vazio e autoindulgente. Por sorte, Leonora Carrington é tão espirituosa quanto criativa.

39
Ironia

O rosto dela, visto de tão perto que ele enxergava a penugem quase imperceptível daquelas bochechas, como na pele das frutas, era de uma beleza impressionante; os olhos escuros eram envolvidos por uma névoa misteriosa; e ele conseguia sentir a lealdade secreta da alma dela ascendendo em sua direção. Ela era um pouco mais alta do que seu amante; mas de alguma forma pendia dele, com o corpo curvado para trás e o seio apertado contra o seu peito, de modo que em vez de olhar para cima em direção ao rosto ele olhava para baixo em direção ao colo. Ele achava melhor assim; ainda que suas proporções fossem perfeitas, a estatura era-lhe um ponto delicado. Seu humor melhorou com a elevação dos sentidos. Os temores dissiparam-se e ele começou a sentir uma grande satisfação consigo mesmo. Era o herdeiro de 1.200 libras e havia conquistado essa criatura sem igual. Ela era sua presa; ele a segurava perto, observando muito à vontade os detalhes da pele, amassando muito à vontade as sedas diáfanas. Algo nele a obrigara a deixar a modéstia no altar de seu desejo. E o sol brilhava forte. Então ele a beijou com ainda mais ardor, com o leve toque de condescendência dos vitoriosos; e a reação inflamada dela fez mais do que restaurar a autoconfiança que ele vinha perdendo.

"Agora não tenho ninguém além de você", ela murmurou em uma voz que se derretia.

Em sua ignorância, imaginou que a expressão desse sentimento fosse agradá-lo. Ela não sabia que os homens em geral enregelam-se com essas manifestações, pois provam que a mulher está pensando nas responsabilidades, não nos privilégios dele. Sem dúvida o comentário serviu para acalmar Gerald, ainda que não tenha lhe comunicado o modo como ela percebia suas responsabilidades. Ele abriu um sorriso vago. Para Sophia esse sorriso era um milagre constantemente renovado; misturava uma alegria espirituosa a um apelo triste de um modo que nunca deixava de encantá-la. Uma garota menos inocente do que Sophia teria adivinhado naquele adorável sorriso afeminado que poderia fazer qualquer coisa com Gerald, menos oferecer-lhe confiança. Mas Sophia tinha muito o que aprender.

ARNOLD BENNETT *The Old Wives' Tale* (1908)

EM RETÓRICA, "ironia" consiste em dizer o oposto do que se pretende comunicar ou em possibilitar uma interpretação diferente do significado superficial das palavras. Ao contrário de outras figuras de linguagem (metáfora, símile, metonímia, sinédoque etc.), a ironia não difere de uma simples frase denotativa em nenhum aspecto verbal. A ironia é reconhecida apenas no momento da interpretação. Quando, por exemplo, a narradora-autora de *Orgulho e preconceito* diz que "É uma verdade universalmente reconhecida que um homem solteiro em posse de uma fortuna deve precisar de uma esposa", o leitor, alertado pela falsa lógica da proposição sobre homens solteiros com fortunas, interpreta a generalização "universal" como um comentário irônico a respeito de um grupo social específico, obcecado por casamentos. A mesma regra se aplica às ações narrativas. Quando o leitor percebe a disparidade entre os fatos de uma determinada situação e a interpretação que os personagens fazem dela, gera-se um efeito chamado "ironia dramática". Já se disse que todos os romances versam sobre a passagem da inocência à experiência, sobre a descoberta da realidade por trás das aparências.

Assim, não é nada surpreendente que a ironia estilística e dramática permeie todos os níveis dessa forma de literatura. A maioria das passagens que discuti neste livro poderia ser analisada aqui na seção sobre ironia.

Arnold Bennett emprega dois métodos diferentes nessa passagem de *The Old Wives' Tale* para colocar o comportamento de seus personagens em uma perspectiva irônica. Sophia, a linda, apaixonada e inexperiente filha de um fanqueiro nas Potteries fica impressionada com Gerald Scales, charmoso viajante comercial e herdeiro de uma pequena fortuna, a ponto de fugir para casar com ele. O trecho citado narra o primeiro abraço do casal de amantes na privacidade de sua habitação em Londres. O que deveria ser um momento de êxtase erótico e unidade emocional aparece como a conjunção física de duas pessoas cujos pensamentos correm em direções bastante diferentes.

Gerald de fato pretende seduzir Sophia, ainda que na hora falte-lhe segurança para levar o plano a cabo. Mesmo nesse abraço ele se sente nervoso e perturbado "ao perceber que o ardor dela era maior do que o seu". Mas, à medida que o contato persiste, Gerald ganha mais confiança e maior controle sobre a situação. É provável que haja um trocadilho sexual escondido em "Seu humor melhorou com a elevação dos sentidos", pois Bennett muitas vezes insinuava desse modo as coisas que não ousava descrever em termos explícitos. A excitação sexual de Gerald, no entanto, não tem nada a ver com amor, ou mesmo com luxúria. Tudo acontece em função de sua vaidade e autoestima. "Algo nele a obrigara a deixar a modéstia no altar de seu desejo." Assim como o trecho anterior, "a lealdade secreta da alma dela ascendendo em sua direção", essa metáfora rebuscada zomba do ideal presunçoso que expressa. A palavra "altar" tem uma carga irônica extra, uma vez que nesse ponto Gerald não tem nenhuma intenção de levar Sophia ao altar do casamento.

Até esse instante, Bennett limita-se à perspectiva de Gerald e usa uma linguagem adequada a esse ponto de vista, suscitando assim uma ironia *implícita* em relação ao caráter do personagem. A descrição da timidez, da vaidade e da presunção – sentimentos muito diferentes do que se *deveria* estar sentindo num momento como esse – e a retórica absurda e inflada com que Gerald representa suas emoções para si mesmo bastam para condená-lo aos olhos do leitor. Porém, no segundo parágrafo, Bennett usa a convenção do autor intrusivo onisciente para assumir a perspectiva de Sophia e comentar seus equívocos em termos explícitos, acrescentando à cena novas camadas de ironia.

Os pensamentos de Sophia são mais confiáveis do que os de Gerald, mas as palavras "Agora não tenho ninguém além de você" são em parte calculadas para despertar o afeto dele. O resultado, no entanto, é apenas a revelação de sua ingenuidade. Enquanto uma Sophia "inflamada" manifesta esse sentimento com uma voz "que se derretia", Gerald "enregela-se" ao ser lembrado de suas responsabilidades. Ele desconversa com um sorriso, que Sophia, arrebatada, acha encantador, mas que, segundo o narrador nos diz, não passa de uma indicação de falsidade e de um augúrio das desilusões futuras. A voz autoral, seca, precisa e refinada, sobrepuja a "voz interior" de Sophia a fim de expor o equívoco de seu juízo.

O leitor, tendo acesso a um conhecimento negado aos participantes da cena, olha por cima do ombro do autor sentindo pena de Sophia e desprezo por Gerald. Um dos cadernos de Bennett traz a seguinte anotação surpreendente: "Característica essencial de um grande romancista: compaixão ilimitada, como a de Cristo" – mas o tratamento dispensado a Gerald não atinge esse nobre patamar. Ironias como essa nos poupam o trabalho de fazer inferências e interpretações; aqui somos recipientes passivos da sabedoria mundana do autor. Se o efeito não parece tão pesado quanto poderia é porque a fineza da análise psicológica de Bennett impõe respeito e também porque o autor permite a personagens como Sophia que "aprendam" com seus próprios erros e sobrevivam.

40
Motivação

No décimo primeiro dia, entretanto, Lydgate, ao deixar Stone Court, foi instado pela sra. Vincy a comunicar ao marido que houvera uma mudança significativa no estado de saúde do sr. Feathersome e que ela gostaria de vê-lo em Stone Court ainda naquele dia. Ora, Lydgate poderia ter ido até o depósito ou escrito uma mensagem numa folha do bloco de anotações e a deixado na porta. Mas esses simples expedientes pareceram não lhe ocorrer, de onde podemos concluir que não tinha nenhuma objeção forte a fazer uma visita à casa enquanto o sr. Vincy não estivesse e deixar a mensagem com a srta. Vincy. Um homem pode, por motivos diversos, recusar-se a oferecer sua companhia, mas talvez nem um sábio ficasse satisfeito ao saber que ninguém sentiu sua falta. Seria um modo gracioso e simples de conciliar os novos e os velhos hábitos, trocar algumas palavras jocosas com Rosamond acerca de sua resistência à dissipação e da firme decisão de abster-se por longos períodos até mesmo de sons doces. Também deve ser dito que especulações momentâneas acerca dos possíveis motivos para as insinuações da sra. Bulstrode haviam-se entretecido como delicados e insistentes fios de cabelo na densa teia de seus pensamentos.

George Eliot *Middlemarch* (1871-2)

Que tipo de conhecimento esperamos obter com a leitura de romances – de histórias que não são "verdadeiras"? Uma resposta clássica é: conhecimento sobre o coração humano, ou sobre a mente humana. O romancista tem um acesso íntimo aos pensamentos secretos de seus personagens que é negado ao historiador, ao biógrafo e até mesmo ao psicanalista. Assim, o romance é capaz de nos oferecer modelos mais ou menos convincentes de como e por que as pessoas agem da forma como agem. O pós-modernismo e o pós-estruturalismo desconstruíram, mas não destruíram, as ideias cristãs e liberais a respeito do eu que fundamentam esse projeto – o indivíduo único e autônomo, responsável por seus próprios atos. Continuamos a valorizar os romances, em especial os romances da tradição realista clássica, pelo seu poder de esclarecer as motivações humanas.

A motivação em um romance como *Middlemarch* é um código de *causalidade*. Seu objetivo é nos convencer de que os personagens agem da forma como agem não só porque assim servem aos desígnios da trama (ainda que em geral lhes sirvam, como não poderia deixar de ser: metade da trama de *Middlemarch* desmoronaria se Lydgate não se encontrasse com Rosamond Vincy no capítulo 31), mas porque uma série de fatores internos e externos combinam-se de forma plausível para justificar seus atos. No romance realista, a motivação tende a ser o que se chama, em jargão freudiano, de "sobredeterminada", ou seja, toda e qualquer ação surge como o produto de diversos impulsos e conflitos originados em diversos níveis da personalidade, ao passo que nos contos populares ou no romance tradicional um único motivo basta para explicar o comportamento dos personagens – o herói é sempre corajoso porque ele é o herói, a bruxa é sempre malvada porque ela é bruxa etc. Lydgate tem várias razões para visitar Rosamond Vincy, ligadas a motivos práticos, à vaidade, ao autoengano e a desejos inconscientes.

O contexto da passagem é o seguinte: Lydgate é um médico jovem, ambicioso e talentoso com um futuro promissor quando chega à cidade provinciana de Middlemarch no meio da década de 1830. Lá, trava conhecimento e amizade com Rosamond Vincy, a filha atraente, mas um tanto superficial, de um mercador bem-sucedido. Para Rosamond, Lydgate desponta como o homem mais interessante que poderia aparecer em seu horizonte, e logo ela se considera apaixonada pelo jovem médico. A tia de Rosamond, sra. Bulstrode, adverte Lydgate de que suas atenções a Rosamond podem ser entendidas como uma corte. Lydgate, que não deseja prejudicar sua carreira médica com as responsabilidades de um casamento, interrompe de imediato as visitas à família Vincy. Mas, depois de dez dias de ausência, ele aparece para dar um recado.

George Eliot não revela as motivações secretas de seus personagens com o distanciamento irônico de Arnold Bennett na passagem que discuti na seção anterior, mas vale-se de uma abordagem mais especulativa e solidária. Solidária com Lydgate, ao menos. Já se disse muitas vezes que a tolerância de George Eliot é bem menor em relação a mulheres bonitas e decididas como Rosamond. No parágrafo anterior à passagem citada, a angústia que afligiu Rosamond durante os dez dias passados sem notícias de Lydgate é resumida da seguinte forma:

> Quem achar dez dias um período demasiado curto – não para sentir os efeitos da falta de apetite, da euforia ou dos outros efeitos da paixão, mas – para todo o circuito espiritual de conjecturas alarmistas e decepção ignora o que pode se passar no elegante ócio imaginativo de uma moça jovem.

"Elegante ócio" tem uma nota de desprezo acerbo que tende a desvalorizar o estresse emocional de Rosamond. A análise das motivações de Lydgate é feita em um estilo menos sumário e mais solidário.

Em vez de apenas declarar que Lydgate recusou outras formas possíveis de entregar sua mensagem porque queria ver Rosamond, a voz autoral ressalta que "esses simples expedientes pareceram não lhe ocorrer, de onde podemos concluir que não tinha nenhuma objeção forte a fazer uma visita à casa enquanto o sr. Vincy não estivesse e deixar a mensagem com a srta. Vincy". Com essa construção convoluta, George Eliot imita a um só tempo o modo como inferimos motivos a partir do comportamento na vida real e o modo como ocultamos nossos verdadeiros motivos até mesmo de nós próprios. Há uma certa ironia aqui, mas é bem-humorada e humana. "Talvez nem um sábio ficasse satisfeito ao saber que ninguém sentiu sua falta" revela a vaidade de Lydgate como um sentimento universal. A seguir o discurso passa ao estilo indireto livre para mostrar o ensaio mental que Lydgate faz do tom que pretende adotar para com Rosamond: "gracioso e simples [...] trocar algumas palavras jocosas", para sinalizar que não tem intenções sérias em relação à jovem. A última frase deste parágrafo é autoral e explora o nível mais profundo da motivação de Lydgate para visitar Rosamond: ele fica fascinado e envaidecido com a possibilidade de que ela possa estar apaixonada, ainda que tenha relutado em admitir a ideia para si mesmo. A imagem da teia que George Eliot usa para expressar esse conceito era uma de suas favoritas, talvez porque sugerisse a complexidade e a inter-relação de toda a experiência humana.

A vaidade e a curiosidade de Lydgate são sua ruína. O que acontece é que Rosamond, em geral equilibrada e contida, reage à reaparição súbita e inesperada de Lydgate com emoções quase fora do controle, e o encontro entre os dois toma um rumo bastante diferente daquele esperado por Lydgate. Surpresos, ambos adotam um comportamento natural e espontâneo que, na sociedade da época, tem grandes consequências. Rosamond, perturbada, deixa cair uma "corrente comum" que trazia na mão. Lydgate se abaixa para juntá-la e, quando volta a se erguer, percebe as lágrimas aflorando nos olhos de Rosamond. “Aquele momento de naturalidade foi o toque de cristalização: o flerte foi transformado em amor”, diz a voz narrativa. Dentro de alguns minutos Lydgate está com Rosamond em seus braços, na condição de noivo. “Ele não sabia que fim levara a corrente.” Simbolicamente, ela vai parar em seu pescoço: agora seu futuro profissional está hipotecado para assegurar um casamento burguês que lhe trará pouca felicidade e nenhuma realização. Esta é uma das mais brilhantes representações de uma “cena de amor” em toda a ficção inglesa; e em parte o êxito é atingido porque os motivos que levam Lydgate a se expor aos fortes atrativos sexuais de Rosamond são estabelecidos de forma sutil e convincente antes do desfecho.

41
Duração

Hubert deu a Charles e Irene um lindo bebê no Natal. Era um menino e chamava-se Paul. Charles e Irene que havia anos não tinham um bebê ficaram encantados. Os dois ficavam em roda do berço admirando Paul; não se cansavam de olhá-lo. Paul era uma criança linda com cabelos escuros, olhos escuros. Onde você o conseguiu, Hubert? Charles e Irene perguntaram. No banco, respondeu Hubert. Era uma resposta intrigante, que intrigou Charles e Irene. Todos tomaram quentão. Paul olhava-os do berço. Hubert estava muito contente por ter deixado Charles e Irene contentes. Eles tomaram mais quentão.

Eric nasceu.

Hubert e Irene tiveram um envolvimento secreto. Era importante eles achavam que Charles não soubesse. Assim eles compraram uma cama que instalaram numa outra casa, uma casa a alguns quilômetros da casa onde Charles, Irene e Paul moravam. A cama nova era pequena mas confortável. Paul olhava para Hubert e Irene pensativo. O envolvimento durou doze anos e foi considerado muito bem-sucedido.

Hilda.

Charles observava Hilda da janela. No início, ela era apenas um bebê, depois tinha quatro anos, depois se passaram doze anos e ela estava com a mesma idade de Paul, dezesseis anos. Que garota bonita! Charles pensou para si. Paul concordava com Charles; ele já tinha mordiscado os bicos dos lindos seios de Hilda com os dentes.

Donald Barthelme "Will You Tell Me?"
Come Back, Dr. Caligari (1964)

No capítulo 16 eu discuti a cronologia e seus possíveis arranjos na ficção. Um outro aspecto do tempo ficcional é a duração, que pode ser medida comparando-se o tempo que os acontecimentos levariam na realidade com o tempo despendido em sua leitura. Esse fator altera o andamento narrativo – nossa impressão sobre o ritmo lento ou rápido de um romance. O romance de aventura passa de uma crise a outra com muita rapidez – ainda que a representação dos pontos críticos possa ser prolongada a fim de aumentar o suspense. O romance de fluxo de consciência demora-se em todos os instantes, por mais banais que sejam. Um romance como *Middlemarch* parece aproximar-se do ritmo da vida, uma vez que boa parte dele consiste de cenas longas em que os personagens falam e interagem como teriam feito na vida real; para os leitores originais do romance, que compraram as partes bimensais ao longo de um ano inteiro, a correspondência entre a vida e a arte deve ter parecido ainda mais exata. Uma das características desorientadoras do conto de Donald Barthelme é que a história dá pinceladas rápidas sobre os relacionamentos emocionais e sexuais, enquanto estamos acostumados a vê-los retratados em grande detalhe.

Barthelme, falecido em 1989, foi uma das figuras centrais da ficção pós-moderna norte-americana e escreveu histórias que desafiam os limites da forma ficcional. Claro, não é apenas a duração que está sendo tratada de forma pouco convencional na abertura do conto: a causalidade, a continuidade, a coesão e a consistência da perspectiva – todos os atributos que misturam os ingredientes da ficção realista em um discurso homogêneo e de fácil assimilação – também são descartadas ou transgredidas. Não há nenhuma motivação do tipo que discuti na seção anterior, a partir de uma passagem de *Middlemarch.* Barthelme insinua que as pessoas não agem por motivos racionais, mas em resposta a caprichos, a acasos e a impulsos inconscientes – insinua, em suma, que a vida é absurda. No conto, o autor relata comportamentos bizarros e alarmantes em um estilo prosaico e *faux-naïf* que nos remete às cartilhas escolares e às redações escritas pelas crianças (um efeito obtido mediante o uso de frases declarativas simples, ausência de subordinação, repetição de palavras e omissão das aspas). Os personagens não são muito mais definidos do que as famílias das cartilhas, e às vezes parecem tão estúpidos quanto. Em termos técnicos, o primeiro parágrafo é uma "cena", ainda que um tanto sumária. A ideia de ganhar um bebê como presente de Natal não parece ter nada de estranho para o casal que o recebe, e a declaração de Hubert de que o conseguiu "no banco" parece apenas "intrigante". Os personagens começam a tomar quentão sem se preocupar com o assunto.

No próximo parágrafo, de uma linha, diz-se apenas que "Eric nasceu" – não ficamos sabendo quem são seus pais nem qual a relação temporal desse nascimento com a chegada de Paul.

O terceiro parágrafo descreve o envolvimento entre Hubert e Irene. Há um bocado de informações sobre a cama do casal – na verdade, mais do que precisamos –, mas pouco é dito sobre emoções, vida sexual, estratégias para enganar Charles e outros detalhes que esperamos ler em uma história de adultério. Não sabemos se a entrega de Paul aconteceu antes ou depois de Hubert interessar-se por Irene. Podemos inferir que o garoto a acompanhava nos encontros, pois "Paul olhava para Hubert e Irene pensativo". Logo descobrimos que "o envolvimento durou doze anos e foi considerado muito bem-sucedido" – um juízo em geral válido para casamentos, não para casos extraconjugais. A sequência de uma frase que descreve um acontecimento específico seguida por outra que resume o passar de doze anos gera um efeito muito desconcertante.

Uma outra personagem, Hilda, é apresentada em um parágrafo constituído por uma só palavra. No parágrafo seguinte podemos inferir que ela é uma menina, vizinha de

Charles e de Irene. O crescimento da infância à adolescência é resumido em uma única frase de obviedade impressionante. Se os adultos agem como crianças, as crianças parecem dotadas de uma inquietante precocidade: enquanto Charles faz o comentário banal de que Hilda é uma garota bonita, Paul já havia “mordiscado os bicos dos lindos seios de Hilda com os dentes”. Em poucas linhas já presenciamos acontecimentos suficientes para um romance inteiro nas mãos de outros autores. Esse tipo de escrita depende da familiaridade do leitor com a ficção tradicional e realista para produzir efeito. Os desvios só podem ser percebidos na comparação a uma norma.

42
IMPLICATURA

"Você não acha que devia sair da janela, querido?"

"Por quê?"

"Você não está vestindo nada."

"É para... melhor." Em respeito à delicadeza dela, fechei a janela com um estrondo que abafou parte do meu comentário.

Ela estava sorrindo para mim. Aproximei-me e fiquei a seu lado. Ela ficava atraente apoiada no cotovelo com os cabelos escuros cobrindo o sedoso ombro nu. Fiquei olhando para o topo de sua cabeça.

De repente ela beijou.

"Meu Albert maravilhoso", disse.

Devo dizer que o meu nome não é Albert. É Joe. Joe Lunn.

Myrtle voltou o rosto para cima e me encarou com um olhar travesso.

Acho que sorri.

Depois de um tempo ela fez uma pausa.

"Os homens são mesmo sortudos", disse ela em tom pensativo. Não respondi nada: achei que não era hora de fazer observações filosóficas. Olhei para a parede do outro lado.

Por fim ela parou.

"Então?" Olhei para baixo ainda a tempo de flagrá-la se ajeitando com uma expressão chocada no rosto.

"Agora você vai ter que esperar outra vez pelo chá."

"Ah..." Myrtle deu um suspiro profundo, satisfeito. Os olhos dela estavam fechados.

No momento oportuno nós tomamos o chá.

WILLIAM COOPER *Scenes from Provincial Life* (1950)

Uma descrição exaustiva de qualquer acontecimento é impossível; do que se depreende que todos os romances contêm lacunas e silêncios que o leitor deve preencher a fim de "produzir o texto" (como dizem os críticos pós-estruturalistas). Mas, enquanto em alguns casos as lacunas e os silêncios são o resultado de evasões e supressões inconscientes por parte do autor (o que não lhes diminui em nada o interesse), em outros são uma estratégia artística consciente, que busca insinuar em vez de explicitar o significado.

A implicatura é uma técnica particularmente útil para tratar da sexualidade. A atração erótica e o desejo sempre foram preocupações centrais do romance, mas até pouco tempo atrás a descrição explícita de relações sexuais na ficção literária era proibida. Uma das soluções eram as insinuações maldosas.

> "Perdoe-me, querido", disse a minha mãe, "mas tem certeza que lembrou de dar corda no relógio?"... "Por Deus!" exclamou o meu pai [...] "Será que alguma vez, desde a criação do mundo, houve mulher que interrompesse um homem com pergunta mais tola?" Perdão, o que o seu pai estava dizendo?... Nada.

A partir da troca entre Tristram Shandy e seu leitor fictício, podemos supor que seu pai está *fazendo* alguma coisa – a saber, concebendo Tristram.

No período vitoriano, famoso pela pudicícia, o sexo era tratado com muito mais reticência. Os romances destinavam-se à leitura em família e, portanto, não podiam conter nada capaz de "fazer corar as faces de uma pessoa jovem", segundo o sr. Podsnap de Dickens. Uma cena na recente adaptação televisiva de *O triste noivado de Adam Bede* feita pela BBC, que mostra o personagem Arthur Donnithorne enroscado com uma Hetty Sorrel seminua num sofá, não tem equivalente no romance de George Eliot, cujos leitores mais ingênuos bem poderiam ter imaginado que Hetty engravidou com um beijo. Em *Middlemarch*, a não consumação do casamento de Dorothea com Casaubon é comunicada ao leitor alerta por meio de indícios sutilíssimos e muitas vezes metafóricos. Até mesmo no ano de 1908, em *The Old Wives's Tale*, Arnold Bennett passa pela noite de núpcias de Sophia em silêncio, mas sugere uma experiência incômoda e decepcionante apresentando-a de forma deslocada, como o espetáculo degradante de um guilhotinamento público, repleto de sangue e simbolismo fálico, que Gerald força a esposa a presenciar durante a lua de mel.

Quando William Cooper publicou *Scenes from Provincial Life*, os limites do permissível haviam avançado bastante, mas é provável que em 1950 a atividade específica a que esse casal de amantes se dedica não pudesse ser descrita de forma explícita sem dar início a um processo. Cooper explora os limites do permissível e provoca o leitor com a construção inferencial de uma cena que é ao mesmo tempo espirituosa e erótica.

O narrador e a namorada estão na cama, na cabana de campo que o narrador divide com o amigo Tom. Ele está prestes a preparar uma xícara de chá quando escuta o que imagina ser o barulho do carro de Tom e sai da cama para conferir. O comentário de Myrtle nos indica que ele está nu. Podemos completar o comentário "É para... melhor" sem grandes dificuldades, pois tem a mesma estrutura das respostas que o Lobo Mau oferece a Chapeuzinho Vermelho e além do mais sabemos que o verbo faltante é uma palavra indelicada. O parágrafo seguinte nos leva a imaginar o narrador nu, de pé junto à namorada – também nua, mas reclinada na cama. "De repente ela beijou." Esse verbo em geral é seguido de um objeto, mas podemos apenas imaginar do que se trata. "'Meu Albert maravilhoso', disse." No momento em que o parágrafo seguinte elimina o candidato mais óbvio para a identidade de Albert, resta-nos pouca dúvida de que esse deve ser o apelido do objeto de "beijar". (Que o narrador aproveite a ocasião para se apresentar formalmente e informar seu nome é mais um motivo de graça.) Não ficamos sabendo que atividade Myrtle interrompeu quando "fez uma pausa", mas, como acontece ao sr. Shandy, não era falar, uma vez que a garota fala depois da pausa. E assim por diante. Os parágrafos curtos insinuam que há muito mais acontecendo por trás do que é dito ou descrito.

Assim como Sterne, Cooper se vale da implicatura não apenas como mero expediente: o recurso também resulta em humor. Contudo, depois de mais ou menos uma década, o julgamento de *O amante de Lady Chatterley* derrubou todos os tabus que forçavam os autores a usar essas implicaturas engenhosas, para a tristeza de muitos leitores e também de alguns escritores. Kingsley Amis, por exemplo, mesmo tendo escrito histórias bastante centradas no comportamento sexual, tinha um fetiche de não tentar descrever o ato em si. Uma passagem em seu recente romance, *The Folks That Live on the Hill*, deixa a mensagem clara e ao mesmo tempo ilustra como a implicatura é usada no discurso casual para aludir ao sexo:

> "Vamos encerrar a nossa noite cedo hoje", disse Desirée. A proposta aparentemente direta tinha vários níveis de sentido. Encerrar a noite cedo, sem mais, significava algo mais ou menos como o que dizia, era uma expressão temporal, anunciava que a noite não avançaria até tarde, que não haveria extensão ou excursão social [...] encerrar a *nossa* noite mais cedo significava não apenas a exclusão de qualquer companhia mas também a inclusão do que seria apropriado, do que aliás é inevitável, chamar de atividade sexual. Essas coisas [...] prestam-se mais, muito mais, à sugestão do que à descrição.

O tratamento explícito das relações sexuais sem dúvida também é um desafio para o talento dos romancistas – como evitar a reprodução da linguagem pornográfica, como apresentar o repertório intrinsecamente limitado das possibilidades sexuais em uma perspectiva diferente –, mas não tenho planos de abordá-lo neste livro.

43
O título

O último volume foi escrito em duas semanas. Nesta realização Reardon elevou-se a uma condição quase heroica, pois tinha muito a enfrentar além do mero labor da composição. Mal havia começado quando uma forte crise de lumbago o atacou; por dois ou três dias, ficar sentado à escrivaninha foi uma tortura, e ele caminhava como um aleijado. A seguir vieram dores de cabeça, dor de garganta, fraqueza generalizada. E antes que as duas semanas transcorressem foi preciso levantar mais uma pequena soma em dinheiro; Reardon levou o relógio de pulso até a casa de penhor (dava para imaginar que não lhe ofereceriam grande coisa) e vendeu mais alguns livros. Apesar de tudo, eis que o romance estava pronto. Depois de escrever "fim", Reardon se recostou, fechou os olhos e deixou o tempo passar em branco por quinze minutos.

Ainda faltava escolher o título. Mas o cérebro recusava-se a fazer mais um esforço; depois de alguns minutos em uma busca débil ele simplesmente usou o nome da principal personagem feminina, Margaret Home. Deveria bastar ao livro. Depois de a pena correr na última palavra, todas as cenas, personagens e diálogos haviam-se perdido no esquecimento; Reardon já não os conhecia nem se importava com eles.

George Gissing *New Grub Street* (1891)

O TÍTULO de um romance é parte do texto – na verdade, a primeira parte que encontramos – e tem, portanto, um poder considerável de atrair e condicionar a atenção do leitor. Os títulos dos primeiros romances ingleses eram invariavelmente os nomes de seus personagens principais, como *Moll Flanders, Tom Jones, Clarissa.* A ficção modelava-se a partir da biografia e autobiografia, chegando por vezes a imitá-las. Mais tarde os romancistas perceberam que os títulos podiam indicar temas (*Razão e sentimento*), sugerir mistérios (*A mulher de branco*) ou definir cenários e atmosferas (*O morro dos ventos uivantes*). Em algum ponto do século XIX, começaram-se a estabelecer ligações entre as histórias e citações literárias importantes (*Longe da multidão*), uma prática que se estendeu até o século XX (*Where Angels Fear to Tread, Um punhado de pó, Por quem os sinos dobram*), ainda que hoje o hábito seja considerado um pouco brega. Os grandes modernistas sentiam-se atraídos por títulos simbólicos ou metafóricos – *O coração das trevas, Ulisses, O arco-íris* –, ao passo que autores mais recentes muitas vezes preferem títulos arrojados, enigmáticos e improváveis, como *O apanhador no campo de centeio, Uma história do mundo em 10½ capítulos, For Colored Girls Who Have Considered Suicide When The Rainbow Is Enuf.*

Para o romancista, a escolha do título pode ser uma parte importante do processo criativo, que o ajuda a estabelecer o foco narrativo da obra. Charles Dickens, por exemplo, anotou catorze títulos possíveis para o romance folhetim que planejava começar no início de 1854: *According to Cocker, Prove It, Stubborn Things, Mr. Gradgrind's Facts, The Grindstone, Hard Times, Two and Two Are Four, Something Tangible, Our Hard-hearted Friend, Rust and Dust, Simple Arithmetic, A Matter of Calculation, A Mere Question of Figures, The Gradgrind Philosophy.* A maioria deles sugere que nesse ponto Dickens estava preocupado com o tema do utilitarismo, encarnado pelo personagem do sr. Gradgrind.

O título definitivo, *Hard times*, ou *Tempos difíceis*, é adequado às preocupações sociais mais amplas assumidas pelo romance em sua forma final.

A indiferença de Edwin Reardon em relação ao título de seu romance é um sintoma da falta de fé na vocação. Vendo-se às voltas com um casamento precipitado depois de escrever romances com algum mérito literário, mas de pequena circulação, Reardon é obrigado a escrever romances formulaicos em três volumes que ele mesmo despreza a uma velocidade alucinante para conseguir pagar as contas. No livro, Gissing expressou a sua própria frustração como autor e, assim, escolheu o título com todo o cuidado. O autor informou a um correspondente internacional que "A Grub Street existiu de verdade em Londres, uns 150 anos atrás. Nos escritos de Pope e de seus contemporâneos, essa rua era sinônimo de autores miseráveis [...] a morada de escritores não apenas pobres, mas também insignificantes." Na época de Gissing, o mercado literário havia se tornado muito maior, mais competitivo e mais publicitário. Reardon é o retrato memorável de um escritor que não é talentoso nem cético o bastante para sobreviver nesse ambiente. O mesmo se pode dizer de Biffen, o jovem amigo que, cheio de entusiasmo e idealismo, planeja escrever um romance revolucionário que registre fielmente a vida banal de um homem comum. A cena em que o título do livro é anunciado é uma das poucas a provocar riso em *New Grub Street*: "Decidi escrever um livro chamado 'Sr. Bailey, Merceeiro'". Depois de publicado, o romance é admirado pelos amigos, mas malhado pelos resenhistas, o que leva Biffen a cometer suicídio – e Reardon morre por excesso de trabalho no meio-tempo. *New Grub Street* não é um livro alegre, mas como estudo da patologia da vida literária é uma obra sem igual e de grande relevância ainda nos dias de hoje.

Romances sempre foram a um só tempo mercadorias e obras de arte, e as transações comerciais que os envolvem podem influenciar ou mesmo alterar a escolha do título.

Thomas Hardy ofereceu à Macmillan uma escolha entre *Fitzpiers at Hintock* e *The Woodlanders*; não surpreende que a editora tenha optado por este último. O título original de *O bom soldado* de Ford Madox Ford era *The Saddest Story* (claro); mas o livro foi publicado no meio da Grande Guerra e os editores convenceram-no a escolher um título menos deprimente e mais patriótico. O título do segundo romance de Martin Amis, *Dead Babies* (1975), pareceu demasiado chocante para a editora que o publicou dois anos mais tarde em versão brochura, desta vez como *Dark Secrets*. Os editores americanos de *Até onde se pode ir?* me convenceram a trocar o nome do livro para *Souls and Bodies* alegando que o título britânico seria colocado na seção errada pelas livrarias americanas – um argumento bobo que até hoje eu me arrependo de ter aceito. (Não imagino o que teriam feito com *Guia para o adultério feminino*, de Carol Clewlow, ou com *A vida: modo de usar*, de Georges Perec.) Eu queria chamar o meu terceiro romance de *The British Museum Had Lost Its Charm*, uma frase da canção "A Foggy Day (in London Town)", mas a Gershwin Publishing Corporation não me deixou; então tive de trocá-lo na última hora para *O Museu Britânico ainda vem abaixo*, ainda que a inspiração da música tenha deixado marcas no dia nublado em que a ação do romance se passa. Talvez os títulos sejam mais importantes para os autores do que para os leitores, que, como todo escritor sabe, muitas vezes esquecem ou misturam os nomes dos livros que dizem admirar. Já me atribuíram romances chamados *Changing Wives*, *Trading Plates* e *Small Change*, e o professor Bernard Crick uma vez mencionou em uma carta que tinha apreciado o meu *Having It Off*, mas talvez o que ele estivesse tendo mesmo fossem umas boas risadas às minhas custas. (Eu não descobri a qual dos meus livros ele se referia.)

44
Ideias

"Por favor, eu preciso fazer alguma coisa. Posso limpar as suas botas? Olha, eu vou me abaixar e lamber elas. E, meus irmãos, acreditem ou chupem minhas sháris, eu me ajoelhei e botei um quilômetro e meio da minha yázik vermelha para fora e comecei a limpar aquelas botas gráznis e vônis. Mas o vek só me chutou não muito forte na rot. Aí eu achei que conseguia controlar o enjoo e a dor se eu me agarrasse nos tornozelos dele bem forte com minhas rukas em volta e derrubei aquele brátchni grázni no chão. Eu fiz isso e ele teve uma puta bôlshi surpresa e se estabacou em meio às risadas da plateia vôni. Mas videando ele no chão toda aquela sensação terrível tomou conta de mim, então eu estiquei a ruka para ajudar ele a levantar skorre e logo ele estava de pé. Bem quando ele ia me dar um tôltchok com vontade no litso o dr. Brodsky disse:

"Tudo bem, já chega." Então aquele vek horrível meio que se inclinou e saiu dançando que nem um ator enquanto as luzes se acenderam e eu fiquei piscando e berrando com a rot aberta. O dr. Brodsky disse para a plateia: "Como vocês veem, a cobaia é impelida a fazer o bem, de modo paradoxal, quando é impelida a fazer o mal. O impulso de agir com violência vem acompanhado por uma forte sensação de sofrimento físico. Para aliviá-los, a cobaia tem de adotar uma postura diametralmente oposta. Alguma pergunta?"

"Escolha", ressoou uma goloz densa e profunda. Videei que era a do capelão da prisão. "Ele não tem escolha, não é mesmo? A autopreservação, o medo da dor física motivaram esse ato grotesco de rebaixamento. A falta de sinceridade ficou evidente. Ele deixa de ser um malfeitor.

Mas deixa também de ser uma criatura capaz de fazer escolhas morais."

Anthony Burgess *Laranja mecânica* (1962)

O termo "romance de ideias" em geral sugere um livro com pouco interesse narrativo, em que personagens muito bem articulados discutem entre si questões filosóficas para lá e para cá com breves intervalos para comer, beber e flertar. É uma tradição antiquíssima que remonta aos diálogos de Platão, mas está sumindo depressa. No século XIX, por exemplo, foram publicadas centenas de romances em que as discordâncias e os méritos do anglicanismo da igreja alta e baixa, do catolicismo romano, da dissidência e da dúvida sincera foram expostos de acordo com esse costume, sempre acrescentando um leve toque de melodrama para garantir o apelo nas bibliotecas – e a maioria está hoje devidamente esquecida. Essas ideias já não interessam mais, e o modo como foram apresentadas acabou com a vida dos personagens e da história.

O nome que às vezes se dá a esse tipo de romance é "romance de tese" – e é bastante emblemático que em inglês tenhamos tomado o nome *roman à these* de empréstimo ao francês. O romance de ideias, independente de apresentar uma tese específica ou de assumir uma forma mais especulativa e dialética, sempre pareceu mais em casa na literatura europeia continental do que na de língua inglesa. Talvez tenha a ver com a inexistência, muitas vezes mencionada, de uma *intelligentsia* autônoma na sociedade inglesa – um fato que às vezes se atribui à ausência de revoluções na Grã-Bretanha desde o século XVII e à relativa imunidade da ilha às convulsões da história europeia moderna. Qualquer que seja o motivo, Dostoiévski, Thomas Mann, Robert Musil e Jean-Paul Sartre são romancistas que não têm nenhuma equivalência na literatura inglesa moderna. Talvez o autor que mais se aproxime deles seja D. H. Lawrence, especialmente em *Mulheres apaixonadas*, mas as ideias debatidas e apresentadas na obra de Lawrence são demasiado pessoais, para não dizer excêntricas, e pareciam um tanto fora de esquadro em relação às correntes do pensamento europeu moderno.

Claro que qualquer romance digno de algo mais que uma simples folheada encerra ideias, desperta ideias e pode ser discutido em termos de ideias. Mas "romance de ideias" denota um romance em que as ideias parecem ser a fonte da energia da obra, em que as ideias originam e dão forma ao impulso narrativo – em vez, digamos, de emoções, escolhas morais, relacionamentos pessoais ou mudanças no destino humano. Ao tratar de ideias, os romancistas ingleses têm se sentido mais à vontade na ficção cômica ou satírica (incluído aí o romance acadêmico), ou então em variações sobre fábulas e fantasias utópicas ou distópicas. Já tive oportunidade de analisar exemplos dos dois tipos – *As liberdades amorosas de um casal*, de Malcolm Bradbury, e *Erewhon*, de Samuel Butler, por exemplo. *Laranja mecânica*, de Anthony Burgess, pertence ao segundo tipo.

Em sua autobiografia, Burgess escreveu que o romance foi inspirado pelo comportamento delinquente dos jovens hooligans que atendiam pelos nomes tribais de Mods e Rockers na Grã-Bretanha dos anos 60 e pelo eterno dilema que suscitavam: como a sociedade civilizada pode se proteger da violência anárquica sem comprometer seus próprios padrões éticos? "Vi que o romance precisaria de um embasamento metafísico ou teológico [...] a extirpação do livre arbítrio através do condicionamento científico; a questão de se este seria ou não [...] um mal ainda maior do que a livre escolha do mal", relembra Burgess, como um católico nada ortodoxo.

A história é contada num tom confessional e familiar por Alex, um jovem delinquente condenado por terríveis crimes sexuais e violência. Para sair da cadeia, Alex aceita submeter-se à terapia da aversão pavloviana, na qual a exposição a filmes que exaltam atos similares aos que praticou é acompanhada pela aplicação de drogas nauseantes. A eficácia do tratamento fica demonstrada na passagem acima. Diante de uma plateia de criminologistas, Alex é provocado e insultado (por um ator contratado para esse fim), mas, assim que sente o impulso de revidar, o personagem é tomado pela náusea e fica reduzido à submissão. O capelão da cadeia pergunta se o processo não é desumano.

Como em muitos outros romances de ficção científica – *Notícias de lugar nenhum*, de Morris, *Admirável mundo novo*, de Huxley, e *1984*, de Orwell, por exemplo –, a ação de *Laranja mecânica* se passa no futuro (ainda que não em um futuro muito distante) para que o romancista possa estabelecer os parâmetros do debate ético com clareza dramática, livre das restrições impostas pelo realismo social. O golpe de mestre de Burgess foi combinar essa estratégia comprovadamente eficaz com uma versão muito criativa daquilo que chamei de "*skaz* adolescente" ao discutir *O apanhador no campo de centeio* de Salinger (ver capítulo 4). Tanto os adolescentes quanto os marginais usam gírias como um xibolete tribal que os diferencia da sociedade adulta e respeitável. Burgess imaginou que na Inglaterra da década de 70 os jovens delinquentes falariam com gírias de forte influência russa (uma ideia que não pareceria tão absurda na era do Sputnik quanto parece hoje). Alex conta sua história para uma plateia imaginária de "drúguis" (do russo *drugi*: amigos) nesse jargão, conhecido como *nadsat* (um sufixo russo equivalente ao "teen" inglês), ainda que use uma linguagem neutra ao falar com as autoridades. Há algo das gírias rimadas em *cockney* no dialeto, mas a maior parte vem mesmo do russo. No entanto, você não precisa entender russo para saber que, na segunda frase da passagem, "sháris" significa "testículos", "yázik" é "língua", "grázni" é "sujo" e "vôni", "fedorento", especialmente se você leu as mais de cem páginas precedentes. Burgess queria que os leitores fossem pouco a pouco aprendendo o *nadsat* enquanto liam, deduzindo o significado das palavras estrangeiras a partir do contexto e de outras pistas. Assim o leitor sofre uma espécie de condicionamento pavloviano, mas com um reforço positivo (a possibilidade de acompanhar a história) em vez de punições. De quebra, a linguagem estilizada mantém os crimes hediondos que são descritos a uma certa distância estética e evita que fiquemos muito chocados – ou muito empolgados – com a violência. Quando o livro foi filmado por Stanley Kubrick, o poder do condicionamento foi demonstrado com uma ironia extra: o brilhantismo com que Kubrick adaptou a violência para o meio visual, mais ilusionístico e acessível, transformou o filme em uma incitação ao próprio vandalismo que analisava e levou o diretor a recolhê-lo.

45
O ROMANCE DE NÃO FICÇÃO

Pouco a pouco, notamos um Indivíduo atarracado, com chapéu redondo e peruca, de braço dado com algum criado, que parecia um Estafeta ou Mensageiro; ele também sai pela porta de Villequier; solta a fivela de um sapato ao passar pelas sentinelas, agacha-se para prendê-la; contudo, é recebido pelo Cocheiro com ainda mais júbilo. E *agora*, será que a companhia está completa? Ainda não; o Cocheiro continua à espera. – Ah! A Falsa Criada confiou a Gouvion que acredita ser esta a noite em que a Família Real fugirá; e Gouvion, desconfiado dos próprios olhos *vidrados*, de pronto enviou notícias a Lafayette; e a Carruagem de Lafayette, resplandecente em meio aos lumes, neste instante atravessa a passagem central do Arco do Carrossel – onde uma Senhora oculta por um largo chapéu de cigana amarrado com um lenço, apoiada no braço de um serviçal também Estafeta ou Mensageiro, afasta-se para dar passagem e é tomada pelo capricho de tocar um dos raios da roda com a *badine* – a pequenina vara de condão que ela chama de *badine*, como as que as Beldades usavam na época. O lume da carruagem de Lafayette passa rodando: tudo está quieto na Corte de Príncipes; as sentinelas a postos; os Aposentos Reais fechados em um repouso tranquilo. A Falsa Criada deve ter-se enganado? Cuida-te, Gouvion, com a vigilância de Argus; pois, em verdade, a traição habita estas muralhas!

Mas onde está a Senhora com o chapéu de cigana que se afastou e tocou a roda da carruagem com sua *badine*? Ó, leitor, a Senhora que tocou aquela roda era a Rainha da França! Ela atravessou o Arco central em segurança e adentrou o Carrossel; mas não chegou à Rue de l'Echelle. Desconcertada pelo barulho e pelo reencontro, tomou a mão direita, não a esquerda; nem ela nem o Estafeta conhecem Paris; de fato o homem sequer é um Estafeta, mas um Guarda-Costas *ci-devant* e parvo disfarçado. Os dois afastam-se no sentido errado, em direção à Pont Royal e ao Rio; galgam inconsoláveis a Rue du Bac; longe do Cocheiro, que ainda aguarda. Aguarda, com o coração aos saltos; com pensamentos – que abotoa até o pescoço, debaixo do *jarvie-surtout*!

A meia-noite soa nos campanários da Cidade; uma hora preciosa foi desperdiçada assim; a maioria dos mortais dorme. O Cocheiro espera; e com que ânimo! Surge um outro *jarvie*, que entabula uma conversa; é respondido com alegria no dialeto dos *jarvies*: os irmãos de chicote trocam uma pitada de rapé; agradecem um convite para beber juntos e despedem-se com boas-noites. Que os Céus sejam louvados! Eis aqui por fim a Rainha com o chapéu de cigana; a salvo dos perigos; que teve de perguntar o caminho. Ela também é admitida; o Estafeta sobressalta-se, tal como o outro, que também é um Guarda-Costas disfarçado, fez; e agora, ó Cocheiro de mil – Conde Fersen, o leitor vê que és tu – adiante!

Thomas Carlyle *História da Revolução Francesa* (1837)

"Romance de não ficção" é um termo criado por Truman Capote para definir *A sangue frio: relato verdadeiro de um homicídio múltiplo e suas consequências* (1966). Em 1959, quatro pessoas de uma família exemplar do centro-oeste americano foram brutalmente assassinadas, sem nenhum motivo, por dois psicopatas errantes da classe baixa. Capote investigou a história da família e o ambiente social em que viviam, entrevistou os condenados no Corredor da Morte e presenciou as execuções. Então o autor escreveu um relato do crime e das consequências em que fatos minuciosamente investigados integram-se a uma narrativa cativante que, em termos de estilo e de estrutura, é idêntica a um romance. Em tempos recentes, o livro deu início a uma onda de narrativas documentais, que atingiu seu ápice em obras como *Radical chique* e *Os eleitos*, de Tom Wolfe, *Os exércitos da noite* e *A canção do carrasco*, de Norman Mailer, e *A lista de Schindler*, de Thomas Keneally. "Romance de não ficção" é um termo visivelmente paradoxal, e não chega a surpreender que esses livros muitas vezes sejam vistos com desconfiança e controvérsia relativas à sua identidade genérica. São livros de história, de reportagem ou obras da imaginação? *A lista de Schindler*, por exemplo (baseado na história verídica e extraordinária de um empresário alemão que aproveitou-se de um emprego forçado na Polônia ocupada pelos nazistas para salvar a vida de inúmeros judeus), foi publicado como não ficção nos Estados Unidos, mas ganhou o Booker Prize de ficção na Inglaterra.

Tom Wolfe começou na carreira de jornalista fazendo a cobertura de manifestações bizarras da cultura popular americana; logo começou a desenvolver seus trabalhos em narrativas mais longas como *Radical chique* – um relato engraçadíssimo de intelectuais *fashion* nova-iorquinos que organizam um evento a fim de arrecadar fundos para os Panteras Negras. Outros escritores americanos estavam trabalhando em projetos similares nas décadas de 60 e 70, e Wolfe via a si mesmo como o líder de um novo movimento literário que chamou de "Novo Jornalismo" – o título de uma antologia que editou em 1973. Na introdução, Wolfe afirmava que o Novo Jornalismo tinha assumido a tarefa romanesca de descrever a realidade social contemporânea, negligenciada por romancistas literários demasiado obcecados por mitos, fábulas e artifícios metaficcionais para perceber o que acontecia ao redor. (Mais tarde o próprio Wolfe tentou, com algum sucesso, reviver o romance social panorâmico em *A fogueira das vaidades*.)

No romance de não ficção ou novo jornalismo – qualquer que seja o nome –, a técnica romanesca gera uma exaltação, uma intensidade e um poder emotivo a que a reportagem tradicional e a historiografia não aspiram, enquanto para o leitor a garantia de que a história é "verídica" confere a esta uma urgência que nenhum tipo de ficção consegue reproduzir. Ainda que hoje seja bastante popular, essa forma narrativa já existe há algum tempo sob os mais variados disfarces. O próprio romance, como forma literária, é uma evolução do jornalismo incipiente – panfletos, "confissões" de criminosos, relatos de desastres, batalhas e acontecimentos extraordinários que circulavam entre leitores ávidos e crédulos como sendo histórias reais, ainda que quase sempre incorporassem elementos inventados. Daniel Defoe lançou-se na carreira de romancista imitando essas narrativas pretensamente documentais em obras como *A True Relation of the Apparition of one Mrs. Veal* e *Um diário do ano da peste*. Antes do método histórico-científico desenvolver-se, no fim do século XIX, o romance e a historiografia foram campos férteis em suas colaborações mútuas: Scott considerava-se muito mais um historiador do que um romancista, e em *História da Revolução Francesa* Carlyle escreveu mais como um romancista do que como um historiador moderno.

Na introdução à sua antologia do Novo Jornalismo, Tom Wolfe lista quatro técnicas tomadas de empréstimo ao romance: (1) a narração da história a partir de cenas, e não de resumos; (2) a preferência pelos diálogos em detrimento do discurso indireto; (3) a apresentação dos eventos sob a ótica de um dos participantes, e não a partir de uma perspectiva impessoal; (4) a incorporação de detalhes sobre aparência, roupas, posses, linguagem corporal etc. que indiquem classe, caráter, status e situação social dos participantes, conforme a prática do romance realista. Carlyle usou todos esses recursos em *História da Revolução Francesa* (1837) e também alguns outros não mencionados por Wolfe, como o modo do "presente histórico" e o envolvimento do leitor como narratário, que criam a ilusão de estarmos presenciando ou escutando os acontecimentos históricos.

A passagem citada descreve a fuga empreendida em junho de 1792 por Luís XVI, Maria Antonieta e filhos do Palácio das Tulherias, onde estavam presos pela Assembleia Nacional, em parte como reféns, para evitar a invasão da França pelos estados monarquistas vizinhos. O conde Fersen, da Suécia, engendrou a fuga na calada da noite, um episódio que Carlyle explorou com grande efeito narrativo. Primeiro (logo antes da passagem citada) o autor descreve uma carruagem comum que espera na Rue de l'Echelle, perto das Tulherias. De tempo em tempo, vultos envoltos em mantos passam por uma porta não vigiada do palácio e são recebidos no interior do veículo. Um deles, que imaginamos ser o rei disfarçado, "solta a fivela de um sapato" ao passar por uma sentinela – um recurso familiar que aumenta o suspense, como nas histórias de aventura. Carlyle dá uma voz narrativa ao suspense: "E *agora*, será que a companhia está completa? Ainda não [...]" Ao mesmo tempo, no interior do palácio começam a surgir suspeitas, que põem em risco toda a empreitada. Em uma sequência de frases rápidas, munido de um telescópio temporal, Carlyle recapitula os acontecimentos e conduz a narrativa de volta ao tempo presente, "neste instante" em que Lafayette, comandante da Guarda Nacional, chega para averiguar o ocorrido. A última passageira aguardada pelo cocheiro, de rosto coberto por um chapéu de cigana amarrado com um lenço, é Maria Antonieta, que se afasta quando o coche de Lafayette cruza o Arco. Como se quisesse ilustrar o risco envolvido na fuga, a rainha toca um dos raios da roda com uma pequena varinha ornamental chamada *badine*, "como as que as Beldades usavam na época". Ao longo de toda a passagem, Carlyle usa as vestimentas dos personagens de uma forma que Tom Wolfe teria aprovado, para indicar tanto o status real deles quanto o cuidado que tiveram ao disfarçá-lo.

A Rainha e seu guarda-costas desconhecem a geografia de Paris a tal ponto que de imediato se perdem, uma ironia sagaz que ao mesmo tempo aumenta o suspense, registrado pelo "coração aos saltos [...] debaixo do *jarvie-surtout*" do cocheiro. Nesse ponto o leitor talvez já tenha adivinhado que este é o conde Fersen em pessoa, mas ao postergar a revelação Carlyle aumenta o mistério que envolve a narrativa. A maior parte do segundo parágrafo é narrada segundo a perspectiva de Fersen. "Que os Céus sejam louvados!", exclama ele (talvez apenas em pensamento) quando Maria Antonieta enfim aparece. Fica claro que o efeito desse método narrativo leva o leitor a identificar-se com as agruras da realeza em fuga, e talvez a cena traia as simpatias pessoais de Carlyle, ainda que ao longo do livro o autor apresente a Revolução como uma Nêmesis provocada pelo próprio *Ancien Régime.*

Carlyle mergulhou nos documentos da Revolução Francesa como um historiador e depois sintetizou e dramatizou seus achados como um romancista moralizador. Não é nenhuma surpresa que Dickens tenha se encantado com o livro e levasse-o consigo a toda a parte logo após a publicação. Não apenas *Um conto de duas cidades*, mas todos os romances panorâmicos de Dickens sobre a sociedade inglesa inspiraram-se no exemplo de Carlyle. Não sei até que ponto os detalhes mencionados na passagem são factuais. O gesto de Maria Antonieta com a *badine* é tão específico que não acho que Carlyle o teria inventado, ainda que o autor não cite nenhuma fonte. Já a ideia de pôr o conde Fersen, disfarçado, a conversar com um cocheiro legítimo é mais suspeita, porque aumenta o suspense de modo bastante conveniente. Talvez antecipando essa reação, Carlyle cita em uma nota de rodapé duas fontes documentais para o episódio. Esse tipo de escrita corrobora o velho adágio de que a verdade é mais estranha do que a ficção.

46
Metaficção

Corcundas, mulheres gordas, cretinos – que ninguém escolhesse o que ele era era insuportável. No cinema ele encontraria uma linda garota no túnel do terror; os dois escapariam por um triz de perigos reais; ele diria e faria as coisas certas; ela também; no fim seriam amantes: as linhas do diálogo se encaixariam; ele ficaria muito à vontade; ela não só gostaria dele o suficiente, mas o acharia *maravilhoso*; não conseguiria dormir pensando nele, em vez do contrário – o modo como o rosto *dele* aparecia em iluminações diferentes e como ele parava em pé e exatamente o que ele diria – e no entanto tudo seria apenas mais um episódio entre tantos outros nessa vida incrível. Nem perto de uma *mudança radical.* O que havia acontecido no depósito de ferramentas não era nada. Ele odiava, abominava os pais! Um bom motivo para não se escrever uma história sobre estar perdido no túnel do terror é que ou todo mundo já sentiu o que Ambrose sente, e nesse caso não é preciso dizer nada, ou então que ninguém sente essas coisas, e nesse caso Ambrose é uma aberração. "Será que existe alguma coisa mais aborrecida na ficção do que os problemas de adolescentes sensíveis?" Está longo e enrolado demais, como se o autor. Até onde se fica sabendo na primeira vez, o fim poderia vir a qualquer momento; talvez *não fosse impossível* que estivesse logo adiante um grande número de vezes. Por outro lado, pode mal ter começado, com tudo ainda por acontecer, uma ideia insuportável.

John Barth *Perdido no túnel do terror* (1968)

Metaficção é a ficção que versa sobre a si mesma: romances e contos que chamam a atenção para o status ficcional e o método usado em sua escritura. O avô de todos os romances metaficcionais foi *Tristram Shandy*, cujos diálogos entre o narrador e os leitores imaginários são apenas um dos inúmeros recursos que Sterne usou para realçar a lacuna existente entre a vida e a arte, que o realismo tradicional tenta ocultar. A metaficção não é, portanto, uma invenção moderna, mas uma forma que muitos escritores contemporâneos julgam interessante, porque se sentem sufocados por seus antecedentes literários, oprimidos pelo medo de que tudo o que tenham a dizer já tenha sido dito antes e condenados pelo ambiente cultural moderno a ter essa consciência.

Na obra dos romancistas ingleses o discurso metaficcional aparece, na maioria das vezes, como apartes em romances cujo foco principal é a descrição romanesca clássica dos personagens e da ação. Essas passagens reconhecem a artificialidade das convenções realistas ao mesmo tempo em que as empregam; desarmam as críticas ao antecipá-las; lisonjeiam o leitor ao tratá-lo como um intelecto elevado e sofisticado o bastante para não se chocar com a confissão de que uma obra de ficção é uma construção verbal, e não um fragmento da vida. É assim, por exemplo, que Margaret Drabble começa a parte três do romance *The Realms of Gold*, após o relato extenso e realista de um jantar chique oferecido pela mais reprimida das duas heroínas:

> Por enquanto chega de Janet Bird. Até que enfim, você pode pensar, e com razão, pois a vida dela é devagar, mais devagar até do que a descrição dela, e Janet também achou que o jantar se estendeu demais, como você. A vida de Frances Wingate é muito mais ágil. (Ainda que tenha começado um tanto devagar nessas páginas – talvez um erro estratégico; a ideia de fazê-la começar em um instante mais frenético me ocorreu di-

versas vezes, mas no fim as desvantagens de uma abertura nesse estilo pesaram mais do que as vantagens.)

Aqui, por mais diferentes que sejam o tom e o assunto do romance de Margaret Drabble, há ecos de *Tristram Shandy* tanto no irônico pedido de desculpas ao leitor como na ênfase dada ao problema da construção narrativa, em especial no que diz respeito à duração (ver capítulo 41). Essas confissões, no entanto, não ocorrem com uma frequência tão alta a ponto de interferir no objetivo do romance, que é analisar o perfil das mulheres educadas na sociedade moderna através de uma história ficcional que, segundo os moldes tradicionais, é detalhada, convincente e satisfatória.

Com outros escritores modernos, em sua maioria não-ingleses – como o argentino Borges, o italiano Calvino e o americano John Barth, ainda que John Fowles também pertença à companhia –, o discurso metaficcional deixa de ser um refúgio ou um álibi que o escritor eventualmente usa para escapar às limitações do realismo tradicional e transforma-se na preocupação e na inspiração central da obra literária. John Barth escreveu um influente ensaio chamado "The Literature of Exhaustion", em que, mesmo sem usar a palavra "metaficção", invocou-a como sendo a forma graças à qual "um artista pode paradoxalmente transformar os extremos dos dias atuais em material e meio de trabalho". Claro, há quem discorde, como Tom Wolfe (ver capítulo anterior), que entende essa forma de escrita como o sintoma de uma cultura literária decadente e narcisista. "Mais uma história sobre um escritor escrevendo uma história! Mais um *regressus ad infinitum*! Quem não prefere arte que ao menos pareça imitar outra coisa que não os seus processos característicos?" Mas a mesma reclamação foi feita pelo próprio Barth em "Estória da vida", um dos contos no volume *Perdido no túnel do terror*. Os escritores de metaficção têm o hábito sorrateiro de incorporar possíveis críticas a seus textos e "ficcionalizá-las".

Também gostam de minar a credibilidade da ficção mais ortodoxa através da paródia.

A história-título de *Perdido no túnel do terror* mapeia a tentativa de Barth de escrever a história de uma família indo para Ocean City na década de 40. O personagem principal é o adolescente Ambrose, que está na companhia dos pais, do irmão Peter, do tio Karl e de Magda, uma amiga de infância que a essas alturas já está, como Ambrose, na adolescência, e portanto aparece como objeto de interesse sexual. (Ambrose lembra com grande tristeza de uma brincadeira infantil de Senhor e Escravo em que Magda levou-o até o depósito de ferramentas e "comprou sua clemência a um preço surpreendente estabelecido por ela própria".) É uma história sobre o desejo adolescente de liberdade e realização, uma nota de rodapé "exausta" à grande tradição dos romances autobiográficos sobre garotos que crescem e tornam-se escritores, como *Retrato do artista quando jovem* e *Filhos e amantes*. O ponto mais alto da história seria num túnel do terror, onde Ambrose deveria perder-se – mas o autor não consegue decidir em que circunstâncias e com que consequências.

Na passagem citada, o questionamento da representação ficcional convencional é replicado com maestria. Primeiro, os anseios românticos de Ambrose são comunicados através de uma paródia das fantasias hollywoodianas sobre a realização dos desejos: no cinema ele encontraria uma linda garota no túnel do terror; os dois escapariam por um triz de perigos reais [...] as linhas do diálogo se encaixariam [...]. Eis aqui um exemplo claro de má arte, ao lado do qual a existência frustrada, vacilante e alienada de Ambrose parece muito autêntica. Mas logo *essa* representação é sabotada por um movimento característico da metaficção – o que Erving Goffman chamou de *breaking frame* –, um efeito que também aparece na passagem do romance de Margaret Drabble. A voz autoral faz uma intervenção abrupta para dizer que a situação de Ambrose é ou comum ou estranha demais para que valha a pena descrevê-la – é como se um ator de cinema de repente se voltasse para a câmera e dissesse "Esse roteiro é uma porcaria". Como em *Tristram Shandy*, ouve-se a voz de um crítico previsível atacando todo o projeto: "Será que existe alguma coisa mais aborrecida na ficção do que os problemas de adolescentes sensíveis?" O autor parece estar perdendo a convicção na história e não consegue sequer juntar energia suficiente para terminar a frase em que admite ter escrito um texto longo e enrolado demais.

Claro que os autores muitas vezes perdem a convicção no que estão escrevendo, mas não é normal fazer essa confissão em um texto. É a confissão de um fracasso – mas que ao mesmo tempo declara esse fracasso algo mais interessante e mais sincero do que o "sucesso" convencional. Kurt Vonnegut começa seu *Matadouro 5* – um romance notável tanto pelos impressionantes efeitos de *frame-breaking* quanto pela manipulação criativa do tempo (ver capítulo 16) – com as seguintes palavras: "Eu detestaria contar a vocês o quanto este livrinho fajuto me custou em dinheiro e em angústia e em tempo". No primeiro capítulo, Vonnegut fala sobre a dificuldade de escrever sobre um acontecimento como a destruição de Dresden, e diz, dirigindo-se ao homem que a ordenou, que o livro "É tão breve e confuso e caótico, Sam, porque não se pode dizer nada inteligente sobre um massacre". A experiência pessoal que inspirou o romance foi tão traumática e tão dolorosa que Vonnegut compara a escritura do livro ao destino da esposa de Ló, que, no Velho Testamento, demonstrou sua humanidade ao olhar para as ruínas de Sodoma e Gomorra e assim foi transformada em um pilar de sal.

> Agora acabei o meu livro de guerra. O próximo que eu escrever vai ser divertido.
> Esse aqui é um fracasso, e tinha mesmo de ser, já que foi escrito por um pilar de sal.

Na verdade, longe de ser um fracasso, *Matadouro 5* é a obra-prima de Vonnegut e um dos romances mais memoráveis do período pós-guerra em toda a literatura inglesa.

47
O ESTRANHO

O embate foi breve. Fui tomado por um acesso de loucura e, em meu braço, senti o vigor e a força de mil homens. Ao cabo de alguns segundos empurrei-o com força bruta de encontro ao lambril e, assim, tendo-o à minha mercê, embebi minha espada repetidas vezes em seu peito com uma fúria selvagem.

Naquele instante alguém tentou abrir a porta. Apressei-me em evitar a intrusão e, de imediato, voltei para junto do meu adversário moribundo. Que língua humana, no entanto, seria capaz de expressar a *surpresa*, o *horror* que senti ao testemunhar o espetáculo apresentado aos meus olhos? Aparentemente, o breve instante em que desviei o olhar fora o suficiente para desencadear uma alteração considerável na situação do lado mais alto ou oposto do aposento. Um enorme espelho – foi assim que me pareceu em meio à confusão – assomou onde instantes atrás não havia nada; e, enquanto eu me aproximava em um paroxismo de terror, minha própria imagem, de aspecto pálido e manchada de sangue, avançou em minha direção a passos débeis e hesitantes.

Foi assim que pareceu, mas não foi. Era o meu adversário – era Wilson quem se erguia diante de mim nas agonias de seu ocaso. A máscara e o manto dele estavam onde os tinha atirado, no chão. Nenhum fio em seus trajes – nenhuma linha em todo o seu semblante marcado e singular que não fosse, mesmo na identidade mais absoluta, *o meu próprio!*

EDGAR ALLAN POE "William Wilson" (1839)

O CRÍTICO ESTRUTURALISTA FRANCÊS de origem búlgara Tzvetan Todorov propôs que as histórias sobrenaturais fossem divididas em três categorias: o maravilhoso, em que nenhuma explicação dos fenômenos sobrenaturais é possível; o estranho, em que são possíveis; e o fantástico, em que a narrativa hesita, sem se decidir, entre explicações naturais e sobrenaturais.

Um exemplo do fantástico, segundo esse uso, é a famosa história de fantasmas *A volta do parafuso*, de Henry James. Uma jovem governanta assume a guarda de duas crianças órfãs em uma casa de campo isolada e começa a ver vultos que parecem lembrar a ex-governanta e o criado maléfico que a seduziu, ambos já falecidos. A governanta acredita que esses espíritos do mal têm poderes sobre as crianças que estão sob seus cuidados e tenta livrá-las dessa influência. No clímax da história, a jovem heroína luta contra o fantasma do criado para evitar que se aposse da alma de Miles, e o garoto morre: "seu pequeno coração, despossuído, parara". A história, narrada pela governanta, pode ser e vem sendo lida de dois modos diferentes, que correspondem ao "maravilhoso" e ao "estranho" de Todorov: ou os fantasmas são "reais" e a governanta se envolve em uma batalha heroica contra os poderes sobrenaturais do mal, ou são projeções das próprias neuroses e paranoias sexuais da jovem, com as quais ela literalmente mata de susto o garoto de quem deveria cuidar. Os críticos tentaram, em vão, provar a exatidão desta ou daquela leitura. O mais importante nessa história é a possibilidade de uma dupla interpretação, o que a torna imune ao ceticismo do leitor.

A classificação de Todorov é um chamado provocativo à reflexão sobre o assunto, ainda que sua nomenclatura (*le merveilleux, l'étrange, le fantastique*) possa causar alguma confusão quando traduzida, pois "fantástico" em geral é entendido como em oposição a "real", e "estranho" parece um termo pouco natural para classificar uma história como *A volta do parafuso*. Também podemos discutir as minúcias da aplicação dessa terminologia. O próprio Todorov foi obrigado a reconhecer que existem obras que desafiam essa categorização e precisam ser classificadas como "fantástico-estranhas" ou "fantástico-maravilhosas". "William Wilson", de Edgar Allan Poe, é uma dessas obras. Ainda que Todorov leia o conto como a alegoria ou a parábola de uma consciência perturbada (o que o torna "estranho", segundo sua própria classificação), a história traz um elemento de ambiguidade que o crítico encara como sendo a característica essencial do fantástico.

"William Wilson" é uma história de *Doppelgänger*. O narrador epônimo, que admite a própria devassidão no início da história, descreve o primeiro internato onde estudou como uma construção onde "era difícil, a qualquer momento, dizer com certeza em qual dos dois níveis se estava" (essa ambiguidade sem dúvida é proposital). Lá, Wilson tinha um rival com o mesmo nome, admitido à escola no mesmo dia, com a mesma data de aniversário e fisicamente muito parecido com o narrador, cujo comportamento o segundo Wilson satirizava. A única diferença entre o duplo e o narrador é que o primeiro é incapaz de elevar a voz a mais do que à altura de um sussurro.

Wilson gradua-se em Eton e vai para Oxford, enquanto se afunda cada vez mais na degradação. Sempre que o personagem pratica alguma ação particularmente odiosa surge um homem vestido em trajes iguais aos seus e com o rosto escondido, que murmura "William Wilson" em um sussurro inconfundível. Desmascarado pelo duplo enquanto trapaceava em um jogo de cartas, Wilson foge para o estrangeiro, mas o *Doppelgänger* persegue-o em toda a parte. "Muitas e muitas vezes, em comunhão secreta com o meu próprio espírito, eu perguntava-me: 'Quem é ele – e o que pretende?'" Em Veneza, Wilson, à espera de uma mulher casada para um encontro adúltero, sente "o leve toque de uma mão sobre o ombro, e aquele inesquecível, grave e odioso *sussurro* nos meus ouvidos". Tomado de ódio, o personagem investe sobre o algoz de espada em punho.

É óbvio que o duplo pode ser interpretado como a externalização alucinatória da consciência ou de uma versão melhorada de Wilson, e no texto existem várias pistas que apontam nessa direção. Wilson afirma, por exemplo, que o duplo de sua época de garoto tinha "princípios morais [...] muito além dos meus próprios", e ninguém além do próprio Wilson parece espantar-se com a semelhança física entre os dois. Mas a história não teria essa força perturbadora e sugestiva se não conferisse uma concretude plausível aos acontecimentos estranhos. O clímax do conto parece especialmente engenhoso graças à referência ambígua ao espelho. A partir de uma perspectiva racional, poderíamos supor que, em um delírio motivado pela culpa e pelo ódio a si mesmo, Wilson tenha confundido a própria imagem refletida no espelho com o duplo e investido sobre ela, mutilando-se no processo; mas, segundo a perspectiva de Wilson, o contrário parece ter acontecido – o que Wilson a princípio crê ser o reflexo da própria imagem revela-se a figura ensanguentada e agonizante do duplo.

Narrativas "estranhas" clássicas usam sempre narradores em primeira pessoa e imitam formas discursivas como confissões, cartas e depoimentos para dar maior credibilidade ao relato. (Podemos citar *Frankenstein*, de Mary Shelley, e *O médico e o monstro*, de Robert Louis Stevenson, como exemplos.) Esses narradores tendem a escrever num estilo bastante literário que, em outros contextos, poderia parecer um tanto batido: no primeiro parágrafo do trecho, por exemplo, aparecem "acesso de loucura", "força de mil homens", "força bruta" e "fúria selvagem". Na tradição gótica de horror à qual Poe pertence, e à qual o autor americano deu um forte impulso, não faltam exemplos desses textos "mal bem escritos". A previsibilidade retórica e a própria falta de originalidade garantem a lisura do narrador e tornam mais plausíveis as estranhas experiências relatadas.

48
Estrutura narrativa

A MÃO

Bati no meu pimpolho. Minha raiva era implacável. Como a justiça. Logo eu não sentia mais a mão. Eu disse, "Escuta, eu quero te explicar as complexidades". Falei com seriedade e carinho, em especial sobre os pais. Quando acabei, ele perguntou se eu queria que ele me desculpasse. Eu disse sim. Ele disse não. Como um trunfo.

TUDO BEM

"Eu não me importo de variar", disse ela, "mas isso parece errado." Eu disse, "Para mim está tudo bem". Ela disse, "Para você, o errado é bom". Eu disse, "Eu não disse bom, eu disse bem". "Grande diferença", ela disse. Eu disse "É, eu sou crítico. Minha cabeça não para nunca. Para mim quase tudo está sempre errado. Meu parâmetro é o prazer. Para mim, está tudo bem assim". Ela disse, "Para mim é um nojo". Eu disse, "Do que você gosta?" Ela disse, "Gostar eu não gosto. Não estou preocupada em ser melhor que as minhas sensações. Eu não vou viver o bastante para tudo bem."

MÃE

Eu disse, "Mãe, sabe o que aconteceu?" Ela disse, "Ah, meu Deus".

Leonard Michaels *I Would Have Saved Them If I Could* (1995)

A ESTRUTURA DE UMA NARRATIVA é como a estrutura de vigas que sustenta os arranha-céus: você não a enxerga, mas é ela que determina o formato e as características do edifício. Os efeitos da estrutura de um romance, contudo, são sentidos não no espaço, mas no tempo – muitas vezes, em um longo tempo. O *Tom Jones* de Henry Fielding, por exemplo, que Coleridge julgava ter uma das três maiores tramas da toda a literatura (as outras duas pertenciam ao teatro: eram *Édipo Rei*, de Sófocles, e *The Alchemist*, de Ben Jonson), tem quase novecentas páginas na edição da Penguin. Como eu já disse (capítulo 36), a obra tem 198 capítulos, divididos em dezoito livros; destes, os primeiros seis se passam no campo, os seis seguintes na estrada e os seis últimos em Londres. Bem no meio do romance, a maioria dos personagens importantes passa pela mesma estalagem, mas não se encontram em combinações que pudessem desencadear o fim prematuro da história. O livro é cheio de surpresas, enigmas e mistérios; o final do romance é clássico, com peripécia e reconhecimento.

É quase impossível ilustrar como funciona uma trama tão complexa com uma citação breve, mas a obra do autor americano Leonard Michaels, que escreve alguns dos contos mais breves que já vi, permite-nos analisar o processo em um microcosmo. Confesso que trapaceei um pouco, já que as histórias reproduzidas aqui não se destinam à leitura isolada, mas fazem parte de um conjunto de narrativas curtas intitulado "Eating Out" – e algumas delas têm uma certa ligação, pois apresentam os mesmos personagens. "Mãe", por exemplo, faz parte de uma série de histórias dialógicas sobre o narrador e sua mãe. A sequência completa é maior que a soma das partes. Ainda assim, cada parte é uma narrativa autônoma, com seu próprio título. Mesmo fora de contexto, o sentido de "Mãe" é claro: a mãe judia sempre espera o pior. Talvez a história fique no limite entre a história e a piada. Mas essa ambiguidade não existe em "A mão", que se encaixa na definição clássica de unidade narrativa. A história tem um começo, um meio e um fim segundo Aristóteles os definiu: o começo é o que não requer que nada o preceda; o fim é o que não requer que nada o suceda; e o meio precisa de algo antes e de algo depois.

O começo de "A mão" consiste nas três primeiras frases, que descrevem o castigo imposto pelo narrador ao seu filho. Não precisamos saber o que motivou a punição. A primeira frase, "Bati no meu pimpolho", estabelece uma atmosfera familiar e doméstica. Há uma grande ênfase nas emoções do narrador. "Minha raiva era implacável. Como a justiça." A frase sem verbo é uma espécie de pensamento atrasado, que justifica o alívio da tensão, o exercício do poder.

O meio da história descreve a hesitação do narrador diante de sua própria atitude e a tentativa de justificar seu comportamento ao filho. Primeiro surge um sintoma algo psicossomático: "Logo eu não sentia mais a mão". A mão é ao mesmo tempo uma sinédoque e uma metáfora para o pai "insensível". "Eu disse, 'Escuta, eu quero te explicar as complexidades'". Toda a estrutura narrativa gira em torno dessa frase, que é a única ocorrência de discurso direto na história. Em termos formais, o discurso direto beneficia o narrador, porque sempre dá a impressão de uma presença mais marcante em relação a quem fala do que o discurso indireto. Mas o uso da palavra adulta "complexidades" diante de um garotinho entrega o jogo. Apesar da ansiedade confessa de se comunicar com o filho ("Falei com seriedade e carinho, em especial sobre os pais"), o narrador está lutando contra a própria consciência.

O fim traz uma peripécia dupla muito engenhosa. Primeiro, o garotinho demonstra ter consciência do estado mental do pai: "Quando acabei, ele perguntou se eu queria que ele me desculpasse". Depois as relações de poder normais entre pai e filho são invertidas: "Eu disse sim. Ele disse não." A simetria dessas duas frases reflete a simetria da trama. Um comentário do narrador, cheio de remorso ("Como um trunfo"), admite a derrota.

A trama foi definida por um discípulo moderno de Aristóteles (R. S. Crane) como "um processo completo de transformação". Boa parte da ficção moderna, no entanto, evita o tipo de fechamento insinuado pela palavra "completo" e visa estados do ser em que as mudanças são mínimas. "Tudo bem" é um exemplo. A estrutura narrativa é muito mais sutil do que em "A mão" – menos óbvia, menos fácil de seguir e com divisões menos claras entre começo, meio e fim. O conto usa técnicas que já discuti antes nos capítulos intitulados "A narrativa superficial" e "Implicatura" e consiste principalmente em um diálogo e na sonegação de informações a respeito dos pensamentos íntimos e das motivações dos personagens. Deduzimos que o casal está envolvido em alguma prática sexual incomum, mas é impossível e desnecessário saber exatamente do que se trata. O começo pode ser a parte em que a mulher reclama de desconforto; o meio, a defesa do narrador e a reiteração do desprazer sentido pela mulher ("Para mim é um nojo"); e o fim, a recusa dela em participar do jogo de diletantismo sexual. Mas a história carece do movimento reconfortante presente em "A mão", que nos conduz ao momento da verdade vivenciado pelo narrador. Não fica claro o que o leva a contar a história, pois o narrador apresenta as duras críticas da mulher sem nenhum comentário. Enquanto "A mão" pode ser compreendido de imediato, precisamos reler "Tudo bem" várias vezes para que possamos entender, ouvindo mentalmente os diálogos ("Ela disse, '*Gostar* eu não gosto [...] Eu não vou viver o bastante para *tudo bem*'."). O texto parece tratar de um impasse, não de uma descoberta, e sua unidade deve mais aos ecos internos – em especial o da palavra "bem", destacada no título – do que à estrutura narrativa. Nesse sentido a história se apresenta quase como um poema em prosa – ou como o fragmento tentador de uma história maior.

49
Aporia

Agora onde? Agora quem? Agora quando? Nada de perguntas. Eu, digo eu. Nada de crenças. Questionamentos, hipóteses, chame-os assim. Siga, siga adiante, isso é seguir, isso é adiante. Quem sabe naquele dia, lá vai adiante, naquele dia que eu simplesmente fiquei em casa, em casa onde, em vez de sair, à moda antiga, sair para passar o dia e a noite o mais longe possível, não era longe. Talvez tenha começado assim. Você acha que está apenas descansando, para atuar melhor quando chegar a hora, ou sem nenhum motivo, e logo você se vê incapaz de fazer qualquer coisa para todo o sempre. Não importa como isso tenha acontecido. Isso, digo isso, sem saber o quê. Talvez eu tenha apenas concordado enfim com uma coisa velha. Mas eu não fiz nada. Eu pareço falar, não sou eu, sobre mim, não é sobre mim. Uns comentários genéricos para começar. O que eu posso fazer, o que eu devo fazer, o que eu deveria fazer, na minha situação, como proceder? Com a aporia pura e simples? Ou com afirmativas e negações anuladas assim que proferidas, ou antes ou depois? De modo geral. Deve haver outras mudanças. Ou então não haveria esperança. Mas não há esperança. Devo dizer antes de seguir mais, mais adiante, que eu digo aporia sem saber o que significa.

Samuel Beckett *O inominável* (1959)

Aporia é uma palavra grega que significa "dificuldade, confusão" – literalmente, "caminho sem caminho", uma estrada que não leva a lugar nenhum. Na retórica clássica o termo denota uma dúvida real ou ilusória a respeito de um assunto qualquer, uma incerteza sobre como dar continuidade a um discurso. O solilóquio "ser ou não ser" de Hamlet talvez seja o exemplo mais conhecido de aporia na literatura inglesa. Na ficção, em particular nos textos em que um personagem conta sua história, a aporia é um dos recursos mais usados para despertar a curiosidade da plateia ou para enfatizar o caráter extraordinário da história narrada. Muitas vezes a aporia vem acompanhada de uma outra figura de retórica chamada "aposiopese", que se refere a frases incompletas e a declarações inacabadas, geralmente indicadas na página pelas reticências... Em *O coração das trevas* de Conrad, por exemplo, Marlow volta e meia interrompe a narrativa desta forma:

> "Parece que estou tentando contar a vocês um sonho – fazendo um esforço inútil, porque nenhuma narração de um sonho é capaz de reproduzir aquela sensação, aquela mistura de absurdo, surpresa e perplexidade em um tremor de revolta persistente, aquela noção de estar preso em algo incrível que pertence à própria essência dos sonhos..."
>
> Ele calou-se por um tempo.
>
> "...Não, é impossível; é impossível reproduzir a impressão viva de qualquer época da nossa existência – aquilo que constitui a verdade, o significado – a essência sutil e penetrante. É impossível. Vivemos como sonhamos – sozinhos..."

Em narrativas metaficcionais como "Perdido no túnel do terror" ou *A mulher do tenente francês*, a aporia torna-se um princípio estrutural na medida em que o narrador-autor enfrenta o problema insolúvel de representar a vida na arte ou confessa a própria incerteza em relação ao destino dos personagens ficcionais. No capítulo 55 de *A mulher do tenente francês*, por exemplo, quando Charles, depois de descobrir que Sarah desapareceu de um hotel em Exeter, está a caminho de Londres para procurá-la, o narrador-autor surge na narrativa como um estranho mal-educado que fica observando Charles na cabine do trem:

> A pergunta que me faço enquanto olho para Charles é... que diabos vou fazer com você? Já pensei em encerrar a carreira de Charles aqui e agora; em deixá-lo por toda a eternidade a caminho de Londres. Mas as convenções da ficção vitoriana não abrem, não abriam espaço para o final aberto e inconclusivo; e eu já falei antes sobre a liberdade que os personagens devem ter. Meu problema é simples – o que Charles quer está claro? Sem dúvida. Mas o que a protagonista quer não está tão claro; e eu não tenho nenhuma certeza em relação ao paradeiro dela neste instante.

Na ficção de Samuel Beckett, especialmente em escritos mais tardios, a aporia é endêmica. *O inominável* (publicado pela primeira vez em francês como *L'Innommable*, em 1952) é um romance de fluxo de consciência, mas não como o *Ulisses* de Joyce, em que as visões, os sons, os cheiros e as multidões de Dublin são evocados em toda a sua especificidade através de impressões sensoriais, pensamentos e memórias dos protagonistas. Temos apenas uma voz narrativa que fala consigo mesma, transcreve seus pensamentos à medida que estes lhe ocorrem enquanto deseja a extinção e o silêncio, mas condenada a seguir narrando, ainda que lhe falte uma história a contar e não tenha certeza de nada, nem mesmo de sua própria situação no espaço e no tempo.

O narrador anônimo está sentado em algum lugar vago e escuro, cujas dimensões não consegue ver nem tocar, enquanto vultos (alguns dos quais parecem ser personagens de outros romances de Beckett) movem-se ao redor – ou será o narrador que se move ao redor dos personagens? Ele sabe que seus olhos estão abertos "por causa das lágrimas que caem sem parar". Onde ele está? Poderia ser o inferno. Poderia ser a velhice. Poderia ser a mente de um escritor que precisa seguir escrevendo ainda que não tenha nada a dizer porque não há nada mais que valha a pena dizer sobre a condição humana. Ou será que esses estados são na verdade a mesma coisa? *O inominável* parece ser o que Roland Barthes definiu como "grau zero da escrita", em que "a literatura é vencida, a problemática humana é suscitada e apresentada sem nenhuma elaboração, o autor se torna irreversivelmente honesto".

O discurso, em vez de seguir adiante, acumula-se em uma espécie de autoanulação, dando um passo à frente e um passo atrás, com frases contraditórias separadas apenas por uma vírgula, sem as adversativas *mas* ou *no entanto*. "Siga, siga adiante", exalta o narrador a si mesmo, e de imediato acrescenta um comentário irônico: "isso é seguir, isso é adiante?". Como o narrador chegou até o ponto em que se encontra? "Quem sabe naquele dia [...] que eu simplesmente fiquei em casa." Logo em seguida uma outra questão é levantada: "em casa onde?". Ele abandona o questionamento original: "Não importa como isso tenha acontecido". Mas até um gesto negativo como esse presume coisas demais: "Isso, digo isso, sem saber o quê".

Beckett era um desconstrucionista *avant la lettre*. "Eu pareço falar, não sou eu, sobre mim, não é sobre mim." Essa frase ataca as fundações da longa tradição humanista da ficção autobiográfica e da autobiografia ficcional que surge com *Robinson Crusoé*, passa por *Grandes esperanças* e chega até *Em busca do tempo perdido* com uma promessa consoladora de autoconhecimento. Beckett antecipou a noção elaborada por Derrida sobre a "*différance*" (*sic*) inevitável do discurso verbal: o "eu" que fala é sempre diferente do "eu" de quem se fala, e assim o ajuste preciso entre a linguagem e a realidade vê-se eternamente postergado. "Uns comentários genéricos para começar." A fórmula tradicionalmente inofensiva soa como humor negro em meio ao vácuo epistemológico. Como o narrador deve prosseguir? "Com afirmativas e negações anuladas assim que proferidas, ou antes ou depois" (ou seja, por meio da autocontradição) ou "com a aporia pura e simples"? A aporia é uma das figuras de linguagem favoritas dos críticos desconstrucionistas, pois resume o modo como todos os textos minam suas próprias aspirações à determinação do sentido; mas a confissão do narrador de que "eu digo aporia sem saber o que significa" é um trunfo da aporia.

"Deve haver outras mudanças. Ou então não haveria esperança. Mas não há esperança." O mais extraordinário é que esse texto profundamente pessimista e cético não parece muito depressivo – pelo contrário: a impressão que temos é de algo engraçado, tocante e que, de modo surpreendente, reafirma a sobrevivência do espírito humano *in extremis*. As célebres últimas palavras dizem: "Você precisa seguir adiante, eu não posso seguir adiante, eu vou seguir adiante".

50
O FIM

A ansiedade, que nesse ponto do relacionamento deve ser a circunstância de Henry e de Catherine, e também de todos os que já amaram, em relação ao acontecimento final, não poderia, creio, atingir o coração de meus leitores, que descobrirão, no compacto volume das páginas diante de si, que estamos marchando todos juntos rumo à felicidade completa.

JANE AUSTEN *Northanger Abbey* (1818)

Ralph olhou-o, meio aturdido. Por um instante, viu uma imagem fugaz do estranho *glamour* que de repente tomou conta das praias. Mas a ilha estava crestada como madeira morta – Simon havia morrido – e Jack havia... As lágrimas começaram a correr e um choro convulsivo estremeceu-o. Ralph entregou-se a eles pela primeira vez na ilha; grandes e poderosos espasmos de tristeza que pareciam chacoalhar seu corpo de cima a baixo. A voz dele ergueu-se por sob a fumaça negra diante das ruínas fumegantes a que a ilha estava reduzida; e, tomados pela emoção, os outros garotos também começaram a estremecer e a chorar. No meio deles, com o corpo imundo, os cabelos desgrenhados e o nariz escorrendo, Ralph chorava o fim da inocência, a escuridão no coração do homem e a queda livre do leal e sábio amigo Piggy.

O oficial, cercado por esses barulhos, sentiu-se comovido e pouco à vontade. Ele afastou-se para que os garotos tivessem tempo de se recompor; e esperou, descansando os olhos no elegante cruzador ao longe.

WILLIAM GOLDING *O senhor das moscas* (1954)

"A conclusão é o ponto fraco da maioria dos autores", observou George Eliot, "mas parte da culpa pertence à própria natureza dos finais, que são na melhor das hipóteses uma negação." Para os romancistas vitorianos os finais eram ainda mais problemáticos, pois havia uma pressão constante da parte de leitores e editores para que escrevessem um final feliz. Em inglês, o último capítulo era conhecido pelas pessoas do ramo como "*wind-up*", que Henry James definiu como "a distribuição, por fim, de prêmios, pensões, maridos, esposas, filhos, milhões, parágrafos acrescentados e comentários alegres". O próprio James foi um dos pioneiros do final aberto tão característico da ficção moderna e muitas vezes encerrou seus romances no meio de um diálogo, com uma frase que ressoa, de forma ambígua, no ar: "Então cá estamos!" (*The Ambassadors*).

Conforme Jane Austen escreveu em um aparte metaficcional em *Northanger Abbey*, o romancista não tem como ocultar o momento em que a história acaba (como os dramaturgos e cineastas fazem) devido ao volume ocupado pelas páginas. Quando John Fowles apresenta um final satírico--vitoriano em *A mulher do tenente francês* (em que Charles casa-se com Ernestina e os dois são felizes juntos), não nos deixamos enganar, pois ainda falta ler um quarto do livro. Ao dar continuidade à busca de Sarah empreendida por Charles, Fowles nos oferece mais dois finais alternativos – um que acaba bem para o herói e outro que acaba mal. O autor nos convida a escolher, mas de maneira tácita incita-nos a considerar o segundo um final mais autêntico, não apenas por ser mais triste, mas também por ser mais aberto, o que dá a sensação de que a vida avança rumo a um futuro incerto.

Talvez devêssemos distinguir entre o fim da história de um romance – a resolução ou a não resolução deliberada das questões narrativas levantadas na mente do leitor – e a última ou as últimas páginas do texto, que muitas vezes funcionam como uma espécie de epílogo ou *post-scriptum*, uma desaceleração suave do discurso antes da parada final. A descrição, contudo, não se aplica aos romances de Sir William Golding, cujas páginas finais costumam mostrar tudo o que aconteceu até então a partir de um ângulo inesperado e surpreendente. *Pincher Martin* (1956), por exemplo, parece ser a história de um marinheiro torpedeado envolvido em uma desesperada batalha pela sobrevivência em um rochedo desolado no meio do Atlântico, mas o capítulo final revela que o homem morreu de botas calçadas – de modo que toda a narrativa precisa ser reinterpretada como sendo a visão de um afogado ou uma vivência no Purgatório. O final de *The Paper Men* (1984) só revela a surpresa com a última palavra do narrador, interrompida de repente por uma bala: "Onde diabos Rick L. Tucker arranjou uma ar ".

Esse tipo de reviravolta no último instante aparece com maior frequência no conto do que no romance. Na verdade, pode-se dizer que o conto é bastante orientado em função do fim, uma vez que lemos contos esperando chegar sem demora à conclusão, ao passo que mergulhamos nos romances sem ter uma ideia muito precisa de quando vão acabar. Em geral fazemos a leitura de contos em uma única sentada, hipnotizados pela influência do final próximo; mas pegamos e largamos os romances em intervalos bastante irregulares e às vezes lamentamos quando chegam ao fim. Os romancistas de antigamente costumavam explorar esse laço sentimental entre o leitor e o romance ao longo da leitura. Fielding, por exemplo, começa o último livro de *Tom Jones* com "Um adeus ao leitor":

> Agora, leitor, chegamos ao derradeiro estágio de nossa longa jornada. Uma vez que viajamos juntos ao longo de tantas páginas, tratemo-nos como companheiros de viagem que, em um coche, tenham passado vários dias em companhia mútua; e que, não obstante as rusgas e leves animosidades que possam ter ocorrido ao longo

do caminho, em geral fazem as pazes no final e montam no veículo, pela última vez, com alegria e bom humor; pois que depois desse estágio, pode ser que nos aconteça, como é comum acontecer aos viajantes, de nunca mais nos encontrarmos.

A conclusão de *O senhor das moscas* poderia parecer reconfortante, porque introduz uma perspectiva adulta nas páginas finais do que, até esse ponto, é apenas uma "história de garotos", uma aventura ao estilo de *A ilha de coral* que dá completamente errado. O avião onde viajava um grupo de colegiais ingleses cai numa ilha tropical em circunstâncias pouco claras (ainda que haja insinuações de uma guerra) e logo os garotos voltam-se à selvageria e à superstição. A salvo dos limites impostos pela sociedade adulta e civilizada, expostos à fome, à solidão e ao medo, o comportamento dos garotos degenera em violência tribal. Dois garotos morrem, e Ralph, o herói, está fugindo de um bando de perseguidores sanguinários armados com lanças de madeira e de um incêndio florestal quando esbarra de frente em um oficial da marinha que recém atracou seu navio na praia para averiguar a fumaça. "Diversão e brincadeiras", diz o oficial ao ver os garotos com as armas improvisadas e a pintura de guerra.

Para o leitor, a aparição do oficial é quase tão surpreendente e tranquilizadora quanto para Ralph. Ficamos tão concentrados na história e tão envolvidos nas agruras de Ralph a ponto de esquecer que ele e seus inimigos cruéis são apenas garotos. De repente, graças ao olhar do oficial, podemos vê-los mais uma vez como aquilo que de fato são: um bando de crianças imundas e desarrumadas. Mas Golding não permite que o efeito prejudique a verdade essencial do que aconteceu até esse ponto nem que a história retorne à "normalidade" de um final feliz. O oficial da marinha jamais compreenderá a experiência vivida por Ralph (e também pelo leitor), recapitulada com grande eloquência no penúltimo parágrafo:

"O fim da inocência, a escuridão no coração do homem e a queda livre do leal e sábio amigo Piggy". Jamais entenderá por que o choro convulsivo de Ralph contagia os outros garotos. "Ele afastou-se para que os garotos tivessem tempo de se recompor; e esperou, descansando os olhos no elegante cruzador ao longe." A última frase de qualquer história adquire uma certa ressonância apenas por ser a última, mas este exemplo tem uma ironia especial. O olhar do adulto em direção ao "elegante cruzador" insinua complacência, evasão da verdade e cumplicidade em uma forma de violência institucionalizada – a guerra moderna – que é análoga, e ao mesmo tempo diferente, da violência primitiva dos garotos perdidos.

Os leitores familiarizados com o meu *Invertendo os papéis* talvez lembrem que a passagem de *Northanger Abbey* no início desta seção é citada por Philip Swallow e também por Morris Zapp na última página do romance. Philip a invoca para ilustrar a importante diferença entre a experiência vivida pelo público no final de um filme e aquela vivida pelo leitor no final de um romance:

> "É uma coisa que o romancista não pode esconder, não é, que o romance está acabando? [...] ele não tem como disfarçar o compacto volume das páginas [...] Ao ler, você percebe que restam apenas uma ou duas páginas do livro e se prepara para fechá-lo. Mas no cinema é diferente: não há como saber – ainda mais hoje em dia, quando os filmes têm estruturas muito mais livres e são muito mais ambivalentes do que costumavam ser. Não há como saber qual cena vai ser a última. O filme corre, da mesma forma como a vida corre, as pessoas agem, fazem coisas, bebem, conversam, e nós ficamos olhando, e chega um ponto em que o diretor decide, sem aviso, sem que nada esteja reservado, ou explicado, ou resolvido, e o filme simplesmente... acaba."

Nesse ponto do livro, Philip é representado como o personagem de um roteiro cinematográfico e logo depois dessa fala o romance acaba, assim:

> Philip dá de ombros. A câmera para, congelando sua imagem.
>
> FIM

Decidi encerrar o romance assim por diversos motivos interligados entre si. De certa forma, o livro é uma comédia sexual de "troca de casais à distância": a história trata do destino de dois acadêmicos (um britânico e um americano) que, depois de trocar de emprego em 1969, começam relacionamentos amorosos com a esposa um do outro. Mas os dois personagens principais trocam muitas outras coisas no decorrer da história – valores, atitudes, linguagem – e quase todos os acontecimentos em um lugar têm algum equivalente ou reflexo no outro. Ao elaborar essa trama altamente simétrica, e talvez previsível, achei que seria necessário oferecer ao leitor um pouco de variedade e surpresa em algum outro nível textual e, por conta dessa ideia, escrevi cada capítulo num estilo ou formato diferente. A primeira mudança é quase imperceptível: a narrativa passa do tempo presente no capítulo um para o tempo passado no capítulo dois. Mas o capítulo três é escrito como um romance epistolar, e o quarto consiste de trechos de jornais e outros documentos que os personagens estavam lendo. O capítulo cinco é escrito em estilo convencional, mas se afasta do padrão de alternância usado nos capítulos anteriores e apresenta as experiências interligadas dos dois principais personagens em trechos consecutivos.

À medida que o romance avançava, eu me via cada vez mais consciente das dificuldades em escrever um final satisfatório tanto no aspecto formal como no aspecto narrativo.

Em relação à primeira, era óbvio que o capítulo final precisaria ostentar a mudança mais marcante e surpreendente na forma narrativa, sob pena de tornar-se um anticlímax estético. Em relação ao aspecto narrativo, eu me sentia relutante em resolver a trama da troca de casais, em parte porque também seria necessário resolver a trama cultural. Se Philip decidisse ficar com Desirée Zapp, por exemplo, ele também precisaria ficar nos Estados Unidos, ou Desirée precisaria se mudar para a Inglaterra, e assim por diante. Eu, como autor, não queria tomar uma decisão em favor desse ou daquele casal, dessa ou daquela cultura. Mas como eu poderia me safar com um final indeterminado em uma trama que até aquele momento era tão regular e simétrica quanto uma quadrilha?

A ideia de escrever o último capítulo (intitulado "Encerrando") como um roteiro de cinema parecia resolver todos esses problemas de uma só vez. Para começar, o formato preenchia o requisito de subverter o discurso ficcional "normal". Além do mais, eu, como autor, me via livre da obrigação de julgar e arbitrar as vontades dos quatro protagonistas, pois não há resquícios textuais da voz autoral em um roteiro, uma vez que consiste apenas de diálogos e descrições objetivas e impessoais do comportamento visível dos personagens. Philip, Desirée, Morris e Hilary encontram-se em Nova York, a meio caminho entre a Costa Oeste dos Estados Unidos e as West Midlands da Inglaterra, para discutir os problemas matrimoniais, e ao longo de alguns dias discutem todas as resoluções possíveis para a história – um duplo divórcio e um duplo "casamento cruzado", uma dupla reconciliação, um duplo divórcio, sem mais casamentos etc. –, mas não chegam a nenhuma conclusão. Ao fazer com que Philip chamasse a atenção para o fato de que os filmes são mais propícios aos finais abertos do que os romances, ao mesmo tempo em que era representado como o personagem de um filme dentro de um romance, achei que eu tinha achado um jeito de justificar a minha recusa em resolver a trama de *Invertendo os papéis* graças a uma piada metaficcional. Na verdade, o desejo humano pela certeza, pela resolução e pelo fechamento é tão forte (no sentido atavístico) que nem todos os leitores gostaram do final, e alguns chegaram a se sentir enganados. Mas *eu* gostei, e ainda tive um bônus quando decidi usar os mesmos personagens em um outro romance, *O mundo é pequeno*: eu tinha carta branca para elaborar a história de suas vidas.

Conto essa anedota não para defender o final de *Invertendo os papéis*, mas para demonstrar que a minha decisão envolveu vários outros aspectos do romance, já discutidos em outras seções deste livro. Por exemplo: (1) Ponto de vista (o formato cinematográfico eliminou a necessidade de escolher um ponto de vista, o que sempre acaba privilegiando um único personagem); (2) Suspense (o adiamento, até o final, de uma resposta à pergunta narrativa: "Como a trama de duplo adultério vai se resolver?"); (3) Surpresa (a recusa a responder essa questão); (4) Intertextualidade (a alusão a Jane Austen, natural e apropriada, uma vez que tanto Philip Swallow como Morris Zapp são especialistas na obra da autora); (5) Narrativa superficial (mais um efeito do formato cinematográfico); (6) Títulos e capítulos (o título trocadilhesco do romance – que no original inglês alude a lugares trocados, ao lugar em que a troca é feita e às posições trocadas – sugeriu uma série de capítulos cognatos, como "Voando", "Estabelecendo-se", "Correspondendo-se" etc. e por fim "Encerrando"); (7) Metaficção (a piada nas últimas linhas é feita às custas do leitor e de suas expectativas, mas também se relaciona a uma piada metaficcional corrente envolvendo um livro chamado *Vamos escrever um romance*, que Morris Zapp encontra no escritório de Philip Swallow e que motiva um comentário sarcástico sobre a mudança das técnicas empregadas no próprio romance. "Todo romance deve contar uma história", diz a primeira frase do livro. "Existem três tipos de história: a história que acaba bem, a história que acaba mal e a história que não acaba bem nem mal e que, em outras palavras, na verdade não acaba.").

Eu poderia ter discutido esse final em outros capítulos, como Estranhamento, Repetição, O romance experimental, O romance cômico, Epifania, Coincidência, Ironia, Motivação, Ideias e Aporia, mas não vou insistir nesse ponto – quero apenas dizer que as decisões sobre aspectos e componentes particulares do romance não podem jamais ser tomadas de forma isolada, porque afetam e são afetadas por todos os demais aspectos e componentes. Um romance é uma *Gestalt* – uma palavra alemã para a qual não existe tradução precisa, mas que os dicionários definem como "um padrão ou estrutura perceptual dotados de qualidades globais que não podem ser descritas apenas como a soma das partes que a formam".

FIM

Índice onomástico

Indicações bibliográficas

Abaixo, algumas edições brasileiras de obras citadas por David Lodge.

Os Editores

Martin Amis

A seta do tempo. Trad. Roberto Grey. Rio de Janeiro: Rocco, 1996.

Jane Austen

Emma. Trad. Rodrigo Breunig. Porto Alegre: L&PM, 2015./ Trad. Therezinha Monteiro Deutsch. Rio de Janeiro: Best Seller, 1998./Trad. Ivo Barroso. Rio de Janeiro: Nova Fronteira, 1996.

Orgulho e preconceito. Trad. Celina Portocarrero. Porto Alegre: L&PM, 2010./Trad. Paulo Campos. Rio de Janeiro: Ediouro, 2007./Trad. Lúcio Cardoso. Rio de Janeiro: Civilização Brasileira, 2006./Trad. Rachel de Queiroz. São Paulo: Global, 1983.

Razão e sentimento. Trad. Rodrigo Breunig. Porto Alegre: L&PM, 2012./Trad. Ivo Barroso. Rio de Janeiro: Nova Fronteira, 2006.

Paul Auster

"Cidade de vidro". In: *Trilogia de Nova York.* Trad. Rubens Figueiredo. São Paulo: Companhia das Letras, 1999.

Samuel Beckett

O inominável. Trad. Waltensir Dutra. Rio de Janeiro: Nova Fronteira, 1989.

Malcolm Bradbury

As liberdades amorosas de um casal. Trad. José Eduardo Ribeiro Moretzsohn. Rio de Janeiro: Francisco Alves, 1980.

Emily Brontë
O morro dos ventos uivantes. Trad. Guilherme da Silva Braga. Porto Alegre: L&PM, 2011./Trad. Rachel de Queiroz. 2. ed. Rio de Janeiro: Record, 1996.

John Bunyan
O peregrino. São Paulo: Mundo Cristão, 2006.

Anthony Burgess
Laranja mecânica. Trad. Fábio Fernandes. São Paulo: Aleph, 2004.

Italo Calvino
Se um viajante numa noite de inverno. Trad. Nilson Moulin. São Paulo: Companhia das Letras, 1999.

Truman Capote
A sangue frio: relato verdadeiro de um homicídio múltiplo e suas consequências. Trad. Sérgio Flaksman. São Paulo: Companhia das Letras, 2003.

Lewis Carroll
Alice no País das Maravilhas. Trad. Rosaura Eichenberg. Porto Alegre: L&PM, 1998./Trad. Maria Luiza X. de A. Borges. Rio de Janeiro: Jorge Zahar, 2001.

Angela Carter
Noites no circo. Trad. Cláudia Martinelli Gama. Rio de Janeiro: Rocco, 1991.

Samuel Taylor Coleridge
A balada do velho marinheiro. Trad. Weimar de Carvalho. São Paulo: Disal, 2006./Trad. Alípio Correia de Franca Neto. São Paulo: Ateliê Editorial, 2005.

JOSEPH CONRAD

A linha de sombra. Trad. Guilherme da Silva Braga. Porto Alegre: L&PM, 2010./Trad. Maria Antônia Van Ecker. São Paulo: Hemus, s/d.

O coração das trevas. Trad. Sergio Flaksman. São Paulo: Companhia das Letras, 2008./Trad. Celso M. Paciornik. São Paulo: Iluminuras, 2002./Trad. Celso M. Paciornik. São Paulo: Nova Alexandria, 2001./Trad. Albino Poli Jr. Porto Alegre: L&PM, 1998.

Vitória. Trad. Leonel Vallandro. Porto Alegre: Livraria do Globo, 1942.

DANIEL DEFOE

Robinson Crusoé. Trad. Domingos Demasi. Rio de Janeiro: Record, 2004./ Trad. Albino Poli Jr. Porto Alegre: L&PM, 1997.

CHARLES DICKENS

A casa soturna. Trad. Oscar Mendes. Rio de Janeiro: Nova Fronteira, 1986.

Um conto de duas cidades. Trad. Raul de Sá Barbosa. Rio de Janeiro: Nova Fronteira, 1982.

GEORGE ELIOT

Middlemarch. Trad. Leonardo Fróes. Rio de Janeiro: Record, 1998.

O triste noivado de Adam Bede. Trad. Marques Rebelo. Rio de Janeiro: Pongetti, 1946.

T.S. ELIOT

"A terra desolada", "A canção de amor de Alfred J. Prufrock". In: *Poesia.* Trad. Ivan Junqueira. Rio de Janeiro: Nova Fronteira, 2006.

HENRY FIELDING

Tom Jones. Trad. Octavio Mendes Cajado. Rio de Janeiro: Globo, 1987.

F. Scott Fitzgerald

Suave é a noite. Trad. Ligia Junqueira. Rio de Janeiro: BestBolso, 2008.

Gustave Flaubert

Madame Bovary. Trad. Ilana Heineberg. Porto Alegre: L&PM, 2008./Trad. Fúlvia Maria Luiza Moretto. São Paulo: Nova Alexandria, 2007.

Ford Madox Ford

O bom soldado. Trad. Carlos Eduardo Lima Machado. São Paulo: 34, 1997.

E.M. Forster

Howards End. Trad. Cássio de Arantes Leite. São Paulo: Globo, 2006.

Passagem para a Índia. Trad. Sônia Coutinho. Rio de Janeiro: Nova Fronteira, 1981./ *Uma passagem para a Índia.* Trad. Cássio de Arantes Leite. São Paulo: Globo, 2005.

John Fowles

A mulher do tenente francês. Trad. Adalgisa Campos da Silva. Rio de Janeiro: Alfaguara, 2008.

Gabriel García Márquez

Cem anos de solidão. Trad. Eric Nepomuceno. 45. ed. Rio de Janeiro: Record, 1998.

William Golding

O senhor das moscas. Trad. Geraldo Galvão Ferraz. Rio de Janeiro: Nova Fronteira, 2006.

Graham Greene

O cerne da questão. Trad. Otacílio Nunes. São Paulo: Globo, 2007.

O condenado. Trad. Leonel Vallandro. Porto Alegre: Globo, 1960.

Fim de caso. Trad. Léa Viveiros de Castro. 3. ed. Rio de Janeiro: Record, 2000.

Um caso liquidado. Trad. Brenno Silveira. Rio de Janeiro: Civilização Brasileira, 1961.

JOSEPH HELLER

Gold vale ouro. Trad. Vera Neves Pedroso. Rio de Janeiro: Nova Fronteira, 1979.

ERNEST HEMINGWAY

Por quem os sinos dobram. Trad. Luís Peaze. 5. ed. Rio de Janeiro: Bertrand Brasil, 2004.

HOMERO

Odisseia. Trad. Donaldo Schüler. 3.v. Porto Alegre: L&PM, 2007.

ALDOUS HUXLEY

Admirável mundo novo. Trad. Lino Vallandro e Vidal Serrano. 2. ed. São Paulo: Globo, 2001.

CHRISTOPHER ISHERWOOD

Adeus a Berlim. Trad. São Paulo: Brasiliense, 1985.

KAZUO ISHIGURO

Vestígios do dia. Trad. Eliana Sabino. Rio de Janeiro: Rocco, 1990.

HENRY JAMES

A volta do parafuso seguido de Daisy Miller. Trad. Guilherme da Silva Braga e Henrique Guerra. Porto Alegre: L&PM, 2008.

Os espólios de Poynton. Trad. Onédia Célia Pereira de Queiroz. São Paulo: Companhia das Letras, 2008.

Pelos olhos de Maisie. Trad. Paulo Henriques Britto. São Paulo: Companhia das Letras, 1994.

James Joyce

Dublinenses. Trad. Guilherme da Silva Braga. Porto Alegre: L&PM, 2012./Trad. Hamilton Trevisan. 12. ed. Rio de Janeiro: José Olympio, 2008.

Finnicius Revém. Trad. Donaldo Schüler. 5 v. São Paulo: Atelier Editorial, 2000-2004.

Um retrato do artista quando jovem. Trad. Guilherme da Silva Braga. Porto Alegre: L&PM, 2014./Trad. Bernardina da Silveira Pinheiro. Rio de Janeiro: Alfaguara, 2006./Trad. José Geraldo Vieira. Rio de Janeiro: Civilização Brasileira, 1998.

Ulisses. Trad. Bernardina da Silveira Pinheiro. Rio de Janeiro: Alfaguara, 2008./Trad. Antônio Houaiss. Rio de Janeiro: Civilização Brasileira, 1996.

Thomas Keneally

A lista de Schindler. Trad. Tati Moraes. Rio de Janeiro: Record, 1994.

Milan Kundera

A brincadeira. Trad. Teresa Bulhões Carvalho da Fonseca. São Paulo: Companhia das Letras, 1999.

O livro do riso e do esquecimento. Trad. Teresa Bulhões Carvalho da Fonseca. 3. ed. Rio de Janeiro: Nova Fronteira, 1987.

Choderlos de Laclos

As ligações perigosas. Fernando Cacciatore de Garcia. Porto Alegre: L&PM, 2008.

D. H. Lawrence

Mulheres apaixonadas. Trad. Renato Aguiar. Rio de Janeiro: Record, 2004.

O amante de Lady Chatterley. Trad. Rodrigo Richter. Rio de Janeiro: BestBolso, 2007./Trad. Glória Regina Loreto Sampaio. Rio de Janeiro: Graal, 1997.

David Lodge

Invertendo os papéis. Trad. Lídia Cavalcante-Luther. São Paulo: Scipione, 1998.

Norman Mailer

A canção do carrasco. Trad. Lya Luft. Rio de Janeiro: Nova Fronteira, 1980.

Herman Melville

Moby Dick. Trad. Irene Hirsch e Alexandre Barbosa de Souza. São Paulo: Cosac Naify, 2008.

William Morris

Notícias de lugar nenhum. Trad. P. C. Castanheira. São Paulo: Perseu Abramo, 2002.

Vladimir Nabokov

Fogo pálido. Trad. Jório Dauster, S. Duarte. São Paulo: Companhia das Letras, 2004.

Lolita. Trad. Jório Dauster. São Paulo: Companhia das Letras, 2007.

George Orwell

1984. Trad. Wilson Veloso. 29. ed. Rio de Janeiro: IBEP, 2003.

A revolução dos bichos. Trad. Heitor Aquino Ferreira. São Paulo: Companhia das Letras, 2007.

Georges Perec

A vida: modo de usar. Trad. Ivo Barroso. São Paulo: Companhia das Letras, 1991.

Edgar Allan Poe

"William Wilson". In: ____. *A carta roubada e outras histórias*. Trad. William Lagos. Porto Alegre: L&PM, 2005.

Jean-Jacques Rousseau

Júlia ou a Nova Heloísa. Trad. Fúlvia M. L. Moretto. São Paulo: Hucitec, 1994.

Salman Rushdie

Os versos satânicos. Trad. Misael H. Dursan. São Paulo: Companhia das Letras, 1998.

J. D. Salinger

O apanhador no campo de centeio. Trad. Alvaro Alencar, Antônio Rocha e Jório Dauster. Rio de Janeiro: Editora do Autor, 1965.

William Shakespeare

Hamlet. Trad. Millôr Fernandes. Porto Alegre: L&PM, 1997.

A tempestade. Trad. Beatriz Viégas-Faria. Porto Alegre: L&PM, 2002.

Mary Shelley

Frankenstein. Trad. Miécio Araújo Jorge Honkins. Porto Alegre: L&PM, 1997.

Sófocles

Édipo Rei. Trad. Trajano Vieira. São Paulo: Perspectiva, 2001./Trad. Paulo Neves. Porto Alegre: L&PM, 1998.

Laurence Sterne

A vida e as opiniões do cavalheiro Tristram Shandy. Trad. José Paulo Paes. São Paulo: Companhia das Letras, 1998.

Robert Louis Stevenson

O médico e o monstro. Trad. José Paulo Golob, Maria Ângela Aguiar, Roberta Sartori. Porto Alegre: L&PM, 2002./ Trad. Rodrigo Lacerda. 3. ed. Rio de Janeiro: Nova Fronteira, 2001.

JOHN UPDIKE

Coelho corre. Trad. Paulo Henriques Britto. São Paulo: Companhia das Letras, 1992.

KURT VONNEGUT

Matadouro 5. Trad. Cássia Zanon. Porto Alegre: L&PM, 2005.

EVELYN WAUGH

Um punhado de pó. Trad. Diogo Mainardi. São Paulo: Companhia das Letras, 1987.

TOM WOLFE

A fogueira das vaidades. Trad. Lia Wyler. Rio de Janeiro: Rocco, 1988.

Os eleitos. Trad. Lia Wyler. Rio de Janeiro: Rocco, 1992.

Radical Chique e o novo jornalismo. Trad. José Rubens Siqueira. São Paulo: Companhia das Letras, 2005.

VIRGINIA WOOLF

Mrs. Dalloway. Trad. Denise Bottmann. Porto Alegre: L&PM, 2012./Trad. Mario Quintana. 2. ed. Rio de Janeiro: Nova Fronteira, 2005.

lepmeditores
www.lpm.com.br
o site que conta tudo

IMPRESSÃO:

PALLOTTI
GRÁFICA

Santa Maria - RS | Fone: (55) 3220.4500
www.graficapallotti.com.br